금수

KINSHU
by MIYAMOTO Teru

Copyright © 1982 MIYAMOTO Teru
All rights reserved.
Originally published in Japan.
Korean translation rights arranged with MIYAMOTO Teru, Japan
through THE SAKAI AGENCY and SHINWON AGNECY CO.

금수

錦繡

미야모토 테루

송태욱 옮김

바다출판사

아리마 야스아키 님께

전략.

자오藏王*의 달리아 화원에서 돗코누마ドッコ沼**로 오르는 케이블카 리프트 안에서 설마 당신과 재회할 줄은 정말이지 꿈에도 생각지 못했습니다. 저는 너무 놀란 나머지 돗코누마의 승강장에 도착할 때까지의 20분간, 거의 말을 잊어버린 상태가 되었을 정도입니다.

---

* 도후쿠(東北) 지방의 중앙을 남북으로 잇는 오우(奧羽) 산맥에서 미야기 현과 야마가타 현의 남쪽 경계에 위치하는 자오(藏王) 연봉 지역.
** 자오 산 중턱에 있는 호수.

당신에게 이렇게 편지를 드리게 되다니, 돌이켜 보니 그야 말로 12, 13년 만의 일이네요. 두 번 다시 당신을 뵐 일은 없을 거라고 생각했었는데 뜻밖에도 그런 형태로 재회하고, 완전히 변해 버린 당신의 용모나 눈빛을 본 저는 망설이고 망설이다, 생각하고 생각하다 결국 생각해 낼 수 있는 온갖 방법을 다 동원하여 주소를 알아내 이렇게 편지까지 부치게 되었습니다. 버릇없는 저를, 여전히 참을성 없는 저의 성격을 부디 비웃어 주세요.

그날 저는 불현듯 마음을 먹고 우에노 역에서 쓰바사 3호를 탔습니다. 아이에게 자오 산 정상에서 별을 보여 주고 싶어 서였습니다. (아들 이름은 기요타카이고 여덟 살입니다) 리프트 안에서 아마 눈치채셨겠지만 기요타카는 선천성 장애아로 하반신이 자유롭지 못할 뿐 아니라 같은 여덟 살 아이에 비하면 지능이 2, 3년 늦습니다. 그런데 무슨 까닭인지 별 보는 걸 좋아해서 맑게 갠 날 밤에는 고로엔香櫨園*의 집 안뜰로 나가 질리지도 않고 몇 시간이든 밤하늘을 바라볼 정도입니다. 도쿄 아오야마青山에 있는 아버지의 맨션에서 이틀을 묵고 다음 날 니

* 효고 현 니시노미야 시 내의 지명.

시노미야西宮의 고로엔으로 돌아가기로 한 날 밤 무심코 잡지 한 권을 집어 들었는데 자오 산 정상에서 찍었다는 밤하늘 사진이 눈에 들어왔습니다. 앗, 하고 숨을 삼킬 만큼 하늘에 별이 가득해서 저는 태어나서 지금껏 거의 멀리 가 보지 못한 기요타카에게 어떻게든 그 별을 실제로 보여 줄 수 없을까, 하고 생각했던 것입니다.

아버지는 올해 일흔 살이 되었습니다. 아직은 정정해서 매일 회사에 얼굴을 내밀고, 게다가 한 달 중 절반은 도쿄 지사에서 지휘하기 위해 당신도 아는 아오야마의 그 맨션에서 도쿄 생활을 계속하고 있습니다. 다만 10년 전에 비하면 머리는 백발이 되었고 등도 약간 굽은 듯하지만, 고로엔에서의 생활과 아오야마의 맨션 생활을 정확히 절반씩의 비율로 건강하게 해 나가십니다. 그런데 10월 초쯤이었을까요, 회사 차가 와서 맨션 앞의 돌계단을 내려가다가 헛디디는 바람에 발목을 심하게 삐었습니다. 아주 미세하지만 뼈에 금이 갔고 내출혈도 심해서 전혀 걸을 수 없는 상태였습니다. 그 때문에 저는 기요타카를 데리고 서둘러 신칸센을 타고 도쿄로 달려갔습니다. 움직일 수 없게 되자 많이 화가 났는지 가정부인 이쿠코 씨의 보살피는 방식이 마음에 들지 않는다며 전화로 저를 불렀던 것입니다. 다소 길어지지 않을까 싶어 어쩔 수 없이 기요타카를 데려갔습니다. 그런데 부상이라고 해 봐야 발목을 삔 것 정도로 그리 대단한 것이 아니었고, 저와 손자의 얼굴을 보자 아버지의 초조함은 가라앉았습니다. 그런데 이번에는 고로엔의 집이 걱정이 되었는지 빨리 돌아가라는 등 변덕을 부리기 시작했습니다. 그런 변덕에 질리기도 하고 우습기도 해서 저는 이쿠코 씨와 비서인 오카베 씨에게 뒷일을 부탁하고 고로엔의 집으로 돌아가기 위해 아들과 함께 도쿄 역까지 갔고, 거기서 또 자오의 관광포스터를 봤습니다. 마침 단풍철이라 커다란 사진 가득히 각양각색의 수목이 가지를 뻗고 있었습니다. 자오라고 하면 겨울 수목밖에 모르는 저는 도쿄 역의 중앙 홀에 멈춰 서서 곧 얼음이 되어 버릴 무수한 수목이 지금 선명하게 변색하여 하늘 가득한 별 아래 바람에 나부끼는 모습을 상상해 보았습니다. 애가 타서 가만히 있을 수 없게 된 저는 몸이 자유롭지 못한 아들에게 어쩐 일인지 맑고 시원한 산의 모습과 수많은 별을 보여 주고 싶어졌습니다. 기요타카에게 그 말을 하자 아주 기뻐하며 가고 싶어, 가고 싶어, 하며 눈을 빛내며 졸라 댔습니다. 그래서 우리 모자에게는 다소 모험이라고 생각되기는 했지만, 역 안에 있는 여행 대리점으로 가서 야마가타山形까지 가는 표와 자오 온천의 여관을 예약하고, 게다가 센다이에서 오사카 공항으로 가는 비행기 티켓까지 부탁했습니다. 그런데 비행기가 만석이라 표를 끊기 위해서는 예정을 변경하여 자오나 센다이에서 하룻밤 더 묵지 않으면 안 되었습니다. 저는 자오에서 이틀을 묵기로 하고 우에노 역으로 향했습니다. 만약 자오에서 하룻밤만 묵었다면 당신과 만나는 일도 없었겠지요. 지금 저에게는 그게 무척이나 신기한 일처럼 생각됩니다.

야마가타의 날씨는 흐렸습니다. 야마가타 역에서 자오 온천으로 가는 택시에서 저는 하늘을 바라보며 실망스런 기분으로 앉아 있었습니다. 그리고 문득 도호쿠東北 지방을 방문하는 게 이번이 두 번째라는 사실을 깨달았습니다. 당신과의 신혼여행 때 아키타秋田의 다자와田沢 호수에서 도와다十和田로 갔던 일을 떠올렸습니다. 저와 기요타카는 뜨거운 물이 수로처럼 길가로 흘러넘쳐 나는, 강한 유황 냄새에 숨이 막히던 온천장 여관에서 하룻밤을 묵었습니다. 구름이 밤하늘을 뒤덮어 달도 보이지 않고 별 하나 보이지 않는 밤이었지만 산 공기가 상쾌한 데다 모자 둘만의 첫 여행이기도 해서 마음이 들떴습니다. 이튿날은 아침부터 맑게 개었고 기요타카가 목발을 안

9

고 한시바삐 리프트 승강장으로 가고 싶어 하는 모양이어서 우리는 아침을 먹자마자 쉬지도 않고 달리아 화원의 케이블카 승강장으로 향했습니다. 야마가타라는 먼 곳, 그것도 자오 산 중턱을 오르락내리락하는 무수한 케이블카 가운데 한 대를 당신과 함께 타게 되다니, 생각만 해도 마음이 서늘해지는 우연이 아닐까요?

케이블카에 타려는 사람들 몇 쌍이 순서를 기다리고 있었고 2, 3분 지나자 우리 차례가 되었습니다. 케이블카의 문을 연 담당자가 목발을 짚고 있는 기요타카를 번쩍 안아 태워 주었고, 이어서 제가 탔을 때 한 명만 더 타시겠습니까, 하는 담당자의 목소리가 들렸으며 연한 갈색 코트를 입은 남자가 좁은 케이블카 안의 우리 맞은편 자리에 앉았습니다. 문이 닫히고 흔들 하고 움직이기 시작한 순간 저는 그 남자가 당신이라는 것을 알았습니다. 그때의 놀람을 대체 어떻게 표현해야 좋을까요? 그때 당신은 아직 저를 보지 못한 채 코트 옷깃을 세우고 그 안에 턱을 묻은 채 경치를 주시하고 있었습니다. 당신이 그렇게 멍하니 창밖에 시선을 던지고 있는 동안 저는 눈 한번 깜박이지 않고 당신의 얼굴을 계속 보고 있었습니다. 저는 멋진 단풍이 보고 싶어 케이블카에 탔는데도 한시도 수목으로 눈을 옮기지 않고 눈앞의 한 남성을 계속 응시하고 있었던 것입니다. 저는 아주 잠깐 동안 이 사람이 정말 예전의 내 남편이었던 아리마 야스아키 씨일까 하고 몇 번이나 자문자답했습니다. 아리마 야스아키 씨가 틀림없다면 왜 이곳 야마가타의 자오 산 케이블카에 타고 있는 걸까, 하는 생각도 했습니다. 그건 지나친 우연에 대한 놀람일 뿐 아니라 10년 만에 재회한 당신이 제 마음속 깊이 새겨져 있는 추억 속의 모습과 너무나도 달랐기 때문이었습니다. 10년……. 당시 스물다섯이었던 저도 서른다섯이 되었지만 당신도 서른일곱일 테니 우리는 세월에 의한 변모가 확실히 두드러지기 시작할 나이를 맞이한 것입니다. 하지만 아무리 그렇다 해도 당신의 변한 모습이 예사롭지 않아서 저는 당신이 결코 평안한 나날을 보내지 않았음을 직감했습니다. 부디 기분 나쁘게 생각하지는 말아 주세요. 저는 지금 무엇 때문에 이 편지를 쓰고 있는지 저도 잘 모르겠습니다. 그저 있는 그대로의 제 기분을 적는 것으로, 아마도 두 번 다시 보낼 일도 없을 저의 일방적인 편지를 끝까지 써 나갈 생각입니다. 더군다나 저는 이렇게 쓰고 있긴 하지만 실제로 우체통에 넣을지 말지 계속 망설이고 있습니다.

당신은 잠시 후 무심코 저에게 시선을 향했고 그대로 다시 시선을 창밖의 경치로 옮기고 나더니 아연실색하며 눈을 크게 뜨고 다시 저를 쳐다보았습니다. 그렇게 해서 상당히 오랫동안 우리는 서로의 얼굴을 쳐다보았던 것 같습니다. 그래도 저는 간신히 오랜만입니다, 하고 말했습니다. "정말 오랜만입니다." 당신은 이렇게 말하고 나서 굉장히 멍한 얼굴을 기요타카에게 향한 채 "아드님입니까?"라고 물었습니다. 저는 떨릴 것 같은 목소리로 네, 하고 대답하는 게 고작이었습니다. 케이블카 양옆의 유리창 너머로 흘러가는 진홍색으로 우거진 나뭇잎이 제 눈에 멍하니 비쳤습니다. 사람들이 기요타카를 보고 저에게 "아드님입니까?"라고 묻는 것을 저는 지금까지 몇 번이나 들었을까요? 좀 더 어렸을 때는 지체가 부자유하고 지적 발달이 늦다는 것을 확실히 알 수 있는 표정이어서 어떤 사람은 노골적으로 안됐다는 표정으로 그렇게 물었고, 어떤 사람은 일부러 무표정을 가장하여 물어 왔습니다. 저는 그때마다 몸 여기저기에 힘을 주고 굳이 상대의 눈을 똑바로 응시하며 의기양양하게 네, 하고 대답했습니다. 하지만 저는 당신이 "아드님입니까?"라고 물었을 때 일찍이 한번도 느껴 본 적이 없는 부끄러움에 휩싸여 머뭇머뭇 조그맣게 대답했습니다.

케이블카는 돗코누마의 승강장을 향해 느릿느릿 올라갔습

니다. 멀리 아사히朝日 연봉이 보이기 시작하고 눈 아래 산간의 움푹 들어간 곳에는 온천 마을의 건물 지붕이 조그맣게 빛나고 있었습니다. 온천 마을에서 외따로 떨어진 다른 산줄기 사면에 세워진 호텔의 붉은 지붕이 수목이 끊어지고 이어질 때마다 보였다 안 보였다 했는데, 그것이 어쩐 일인지 순간적으로 가마쿠라 시대의 에마키모노*에 그려진 지옥의 불꽃을 연상시켰던 일을 지금도 또렷이 기억하고 있습니다. 저는 왜 그런 걸 연상한 걸까요? 아마 케이블카에서 흔들리고 있는 동안 동요와 긴장으로 조금은 이상한 정신 상태에 빠져 있었겠지요. 그래서 20분이나 되는 시간 동안 케이블카 안에서 저는 당신과 좀 더 여러 가지 이야기를 할 수 있었을 텐데도 그저 잠자코 있으면서 어서 승강장에 도착하기를, 오직 그 생각만 하고 있었습니다. 그건 당신과 헤어진 10년 전과 완전히 같은 모습이었습니다. 우리는 이혼할 때도 좀 더 서로의 마음을 이야기할 필요가 있었을 텐데도 그렇게 하지 못했습니다. 10년 전 저는 완강하게 그 사건에 대한 설명을 요구하려 하지 않았고, 당신도 고집스럽게 입을 다물고 한마디의 변명도 하려 하지

* 설명의 글이 곁들여져 있는 두루마리 그림.

않았습니다. 스물다섯이었던 저는 그때 아무리 해도 고운 마음으로 관용을 베풀 수 없었고, 스물일곱이었던 당신은 자신을 더 이상 비굴하게 할 수 없었겠지요. 빽빽이 우거진 수목이 햇빛을 가로막아 케이블카 안을 어둡게 했을 때 당신은 마주 앉아 있는 제 어깻죽지 언저리에서 그대로 앞쪽을 보며 "도착했네요"라고 중얼거렸습니다. 그 순간 당신 목 오른쪽의 흉터가 보였습니다. 아아, 그때 다친 상처구나, 하는 생각에 저는 황급히 눈을 돌렸습니다. 지저분한 회색 승강장에 내려 돗코누마로 가는 구부러진 길에 서서 당신은 "자, 그럼" 하며 살짝 고개를 숙여 인사하고는 잰걸음으로 가 버렸습니다.

저는 이 편지를 가능한 한 솔직히 쓰겠습니다. 저는 당신의 모습이 사라진 후 한동안 그 자리에 우두커니 서 있었습니다. 이제 당신과 영원히 헤어진 것 같은 생각에 울음이 터질 것 같은 것을 꾹 참고 있었습니다. 왜 그런 기분이 들었는지 저도 제 마음을 잘 모르겠습니다. 하지만 저는 돌연 당신의 뒤를 밟고 싶어졌습니다. 당신이 지금 어떻게 살고 있는지, 저와 헤어지고 나서 10년 동안 어떻게 지냈는지, 물어보고 싶은 생각에 사로잡혀 견딜 수가 없었습니다. 기요타카가 같이 있지 않았다면 어쩌면 그렇게 했을지도 모릅니다.

저는 기요타카의 걸음에 맞춰 느릿느릿 돗코누마로 가는 길을 걸었습니다. 시들기 시작한 코스모스의 갈라진 꽃잎이 서늘한 바람에 나부꼈습니다. 보통의 아이가 10분이면 갈 수 있는 거리를 기요타카는 30분이나 걸어야 합니다. 그래도 이전에 비하면 정말 잘 걸을 수 있게 된 것인데, 이렇게 하고 싶다, 저렇게 하고 싶다, 하는 의욕을 실제 행동으로 표현할 수 있게 된 것도 불과 2년밖에 안 되었습니다. 최근에는 훈련과 본인의 노력으로 특수학교 선생님으로부터 언젠가는 보통 사람과 같은 정도의 생활이나 일을 할 수 있게 될지도 모른다는 말까지 듣게 되었습니다. 우리는 늪 옆의 나뭇잎 사이로 비치는 햇볕 속을 빠져나가 산정으로 가는 리프트를 탔습니다. 저는 산 사면을 내려다보며 당신의 모습을 찾았습니다. 하지만 당신의 모습은 어디에서도 보이지 않았습니다. 산정에서 상수리나무 숲을 조금 내려가 커다란 바위가 산 표면으로 튀어나와 있는 곳까지 가서 저는 기요타카를 거기에 앉히고 오래도록 경치를 바라보았습니다. 하늘에는 구름 한 점 없었고, 눈 높이쯤에는 솔개가 언제까지고 선회하고 있었습니다. 아득히 면, 아마도 일본해에 가까울 것으로 보이는 연보랏빛 안개에 뒤덮인 부근에 산들이 이어져 있었는데, 저는 그것이 아사히

연봉이고, 거기서 훨씬 오른쪽에 불쑥 솟아나 보이는 것이 조카이鳥海 산이라고 기요타카에게 가르쳐 주면서 자오의 다른 사면을 내려가는 네모난 케이블카에 몇 번이고 시선을 주었습니다. 어쩌면 당신이 타고 있지나 않을까 생각했기 때문이었습니다. 등 뒤의 샛길에서 발소리가 날 때마다 혹시 당신이 아닐까, 하고 흠칫흠칫 돌아보기도 했습니다. 기요타카는 솔개를 보고 웃고, 작은 점 같은 눈 아래의 케이블카를 보고 웃고, 산 아래 어딘가에서 피어오르는 연기를 보고 웃었습니다. 나도 아이의 웃음소리에 맞춰 웃으면서 방금 10년 만에 본 당신의 모습을 마음속에 그렸습니다. 어쩜 그렇게 변했을까, 하고 생각했습니다. 그리고 대체 당신은 왜 이곳 자오에 온 것일까, 하는 생각만 하고 있었습니다.

두 시간쯤 바위에 앉아 있었을까요? 이윽고 우리는 그 자리를 떠나 여관으로 돌아가기로 했습니다. 리프트로 돗코누마까지 내려가 다시 케이블카 타는 곳으로 돌아왔습니다. 이번에 케이블카에는 우리 모자뿐이었는데, 저는 다시 거기서 절정인 단풍을 보았습니다. 온 산이 단풍으로 물든 것이 아니라 상록수나 갈색 잎, 은행잎 비슷한 금색 잎에 섞여 새빨갛게 우거진 숲이 단속적으로 케이블카 양옆으로 흘러갔습니다. 그래

서 붉은 잎은 한층 더 불타오르는 것처럼 보였습니다. 수만 종
이나 되는 무수한 색채의 틈으로 커다란 불꽃이 활활 타오르
는 것 같은 생각에 휩싸여 저는 소리도 내지 않고 넋이 나간
채 그저 울창한 수목의 배색만 바라보고 있었습니다. 저는 문
득 뭔가 무서운 것을 보고 있다는 기분이 들었습니다. 저는 그
때 다양한 것을 생각하고 있었던 것 같습니다. 말로 하면 아마
몇 시간이나 걸릴 것을, 단풍이 하나하나 눈앞을 지나갈 때마
다 그 짧은 순간에 끊임없이 생각을 하고 있었다고 하면 과장
된 것일까요? 당신은 여전히 또 꿈같은 말을 한다고 웃으시겠
지요. 하지만 저는 격정적인 단풍의 색조에 취한 채 수목 속의
불꽃에서 확실히 뭔가 무서운 것을, 게다가 괴괴히 가라앉은
차가운 날붙이 비슷한 것을 느꼈습니다. 어쩌면 전혀 생각지
도 못한 당신과의 재회가 저에게 예의 그 소녀 같은 공상 버릇
을 상기시켰는지도 모르겠습니다.

그날 밤 저는 기요타카와 함께, 움푹 팬 바위틈을 이용해
만든 여관의 커다란 유황탕에 들어갔다 나온 후 별을 보기 위
해 다시 달리아 화원까지 올라갔습니다. 여관 사람이 가르쳐
준 지름길을 빠져나가 손전등으로 발밑을 비추면서 아무도 없
는 구부러진 언덕길을 올랐습니다. 기요타카에게는 그렇게 걸

은 것이 아마 난생처음이었겠지요. 목발을 지탱하는 겨드랑이 밑이 아픈 듯 어둠 속에 멈춰 서서 몇 번이나 약한 소리를 했습니다. 하지만 제가 강한 어조로 격려하자 생각을 고쳐먹고 손전등의 둥근 불빛을 향해 조금씩 나아갔습니다. 달리아 화원 앞에 도착하자 우리는 숨을 헐떡이며 멈춰 서서 밤하늘을 올려다보았습니다. 힘이 쭉 빠지는 듯한 기분을 느끼게 하는 수많은 별이 손을 뻗으면 닿을 것만 같은 곳에서 반짝이고 있었습니다. 완만한 사면에 조성된 달리아 화원에는 그저 까만 윤곽과 아련한 향기만 있고 꽃의 색채는 밤의 어둠에 감추어진 채 바람소리만 들려왔습니다. 눈앞에 우뚝 솟은 산들도, 케이블카 승강장 건물도, 와이어를 지탱하는 쇠기둥도 까맣고 쥐 죽은 듯이 고요했으며 그 위로 하늘에는 은하수가 선명하게 가로지르고 있었습니다. 우리는 화원 한가운데로 들어가 하늘을 올려다보며 위로, 위로 계속 걸어갔습니다. 달리아 화원 끝까지 올라가자 작은 벤치 두 개가 나란히 놓여 있었습니다. 벤치에 앉아 야마가타 역 앞에서 사 온 야케*를 입고 차가운 바람을 맞으며 언제까지고 우주의 반짝임을 넋을 잃고 쳐

* 스키, 등산, 낚시 등에 착용하는 후드가 달린 방한, 방풍, 방수용 상의를 말한다.

다보았습니다. 아아, 별들이 어쩌면 그렇게 쓸쓸하던지요. 그리고 끝없이 펼쳐진 별들이 어쩌면 그렇게 무섭게 느껴지던지요. 저는 당신과 10년 만에 도호쿠의 산속에서 뜻밖에 재회한 것이 어쩐 일인지 무척 슬픈 사건처럼 느껴져 견딜 수가 없었습니다. 도대체 왜 그것이 슬픈 일이었던 걸까요? 저는 얼굴을 들어 별을 바라보면서 슬프다, 슬프다, 하고 마음속으로 중얼거렸습니다. 그러자 한층 슬픔이 더해지더니 10년 전의 그 사건이 스크린에 비치듯이 되살아났습니다.

　장문의 편지가 될 것 같습니다. 어쩌면 당신은 재미있지도 않은 이 편지를 읽다 말고 찢어서 버려 버릴지도 모르겠습니다. 그래도 저는 마지막까지 쓸 생각입니다. 적어도 그 사건의 가장 큰 피해자인 제가(그건 네가 아니라 바로 나야, 하고 당신은 말할지도 모르지만요) 당시 어떤 생각을 하고 어떻게 제 나름의 결론을 냈는지, 있는 그대로 말해 두고 싶기 때문입니다. 사실은 당신과 헤어질 때, 그러니까 10년 전에 이야기했어야 하지만 그렇게 하지 못했습니다. 이미 지나 버린 오래된 사건이지만 지금 다시 적기로 하겠습니다.

　어느 날 새벽 5시에 사건을 알리는 전화가 걸려 왔습니다. 2층 침실에서 자고 있던 저는 가정부인 이쿠코 씨가 깨워 일어났습니다.

"야스아키 씨께 큰일이 일어났다고 합니다."

이쿠코 씨는 이렇게 말했습니다. 그 목소리가 떨려 저는 심상치 않은 사건이 일어났다는 걸 직감했습니다. 저는 파자마 위에 카디건을 걸치고 계단을 뛰어내려 갔습니다. 전화를 받아 보니 굵고 차분한 목소리로 경찰서라고 하면서 아리마 야스아키 씨와 어떤 관계냐고 물었습니다.

"안사람입니다만." 저는 추위와 동요로 떨릴 것 같은 목소리를 억누르며 대답했습니다. 그러자 잠시 침묵이 이어지고 나서 사무적인 어조로 당신 남편으로 보이는 남성이 아라시야마嵐山의 여관에서 동반자살 사건을 일으켰다, 상대 여성은 사망했지만 남편은 어쩌면 목숨을 건질지도 모르겠다, 병원에서 치료를 받고 있는데 아주 엄중한 상태이니 당장 오시라, 하며 병원이 있는 곳을 가르쳐 주었습니다.

"남편은 오늘 밤 교토의 야사카八坂 신사 근처의 여관에 묵었을 텐데요……."

제가 이렇게 말하자 전화 상대는 그 여관 이름을 묻고 이번에는 오늘 남편이 어떤 복장으로 나갔느냐고 물었습니다. 제가 양복 색과 무늬, 넥타이 무늬 같은 것을 생각나는 대로 대답하자 역시 아리마 야스아키 씨로 보이니까 일단 병원으로 나오시라, 하며 전화를 끊었습니다. 저는 어떻게 해야 좋을지 모른 채 허둥지둥하며 별채의 아버지 침실로 뛰어갔습니다. 아버지도 마침 일어나 나온 참이었는데 제 이야기를 듣더니 "설마, 장난 전화는 아니겠지?" 하고 말했습니다. 그러나 한겨울의 이른 아침에 일부러 장난 전화를 거는 사람이 있을 것 같지는 않았습니다. 이쿠코 씨가 택시회사에 전화를 하고 있을 때 대문 초인종이 울렸습니다. 인터폰으로 받자 근처 파출소의 순경인데, 교토 경찰서에서 연락이 와서 확인차 온 거라고 했습니다. 장난이 아니라는 게 확실해져서 저는 아버지 가운에 매달리며 함께 가 달라고 부탁했습니다.

"정말 동반자살이라고 하더냐?"

"상대 여자가 죽었대요."

저와 아버지는 택시를 타고 메이신名神 고속도로로 교토를 향해 달리면서 몇 번이고 같은 말을 되풀이했습니다. 그게 단순한 사고가 아니라 제가 모르는 여성과 동반자살을 하려고 했다니 일의 진위가 한층 더 의심스러웠습니다. 실제로 당신이 다른 여자와 동반자살을 하다니, 그게 믿을 수 있는 일이었을까요? 우리는 오랜 연애 기간을 거쳐 결혼했고 겨우 2년이

지났으며 이제 막 아기를 갖고 싶다고 생각하던 참이었습니다. 저는 필시 사람을 잘못 본걸 거라고 생각했습니다. 당신은 교토의 단골 고객들을 기온의 클럽에서 접대하다 늦어졌고, 평소처럼 야사카 신사 옆의 여관에 묵고 있을 터였습니다.

하지만 아라시야마의 병원에 도착하여 마침 수술실에서 나와 병실 침대로 옮겨진 남성을 봤을 때 한눈에 당신임을 알아보았습니다. 그때의 경악, 그때의 전율은 도저히 말로 할 수 없는 것이었습니다. 저는 망연히 수혈을 받고 있는 빈사의 당신 옆으로 다가갈 수조차 없는 지경이었습니다. 목과 가슴을 과일칼에 찔렸는데 상처가 상당히 깊었지만 간발의 차이로 경동맥을 비껴갔다고, 병실 앞 복도에서 우리가 도착하기를 기다리고 있던 경찰이 설명해 주었습니다. 하지만 발견될 때까지 시간이 좀 걸리는 바람에 그사이 출혈이 많았고 한쪽 폐도 기흉을 일으켜 병원으로 이송되었을 때는 혈압도 거의 없는 데다 호흡도 끊길락 말락 해서 앞으로 몇 시간이 문제라는 것도 가르쳐 주었습니다. 곧바로 의사가 찾아와 상세히 설명해 주었는데, 그때도 여전히 위험한 상태이고 살아날지 어떨지 단정할 수 없다는 것이었습니다. 상대 여성의 이름은 세오 유카코瀬尾由加子, 27세, 기온의 아를이라는 클럽의 호스티스이며, 역시 목 옆을 과일칼로 찔러 거의 즉사에 가까운 상태였다는 것이었습니다. 경찰 쪽에서는 여러 가지 것을 물었습니다. 하지만 저는 뭘 어떻게 대답했는지 전혀 기억나지 않습니다. 뭘 물어도 당신과 세오 유카코 씨에 대해서는 어떤 대답도 할 수가 없었습니다. 아버지는 비서 오카베 씨의 집에 전화를 걸었습니다. "큰일이 일어났네. 아라시야마까지 내 차로 당장 와 주게." 가라앉은 목소리로 이렇게 말한 아버지는 오카베 씨에게 병원이 있는 곳을 가르쳐 주며 전화를 끊고는 불이 붙지 않은 담배를 입에 문 채 저를 보더니 다시 바깥 경치에 시선을 던졌습니다. 그 순간 아버지의 얼굴과 병원 복도의 유리창으로 보였던 동틀 녘의 풍경을 어쩐 일인지 또렷이 기억하고 있습니다. 어머니가 돌아가셨을 때도 아버지는 그런 표정을 띤 채 공허한 동작으로 돌연 담배를 입술로 가져갔습니다. 어머니가 돌아가신 것은 제가 열일곱 살 때였는데, 저는 의사가 어머니의 임종을 알린 순간 머리맡에 앉아 있던 아버지의 얼굴을 바라보았습니다. 대담한 데다 나약한 구석을 단 한번도 보여 준 적이 없는 아버지가 멍한 상태로 가슴 호주머니에서 담배를 꺼내 물었습니다. 생각건대 그것은 장소에 어울리지 않는 뜻밖의 동작이었습니다. 아버지는 어머니의 임종 때와 똑

같은 몸짓과 표정으로 병원의 긴 복도에 서서 이른 아침의 푸르스름한 겨울 하늘을 멍하니 바라보고 있었습니다. 저는 순간적으로 불길한 것을 느끼고 핸드백에서 성냥을 찾아 꺼내서 아버지의 담배에 불을 붙여 드렸습니다. 그때 제 손은 차갑게 얼어붙은 것인지 계속해서 미세하게 떨렸습니다. 아버지는 떨고 있는 제 손을 한번 힐끗 보고는 이렇게 툭 한마디를 내던졌습니다.

"죽어도 상관없다. 그렇지 않느냐?"

하지만 저는 그런 걸 생각할 여유조차 없었습니다. 대체 뭐가 어떻게 된 것일까요? 달리 뜻밖의 사고라면 또 모를까 남편이 왜 클럽의 호스티스와 동반자살을 해야 했을까요?

당신은 의식을 회복할 때까지 이틀간 두 번이나 위험한 상태에 빠졌습니다. 하지만 의사도 놀랄 정도의 강인한 생명력을 발휘하여 기어이 살아났습니다. 그것도 신기한 일이었다고 말해야겠지요. 그리고 당신 입을 통해 저는 드디어 일의 자초지종을 알 수 있었습니다. 동반자살인 것은 맞지만 여자가 억지로 동반자살을 시도한 것, 그러니까 당신이 푹 잠들어 있을 때 자살을 꾀하려던 세오 유카코 씨가 당신의 목과 가슴도 찌른 것이었습니다. 세오 유카코 씨는 당신을 찌르고 나서 자신의 목을 그었습니다. 왜 그렇게 되었는지 당신은 짚이는 데가 전혀 없다고 했습니다. 당신에게는 분명히 그 이상 말할 만한 것이 없었겠지요. 병원에서 경찰이 사정을 물을 때도 그저 모르겠다는 말만 되풀이했습니다. 경찰은 일단 당신이 억지로 동반자살을 하려고 한 것이 아닐까 하는 점을 문제 삼은 것 같았습니다. 하지만 상황이나 상처의 상태를 보고 그런 의심은 곧 풀린 것 같았습니다. 당신은 유카코 씨와 정사情死를 꾀한 것이 아니라 생각지도 못한 사건에 말려든 불쌍한 피해자였다는 것이었습니다. 당신은 운 좋게 목숨을 건졌고 사건은 매듭지어졌습니다. 그렇게 되자 진정되지 않는 것은 제 쪽이었습니다. 신문에는 아내가 있는 모 건설회사 과장의 동반자살 사건으로 보도되었습니다. 당신의 사소한 바람기가 피비린내 나는 커다란 스캔들로서 세상에 널리 알려지고 말았던 것입니다. 당신을 언젠가 자신의 후계자로 삼을 생각을 하고 있던 아버지에게도 그 사건은 큰 타격이었습니다.

당신은 기억하고 있는지요? 앞으로 열흘만 있으면 퇴원해도 된다고 의사가 말해 준 날의 일입니다. 맑게 갠 포근한 날이라 저는 갈아입을 옷과 도중에 있는 가와라마치河原町의 백화점에서 산 머스캣 상자를 들고 당신이 있는 병원으로 갔습니다. 사건 이래로 그렇게 하는 것이 버릇인 양 저는 대합실에서 병실까지 이어진 긴 복도를 흠칫흠칫 주뼛거리며 걸어갔습니다. 당신의 체력이 완전히 회복될 때까지 사건에 관한 질문은 하나도 하지 말자고 저는 결심했습니다. 하지만 병원 복도를 걸을 때마다 억누르기 힘든 감정의 물결과 함께 한심하고 분한 마음이 끓어올라 차라리 분노나 질투, 동정을 포함한 말을 실컷 퍼부어 줄까 하는 생각에 사로잡혔습니다. 병실로 들어서자 당신은 파자마 차림인 채 침대에서 일어나 창문으로 바깥 경치를 바라보고 있었습니다. 제 모습을 보고도 아무 말없이 그대로 창밖을 바라보았습니다. 이 사람은 자기 아내에게 이번 사건의 개략을 대체 어떻게 설명할 속셈인 걸까, 하는 생각을 했습니다. 상처도 거의 나았고 드디어 그때가 온 게 아닐까? 날씨도 좋고 병실 안은 난방이 잘되어 있어 더울 정도니 오늘이라면 저도 냉정히 이야기할 수 있을 것 같다고 생각했습니다. 그래서 저는 침대 아래 수납 상자에 갈아입을 옷을 넣으면서 '그럼 설명해 주세요. 제가 제대로 납득할 수 있도록 말이에요' 하고 아무렇지 않게 말할 생각으로 입을 열었습니다. 그런데 입에서 나온 말은 그것과는 전혀 딴판인, 가시 돋치고 귀여운 데라곤 하나도 없는 말이었습니다.

"비싸게 치렀네요, 이번 바람기." 이렇게 말하고 나자 이미 수습할 수 없게 되었습니다. 제가 역시 평범한 여자였다는 것, 게다가 아직 철없는 계집애에 불과했다는 것을 지금은 뼈저리게 느낍니다.

"목숨을 잃을 뻔했어요. 살아난 게 신기할 정도로요." 당신은 시종일관 말없이 저에게 등을 진 채였습니다. 지금 생각하면 저는 그때 당신 등에 대고 집요하게 상당히 심한 말을 계속 내뱉은 것 같습니다. 신문에 기사가 큼지막하게 나왔다는 것, 아버지 회사에서도 사원들 사이에서 매일 화제가 되어 웃음거리가 되고 있다는 것, 고로엔의 집 주변에서는 가정부인 이쿠코 씨마저 고개를 숙이고 걸어야 하게 되었다는 것 등을 말이지요. 점차 자제력을 잃은 저는 날카롭게 눈물 섞인 소리를 지르기 시작했습니다. 당신의 침묵이 저에게 더더욱 분별력을 잃고 흥분하게 만들었습니다.

"전 이제 함께 살 자신이 없어요." 이렇게 말하고 나서 저는 깜짝 놀라 입을 다물었습니다. 어쩌면 당신과 정말 헤어지게 되는 게 아닐까, 하는 기분이 들었기 때문이었습니다. 사건이 일어나고 나서 저는 평정심을 잃었지만 그때까지 한번도 당신과 헤어진다는 생각은 하지 않았습니다. 오직 살아나기를, 죽지 않기를, 어떻게든 목숨만은 건지기를, 하고 걱정만 했지 그 이외의 것을 생각할 여유는 없었습니다. 저는 몸속 깊은 곳이 차가워져 가는 듯한 심정으로 당신의 뒷모습을 보고 있었습니다. 그러고 나서 대체 왜 제가 당신과 헤어지지 않으면 안 되는 것일까, 하고 생각했습니다. 왜 그렇게 되어 버린 것일까, 우리 사이에 그야말로 난데없이 왜 그런 사건이 벌어진 것일까, 우리처럼 행복한 부부가 왜 헤어지지 않으면 안 되는 사태에 빠지게 된 것일까? 당신은 입을 다문 채였습니다. 정말이지 단 한마디도 하려고 하지 않았습니다. 그런 당신의 태도는 진정되지 않는 제 마음에 불을 지르는 격이었습니다. "그렇게 계속 입을 다물고 있을 생각이세요?" 큰 부상을 당한 후의 창백한 피부에 이른 봄 한낮의 햇빛을 받은 당신은 횃불을 쬔 가면처럼 무표정한 얼굴이었습니다. 그 얼굴에 엷은 미소를 띠고 돌아보며 드디어 입을 열었습니다. 그 말이 또 얼마나 뻔뻔하고 오만하던지요. 좀 달리 말할 수 있었을 텐데, 하고 저는 지금도 그 생각이 날 때마다 화가 납니다. "잘못했다고 하면 용서해 주기라도 하겠다는 거야?"

아아, 서로가 어찌 그리 졸렬했던가, 하는 생각을 합니다. 저는 이제 열흘만 있으면 퇴원할 수 있을 거라는 의사의 말을 당신에게 전하고 병실 의자에 한번도 앉지 않고 그대로 돌아오고 말았습니다. 병원 현관을 나가 정문까지 이어진 아스팔트 길을 걷고 있으니 아버지의 차가 오는 게 보였습니다. 아버지는 차 창문으로 얼굴을 내밀고 약간 당황한 듯한 표정으로 저를 쳐다보았습니다. 저에게는 비밀로 하고 병원으로 찾아왔는데 딱 마주치고 말아 다소 난처하다는 표정이었습니다. 아버지는 당신과 무슨 할 이야기가 있었던 모양이었으나 저와 마주쳐 생각이 바뀐 것인지 차에 타라고 재촉했습니다. 아버지는 운전수인 고사카이 씨에게 어디 카페가 있으면 차를 세워 달라고 말하고 아주 피곤하다는 듯이 차 시트에 깊숙이 기대고는 라이터 뚜껑을 몇 번이고 열었다 닫았다 했습니다.

"경주마에 비유하자면 앞발이 뚝 부러져 두 동강이 난 상태로구나." 조그만 카페 의자에 앉자마자 아버지는 이렇게 말했습니다. 그러고 나서 항아리로 말하면 산산조각이 나 버린 거지, 하며 무서운 눈으로 저를 쳐다보았습니다. 저와 당신의 부부 관계를 말한 것이 아니라 회사에서 당신이 놓인 입장을 말한 것이라는 것을 저는 한동안 알지 못했습니다. 하지만 그것을 알게 되자 저는 새삼 사태가 심상치 않다는 것을 깨달았습니다. 사업가인 아버지는 과연 사업가답게 당신을 저의 남편으로서보다는 자신의 후계자로서 생각하고 있었습니다. 당신도 잘 알고 있었을 줄 압니다만, 대를 이을 사람이 없는 아버지는 당신에게 큰 기대를 걸고 있었습니다. 상당히 강제적인 형태로 당신을 호시지마 건설의 후계자로 삼기 위한 진영을 갖춰 놓았던 것입니다. 당연히 회사 안에는 그것을 저지하려는 움직임이 있었습니다. 부사장인 고이케 씨, 그리고 고이케파인 모리우치 씨나 다사키 씨 등도 당신이 호시지마 건설에 입사하는 걸 탐탁해 하지 않은 분들이었습니다. 당시 아버지는 앞으로 15년은 계속 현역으로 일할 수 있을 거라고 계산했습니다. 15년이 지나면 사위는 마흔두 살이 됩니다. 그렇게 생각하고 있었던 모양입니다. 그러나 아버지 한 대에 쌓아 올린 호시지마 건설은 발전해 가면서 아버지 한 사람의 것이 아니게 되었습니다. 동생을 전무에, 사촌 동생을 상무에, 조카를 영업본부장에 앉히는 식으로 일족으로만 구성하고 있던 회사에 고이케 시게조 씨라는 능력이 출중한 사람을 부사장에 앉힘으로써 양상이 조금은 바뀌고 있었다는 것을 당신도 충분히 알고 있었을 것입니다. 당신은 아버지에게 이를테면 희망의 별이었던 것입니다. 당신을 외동딸의 남편으로 선택할 때 아버지가 얼마나 신중하게 고르고 조사했는지 알면 분명히 놀랐겠지요. 저는 그 이야기를 당신과 헤어지고 한참 지난 후에야 인편에 들었습니다. 우선 저 자신이 아리마 야스아키라는 청년과 결혼하기를 바랐습니다. 대학 시절부터 교제를 해 와 서로 결혼하고 싶다는 의지를 갖고 있었습니다. 하지만 아버지가 단지 그 이유만으로 결혼을 허락한 것은 아니었습니다. 아버지는 흥신소에 의뢰하여 당신이라는 사람을 철저하게 조사했습니다. 그것도 한 곳이 아니라 세 곳에 의뢰하여 철저히 조사했습니다. 부모님을 일찍 여읜 당신은 백부님 밑에서 자랐는데, 아버지에게는 그 점이 가장 마음에 걸렸던 것 같습니다. 세 흥신소의 조사 결과가 어떤 것이었는지 저는 아버지에게 물어본 적이 없습니다. 하지만 특별히 문제가 될 만한 점은 없었을 것으로 생각합니다. 그러고 나서 실제로 당신과 만난 아버지는 나름의 감식안으로 주의 깊게 관찰했겠지요. 어떤 사람에게 당신에 대해 이런 말을 흘렸다고 들었습니다. 아리마 야스아키는 남이 좋아할 만한 점을 갖고 있다. 인간으로서 큰 장점일 것이다. 다만 그것이 사업가로서 일급 자질인지 어떤지는 아직 알 수 없다. 나는 딸의 남편으로서가 아니라 호시지마 건설의 후계자로서 선택하려고 하기 때문에 급한 결단을 내리기가 힘들다. 또 어떤 사람에게는 자신이 얼마나 결단을 내리기 힘든가 하는 진정을 토로했다는 이야기도 들었습니다. 무슨 일이든 남의 의견을 듣지 않고 독단적으로 처리해 온 아버지로서는 아주 드문 일이었다고 여겨집니다. 우리의 결혼을 허락했다는 것은, 단적으로 말해 자신이 죽은 후의 호시지마 건설을 자기 핏줄이 아닌 아리마 야스아키라는 사람에게 맡기겠다는 결의를 거의 굳혔기 때문일 거라고 해도 좋겠지요.

아버지는 카페 의자에 앉아 담배를 피우면서 "남자니까 바람 한두 번 피우는 것쯤은 아무것도 아니야" 하고 말했습니다. "하지만 이번 일 같은 건 좀." 그리고 한숨을 크게 쉬고 나서 저를 흘끗 쏘아보고는 말의 발이 두 동강 난 것이고 항아리가 산산조각이 난 거라고 또 같은 말을 중얼거렸습니다. 그것은, 너희 사이도 이제 예전처럼 돌아갈 수는 결코 없을 거야, 하는 말처럼 들렸습니다.

그날 밤의 일이었습니다. 한 낯선 남자가 고로엔의 집으로 찾아왔습니다. 아버지는 도쿄로 출장 갈 일이 있어 저녁에 신칸센으로 떠났기 때문에 집에는 이쿠코 씨와 저밖에 없었습니다. 인터폰으로 대응하자 그 사람은 세오 유카코 씨의 아버지라고 했습니다. 저와 이쿠코 씨는 얼굴을 마주하고 만나야 할지 말아야 할지 고민했습니다. 여자만 있는 집에, 그것도 밤중에 낯선 남성을 들이는 게 망설여졌습니다만, 그 이상으로 세상을 떠난 유카코 씨의 아버님이 대체 저에게 무슨 용건이 있을까, 하는 생각이 들었습니다.

응접실로 안내하자 노인(노인이라고 부를 만한 나이는 아닌 것 같았지만 자그마한 몸집에 백발이 섞인 모습은 무척 늙어 보였습니다)은 아주 조심스러운 태도로 몇 번이나 절을 하고 주름이 깊은 얼굴을 일그러뜨리며 이번 사건에 대해 뭐라 사죄를 드려야 좋을지 모르겠다는 식으로 말하며 고개를 주억거렸습니다. 저도 뭐라고 대답해야 좋을지 몰라 난처하여 따님을 잃어 오죽이나 낙심이 크시겠느냐, 하는 말을 했습니다. 혹시 이번 사건으로 무슨 생트집이나 잡고 나오는 게 아닐까 해서 걱정하고 있었습니다만, 너무나도 순직해 보이는 표정이나 언행을 접하고는 안심했습니다. 유카코 씨의 아버님은 사건을 일으킨 딸의 아버지로서 역시 이대로 모른 척하고 있을 수는 없고, 비록 말 한마디라도 사죄를 하고 돌아가고 싶었다고 했습니다. 그날은 마침 유카코 씨의 사십구재로 교토에서 간단한 불교 의식을 마치고 고향으로 돌아가는 길이라며 잠시 소파에 앉아 조그만 눈을 깜박이고 있었습니다. 그러고 나서 "딸하고 아리마 씨가 그런 관계가 되었을 거라고는 생각도 못했습니다"라고 말했습니다. 그 말이 미심쩍어 "제 남편을 전부터 알고 있었나요?"라고 물어보니 노인은 제가 망연자실할 만한 사실을 알려 주었습니다. 당신과 유카코 씨는 중학교 때 한동안 같은 반이었던 적이 있다고 했습니다. 노인도 최근에야 생각난 모양으로, 경찰 조사 때는 완전히 잊고 있어 그것에 대해서는 전혀 말하지 않았다고 했습니다. 어머님에 이어 아버님까지 여읜 중학생이었던 당신은 오사카의 이쿠노生野 구에 사는 백부님이 데려갈 때까지 아주 짧은 기간 동안 마이즈루舞鶴*의 친척에게 맡겨졌다고 했습니다. 불과 넉 달 만에 다시 오사카로 돌아갔지만, 그사이 마이즈루의 중학교로 전학을 갔고 거기서 같은 반의 세오 유카코와 알게 되었습니다. 담배 가게를 운영하는 유카코 씨 집에 한번 놀러 간 적도 있고 오사카로 가고 나서도 이따금 아리마 씨와 딸이 편지를 주고받은 모양이라고 노인은 말했습니다. 유카코 씨는 그 지역 고등학교를 졸업하자 교토의 백화점에 취직했다고 합니다. "쭉 백화점에 다니고 있는 줄로만 알고 있었습니다. 왜 죽었는지 통 모르겠습니다. 유서 같은 것도 없었고요." 유카코 씨의 아버님은 그야말로 웅

* 교토 부의 한 시로 일본해에 면해 있는 항만 도시.

34

접실 바닥에 이마를 문지르는 듯한 자세로 고개를 숙이고, 한 가정을 어지럽히고 더군다나 남편의 생명에 지장을 초래할 만큼의 부상까지 입혔으니 부모로서 어떻게 사죄를 드려야 좋을지 모르겠다며 몇 번이나 사죄를 했습니다.

유카코 씨 아버님이, 내온 차는 입에도 대지 않고 몸을 웅크린 채 돌아간 후 저는 오랫동안 멍하니 거실에 앉아 있었습니다. 뭐라 말할 수 없는 슬픔이 일었습니다. 저는 당신과 유카코 씨의 관계에 문득 애정이라는 말을 놓아 봤습니다. 어쩐 일인지 그 말이 현저하고 확실한 존재감을 갖고 제 가슴속에 자리 잡고 말았습니다. 당신과 유카코 씨 사이에는 단순히 남자와 여자라는 것만이 아닌, 저 같은 사람은 도저히 밀치고 들어갈 수 없는 강한 애정이 존재하고 있지 않았을까, 하고 생각했습니다. 제 안에서 그 생각은 점차 부풀어 오르고 어떤 확신 같은 것이 되어 눌러앉기 시작했습니다. 일시적인 남녀의 유희라고 생각했던 것이, 실은 그런 게 아니라 거기에 아무도 끼어들 수 없는 열렬하고 비밀스러운 애정이 있었다고 한다면……. 저는 그때서야 비로소 억누를 수 없는 질투가 솟구치는 것을 느꼈습니다. 제 마음속에서 한 필의 경주마 앞발이 부러지는 장면과 항아리 하나가 산산조각이 나는 장면이 어렴풋한 영상이 되어 떠올랐습니다. 확실히 아버지가 말한 것처럼 돌이킬 수 없는 비참한 사건이었다는 사실을 저는 거실에 앉아 고개를 숙인 채 재인식했던 것입니다. 저는 당신과 냉정하게 이야기하지 않으면 안 된다고 생각했습니다. 제 머리에 이혼이라는 말이 떠올랐습니다. 당신에 대한 저의 애정이 소리도 없이 쓰윽 녹아 사라지는 듯한 기분이었습니다. 그리고 그것과 동시에 생겨난 것은 증오라는 감정이었습니다. 저는 당신과 대학 1학년 때 알게 되어 스물세 살에 결혼할 때까지 5년간 연애하던 시절과 부부로서 보낸 2년 3개월의 세월을 생각하고, 그보다 더 오래된 당신과 유카코 씨의 관계를 생각했습니다. 당신은 왜 유카코 씨와 중학교 시절부터 아는 사이였다는 것을 나에게도, 게다가 경찰에도 비밀로 한 것일까? 거기에는 숨기지 않으면 안 되는 것이 있었기 때문이 아닐까? 여자의 감이라는 것이었겠지요. 이미 죽었고 얼굴도 본 적이 없는 세오 유카코라는 여성이 제 앞에 서 있었습니다. 그 옆에 무슨 생각을 하고 있는 듯한 예의 그 멍한, 그럼에도 불구하고 뭔가 차가운 것을 발산하는 얼굴의 당신이 이쪽으로 향한 채 서 있었습니다. 저의 존재와는 완전히 무관하게 유카코 씨와 당신 사이에는 애처로울 정도로 깊은, 은밀하고 열렬한 애정이

가로놓여 있습니다. 너무나도 저다운 공상이었습니다. 어쩌면 이를 알아챈 당신은 실소를 금치 못했을지도 모릅니다. 하지만 그럴 때의 직감이라는 것을 저는 믿고 있습니다. 당신과 유카코 씨의 그런 남녀의 모습은 언제까지고 제 마음에서 사라지지 않았습니다.

퇴원하기 전날 뜻밖에도 당신이 먼저 이혼 이야기를 꺼냈습니다. "이제 고로엔의 집으로도, 호시지마 건설로도 돌아갈 수 없어. 나도 그렇게까지 뻔뻔한 사람은 아니니까." 당신은 이렇게 말하며 웃고는 머리를 꾸벅 숙이며 처음으로 저에게 사과했습니다. 당신답게 무뚝뚝한 사과였는데 마음은 이미 정해졌다, 하고 후련해 하는 점이 보였습니다.

'얼마 전에 유카코 씨의 아버님이 고로엔의 집으로 찾아오셨어요. 유카코 씨와는 오래전부터 아는 사이라면서요?' 이렇게 나올 뻔한 말을 꾹 참고 저는 "사실은 제대로 위자료를 받아야 하는 거죠?"라고 말했습니다. 당신이 어떤 반응을 보일까 하면서 "그 사람하고는 기온의 클럽에서 알게 된 거 맞죠?"라고 물어보았습니다. 당신은 살짝 고개를 끄덕이고는 침대 위에서 창밖을 바라보며 "잔뜩 취해서 어떻게 그렇게 되었는지는 생각나지 않아. 인생이라는 게 무슨 일이 일어날지 모른다니까"라고 대답했습니다. 그러고 나서 우리는 병원 뜰로 나가 봄이 한창인 듯한 따사로운 햇볕 속을 걸었습니다. 저는 자신이 냉정하다는 것이 신기했습니다. 물이 흘러가는 것을 고요한 마음으로 바라보고 있는 그런 마음이었습니다. 아아, 그렇게 행복했었는데, 하고 저는 생각했습니다. 사건이 일어날 때까지 그렇게나 평온하고 만족스러웠는데, 정말 무슨 일이 일어난 것일까? 무슨 꿈이라도 꾸고 있는 게 아닐까, 하는 생각을 멍하니 하고 있었습니다. 뭐가 잔뜩 취해서란 말인가, 그렇다면 나도 모르는 체해 주지. 저는 이렇게 생각하고 가운을 걸친 당신과 나란히 미루나무 나목 사이를 걸었습니다.

왜 당신과 세상을 떠난 그 여성 사이의 진짜 사정을 추궁해 보지 않았을까, 하는 생각을 저는 지금도 가끔 합니다. 당시에는 그런 제 마음을 잘 알 수 없었지만, 지금은 좀 더 자세히 분석할 수 있을 것 같습니다. 간단히 말하자면 저는 연인 시절부터 신혼 시절에 걸친 당신과의 세월 위에, 이혼을 목전에 두었으면서도 여전히 책상다리를 하고 앉아 있고 싶었습니다. 그런 마음속 깊은 곳에는 당신에 대한 희미한 동정심이 있었고, 그것을 몇 배 상회하는 증오도 몸을 서리고 있었습니다. 그 모든 것이 일종의 강고한 자존심을 만들어 내 저를 말없이 무표정하게 만들었던 것이지요. 제 안에서 당신과 유카코 씨 사이를 단지 일시적인 육체만의 관계로 처리해 버리고 싶었던 게 아니었을까요? 바꿔 말하면 저는 이미 세상을 떠난 낯선 한 여성에게 지고 싶지 않았던 것입니다.

그날의 햇빛은 이제 곧 봄이 오리라는 걸 절감케 해 주는 것이었습니다. 당신은 퇴원한 후 잠시 백부님 집에 신세를 질 생각이라는 말을 툭 던지고는 입을 다물고 말았습니다. 팔을 빙빙 돌리거나 멈춰 서서 크게 심호흡을 하거나 무릎을 굽혔다 폈다 하는 운동을 하는 등 정말 뭔가 후련해 하는 모습처럼 보였습니다. 어깨를 늘어뜨리고 웅크린 유카코 씨 아버님의 뒷모습을 저는 몇 번이고 떠올렸습니다. 병원 안뜰에서 당신과 헤어진 저는 전철을 타고 가쓰라까지 가서 거기서 다시 우메다행 급행을 탔습니다. 우메다에 도착하자 고로엔으로 돌아갈 생각으로 한신전차 승강장까지 갔습니다만, 갑자기 생각나서 그대로 미도스지를 걸어 요도야바시淀屋橋에 있는 아버지 회사로 갔습니다. 저는 사장실 소파에 앉아 당신이 이혼 이야기를 꺼낸 일을 아버지에게 전했습니다. 아버지는 그래, 하고 한마디 하더니 지갑에서 돈을 꺼내 제 앞에 놓았습니다. "용돈이다. 네 좋을 대로 쓰렴." 아버지는 이렇게 말하며 웃었습니다. 저는 지폐 다발을 핸드백에 넣으면서 아이처럼 소리 내어 울었습니다. 당신과 이혼하면서 제가 운 것은 그때 한번뿐이었습니다. 눈물이 마를 정도로 언제까지고 울었습니다. 슬펐던 게 아니었습니다. 앞으로 뭔가 불행한 일이 시작될 것 같은 예감이 들어 심한 공포에 휩싸였던 것입니다. 뭔가 불행한 일이 저에게만이 아니라 당신의 신상에도 일어날 것 같은 생각이 들었고, 그게 견딜 수 없이 무서웠던 것입니다. 저는 귀가를 서두르는 직장인 무리에 섞여 황혼의 미도스지를 다시 걸어서 돌아갔습니다. 운 흔적이 남은 얼굴을 숙이고 걸으면서 저는 이혼 결심을 굳혔습니다. 타고 싶지도 않은 배에 억지로 태워져 안벽에서 멀어져 가는 그런 기분이 들었습니다. 한 달 후 당신이 보내온 이혼 서류에 서명을 하고 도장을 찍었습니다.

쓰고 싶은 것은 좀 다른 것이었다는 기분이 듭니다. 정말 쓰고 싶었던 것은 이런 게 아니다, 좀 더 쓰고 싶은 것이 있다, 하는 생각도 듭니다. 하지만 제 앞에 쌓인 편지지가 생각보다 두툼해졌습니다. 자오의 달리아 화원에서 별을 보고 있었을 때의 쓸쓸함이 저에게 펜을 들게 했겠지요. 그건 10년 만에 뜻하지 않게 재회한 당신의 옆얼굴이 갖고 있던 쓸쓸함이 저에게 가져다준 여운이기도 했습니다. 자오의 케이블카 안에서 만난 당신은 정말 쓸쓸해 보였습니다. 중상을 입고 병원 침대에 누워 있을 때도 그런 얼굴은 아니었습니다. 강한 눈빛에 뭔가 어둡고 지치고 자포자기한 분위기가 떠돌고 있었습니다. 아무래도 그게 걱정되어 마음이 가라앉지 않는 며칠을 보내고 나서 당신에게 편지를 쓰자는 시시한 생각을 하게 되었습니다. 이제 아무 관계도 없는 우리 사이라고는 해도, 이혼으로 서로가 불행해졌다는 식의 생각은 하고 싶지 않았습니다. 만약 그렇다면 당신과 헤어질 결심을 한 날 아버지 회사의 사장실에 앉아 생각한 것이 단순히 불길한 예감만은 아니었다는 것이 되고 맙니다. 저는 당신과 헤어지고 기요타카라는 아이를 얻었습니다. 기요타카의 질환을 알았을 때의 괴로움이나 고통을 말로 표현할 방법을 알지 못합니다. 저는 만 한 살이 지나도 앉으려고 하지 않는 아들을 보고 저의 예감이 현실이 되어 덮쳐 온 것이라고 생각했습니다. 그리고 장애를 가진 아이를 갖게 한 것은 다름 아닌 당신이라고까지 생각했습니다. 당신만 그런 사건을 일으키지 않았다면 이혼 같은 건 하지 않았을 것이다. 그러면 나는 당신의 아이를 낳고 평온하게 행복한 삶을 살고 있었을 게 아닌가. 모두 당신이 나쁜 거다. 나는 아버지가 권하는 대학 조교수와 재혼하고 기요타카라는 남자아이를 낳았다. 기요타카 같은 아이를 낳은 것은 당신과 헤어져 가쓰누마 소이치로勝沼壯一郎라는 사람과 결혼했기 때문이 아닌가. 저는 정말 이렇게 생각하며 종종 수심에 잠겼습니다. 저는 당신을 증오했습니다. 당신은 터무니없이 엉뚱한 화풀이라고 말할 게 틀림없습니다. 하지만 당시 저는 진심으로 기요타카라는 아이의 어머니가 된 원인을 당신의 부정과 그와 관련된 피비린내 나는 사건을 연관시켜 생각했던 것입니다. 하지만 아이에게 장애가 있다는 사실을 안 당시의 충격, 슬픔, 동요가 가라앉고 드디어 어머니로서의 새로운 애정과 투지가 느껴지자 당신에 대한 증오도 자취를 감추었습니다. 당신의 모습은 제 안에서 점점 엷어져 갔습니다. 세 살부터 일곱 살까지의 4년간 저는 기요타카를 안고 한신 지체장애 치료원에 다녔습니다. 매일 필사적이어서 섰다고 하며 울고, 봉을 잡고 걸었다며 우는 나날이 계속되었습니다. 그래도 장애가 비교적 가벼웠기 때문이겠지요. 말도 자유롭지 못하지만 할 수는 있게 되고 목발을 짚고 걸을 수도 있게 되어 특수학교의 초등부에 입학할 수 있었습니다. 아이의 장래에 작지만 한 줄기 빛이 비친 지금 저는 몇 가지 불만은 있지만 그럭저럭 행복한 생활을 하고 있다고 느끼게 되었습니다. 저는 당신과 이혼해서 불행해졌다는 생각은 결코 하고 싶지 않았습니다. 마치 뭔가에 대한 오기처럼 계속 그렇게 생각해 왔습니다. 그리고 저는 당신이 불행해지기를 결코 바라지도 않았습니다. 그것 역시 오기처럼 마음속으로 늘 빌었습니다.

이제 이쯤에서 긴 편지의 펜을 놓기로 하겠습니다. 장황하게 써 나가는 중에 무엇을 위한 편지였는지 저도 잘 알 수 없게 되어 버렸습니다. 이제 와서 이 편지를 우편함에 넣지 않고 찢어 버릴까도 생각합니다만, 단 한 가지 유카코 씨의 아버님에 대한 이야기를 당신에게 전하는 걸 목적으로 우편함에 넣기로 하겠습니다. 답장을 받기 위해 보내는 편지가 아닙니다. 어쩐지 애매한, 거기에 확실한 의지가 없었던 우리의 이별에 대한 10년째 끌어오는 변명이라고 이해해 주세요. 추운 날씨에 부디 몸조심하시기 바랍니다.

그럼 이만 줄입니다.

1월 16일

가쓰누마 아키勝沼亜紀 올림

추신
.....

발신인이 누구인지 금방 알아볼 수 있도록 결혼 전 이름인 호시

지마 아키星島亜紀라고 써서 보냈습니다. 그리고 당신의 주소는

자재과의 다키구치瀧口 씨에게서 들었습니다. 최근까지 연락하면

서 지낸다고 들었습니다.

가쓰누마 아키 님께

삼가 올립니다.

편지 잘 받았습니다. 편지를 다 읽었을 때는 답장을 쓸 마음이 전혀 없었습니다. 하지만 날이 지남에 따라 저 역시 이야기하지 못했던 많은 심리적 사건을 가슴속에 담아 두고 있다는 것을 깨닫고 주저하면서 펜을 들었습니다. 당신은 어쩐지 애매한, 거기에 확실한 의지가 없었던 우리의 이별이라고 썼습니다만, 그건 잘못 안 것입니다. 제 쪽에 헤어지지 않으면 안될 명백한 이유가 있었습니다. 제가 일으킨 불상사가 바로 그것입니다. 저는 아내가 있으면서 다른 여자와 관계를 맺었고,

45

게다가 보기 흉한 사건에 휩쓸리고 말았던 터라 도저히 변명할 수가 없었습니다. 이혼해야 할 그 이상의 이유는 없었을 거라고 생각합니다. 많은 사람에게 폐를 끼쳤습니다. 저도 상처를 입었습니다만, 당신이 받은 상처는 그보다 훨씬 컸겠지요. 당신 아버님께도, 호시지마 건설에도 상처를 주었습니다. 제 쪽에서 이혼을 요청한 것은 당연한 일이었습니다.

그건 차치하고 저는 이 편지를 세오 유카코와 저의 관계에서부터 쓰려고 합니다. 그게 당신에 대한 예의라고 생각하기 때문입니다. 그런 다음에 오랫동안 당신을 속여 온 일에 대한 사죄를 드리겠습니다. 제가 이혼할 때 그것을 말하지 않은 이유는 이해할 수 있으시겠지요. 같잖은 표현입니다만, 당신에게 그 이상의 상처를 주고 싶지 않아서였습니다. 유카코의 아버님이 당신을 만나 저와의 일을 이야기했다는 사실을 당신도 그저 숨기기만 하지 않았습니까? 당신이 그 이야기를 털어놓았다면 저는 완전히 항복하고 그 병원의 안뜰에서 사실대로 다 털어놓았을지도 모릅니다. 하지만 당신은 아무 말도 하지 않았습니다. 당신은 여자의 감이라고 썼습니다만, 핵심을 건드리는 대단한 감이었다고 저는 편지를 읽으면서 깊이 감동했습니다.

유카코와 알게 된 것은 중학교 2학년 때였습니다. 부모를 잃은 저는 처음에 마이즈루에 사는 어머니 쪽 친척에게 맡겨졌습니다. 오가타라는 이름의 부부로 아이가 없어 언젠가는 저를 양자로 삼을 예정이었던 것 같은데, 아무튼 제가 열네 살이라는 까다로운 나이의 소년이었다는 것과 서로의 성격이 잘 맞을지 어떨지 모르니 한동안 같이 지내며 상황을 지켜보자고 이야기가 되어 호적에도 올리지 않은 채 저는 그 부부의 보살핌을 받게 되었습니다. 그래서 저는 그 지역 중학교로 전학을 갔습니다. 이미 20년도 더 된 옛날 일이라 당시의 제가 어떤 소년이었는지, 무슨 생각을 했는지는 거의 기억나지 않습니다. 다만 지금도 확실히 기억하는 것은 처음으로 히가시마이즈루東舞鶴 역에 내렸을 때 느낀, 마음이 오그라드는 것 같은 심한 적요감입니다. 히가시마이즈루는 저에게 이상한 어둠과 쓸쓸함을 지닌 동네로 느껴졌습니다. 차가운 바닷바람이 떠도는 초라한 변경의 땅으로 보였습니다. 실제로 히가시마이즈루는 교토의 북쪽 끄트머리에 있는, 일본해에 면한 한산한 곳이었습니다. 겨울에는 눈, 여름에는 습기, 그 밖의 계절에는 어두침침한 두꺼운 구름뿐, 드문드문한 사람의 왕래, 먼지 섞인 바닷바람. 저는 얼마나 오사카로 돌아가고 싶었는지 모릅니다.

하지만 저에게는 돌아갈 곳이 없었습니다. 오가타 부부도 저를 데려오고 나서 곧바로 자신들의 결정을 후회한 모양이었습니다. 서로가 언제까지고 조심하느라 어색하고 답답한 나날이 계속되었습니다. 동네 소방서에 근무하는 성실하고 정직한 외숙과 마이즈루에서 나고 자랐으며 수수하고 온화한 외숙모는 어떻게든 부모가 되려고 노력해 준 모양이었지만 전혀 마음을 열지 않는 저를 어떻게 대해야 할지 몰라 괴로워했습니다.

학교에서도 저에게는 친구가 생기지 않았습니다. 부모를 잃은 지 얼마 되지 않았으며 도회에서 온 말없는 소년을 대체 어떻게 대해야 좋을지 동급생들도 당혹스러웠겠지요. 학교생활에도, 오가타 부부와의 생활에도 익숙해지지 않은 채 몇 달이 지났습니다만, 그중에 단 하나 제 주변에서 가슴 설레는 사건이 일어났습니다. 같은 반의 한 여학생에게 끌린 것입니다. 이런저런 소문이 많은 여학생이었는데, 어느 고등학생하고 몰래 연애를 한다거나 이미 남자를 알고 있다거나 불량 그룹이 그녀를 둘러싸고 싸움을 벌였다거나 하는 풍문에 둘러싸인 소녀였습니다. 마이즈루에서 보낸 짧은 기간 중에 제가 경험한 단 하나의 선명한 사건은 세오 유카코라는 소녀에 대한 사랑이었습니다. 오가타 부부가 내준 다다미 여섯 장짜리 방에 틀어박혀 저는 유카코에게 결코 보내지도 못한 여러 통의 편지를 썼습니다. 다 쓰면 봉투에 넣어 이삼일 책상 밑에 넣어 두었다가 집 뒤 공터에서 태워 버렸습니다. 지금 생각해 봐도 유카코에 대한 저의 마음은 사춘기 소년의 아련한 연정이었습니다. 당시 제가 놓인 특수한 환경을 생각하면, 어쩌면 그렇게 함으로써 자신의 쓸쓸함을 달래려고 한 것이었는지도 모르겠습니다. 하지만 저는 멀리서 그녀의 옆얼굴이나 행동거지를 훔쳐볼 뿐 직접 말을 걸어 보거나 마음을 전하려고 궁리하지는 않았습니다. 그것이 아무리 진지하고 열렬한 마음이었다고 해도 저는 아직 열네 살의 어린애에 지나지 않았습니다. 또래 여학생에 비하면 유카코는 웃는 것도, 말하는 것도, 걷는 것도, 다리를 꼬는 것도, 아무튼 모든 점에서 세련되고 어른스럽게 보였습니다. 마이즈루라는 어둑하고 인적도 없는 해변 마을의 모습이 저에게 오히려 그녀를 둘러싸고 있는 풍문을 요염하고 신비한 것으로 고양시켰는지도 모릅니다. 유카코에 관한 음탕하고 문란한 소문을 들을 때마다 제 마음은 더욱 격해졌습니다. 죄 냄새를 풍기는 그런 추문은 그녀에게 무척 어울린다고까지 생각되었습니다. 제 눈에는 그녀가 그만큼 아름답고 화려하게 비쳤습니다.

11월 초순, 마이즈루 특유의 사박스러운 찬바람이 부는 날이었습니다. (우쭐해진 마음에 무슨 말을 하는 거냐고 비웃을 것 같지만, 저는 유카코가 아라시야마의 여관 객실에서 스스로 목숨을 끊은 일을 생각할 때마다 20여 년 전 그날의 사건을 통절한 감회와 함께 떠올립니다)

학교에서 돌아온 저는 외숙의 집을 나와 항구 쪽을 향해 걸었습니다. 무엇 때문에 어디를 향해 갔는지는 전혀 기억나지 않습니다. 복잡한 마이즈루 만의 동쪽에는 마이즈루 동항東港이라는 쇠퇴한 항구가 있고, 늘 작은 어선 몇 척쯤은 쭉 이어진 채 정박해 있었습니다. 지저분한 방파제가 구불구불 이어져 있고 바닷새 울음소리가 디젤 어선 소리와 섞여 들려왔습니다. 저는 방파제에 기대 한동안 항구의 경치를 바라보고 있었습니다. 그 무렵의 저는 바다를 보면 아아, 이 얼마나 쓸쓸한 바다인가, 하는 생각과 함께 어떻게든 오사카로 돌아가고 싶다는 생각을 했습니다. 하늘을 보면 어쩜 하늘이 이리 어두울까, 하는 생각에 돌아가신 부모를 그리워했던 터라 아마 그때도 항구 안의 조용한 파도를 바라보며 어떻게 하면 오사카로 돌아갈 수 있을까, 하는 생각을 하고 있었겠지요. 사람이란 참 이상해서 멀고 먼 옛날의 사건도 사소하고 얼토당토않은 일까지 선명하게 기억하는 경우가 있습니다만, 그때도 수건으로 얼굴을 가린 여자가 우는 아이를 자전거 뒤에 태우고 제 등 뒤로 달려 지나간 일을 기억하고 있습니다. 울고 있는 아이와 순간적으로 눈이 마주쳤는데 저는 지금도 그 아이의 흠뻑 젖은 눈망울을 생생하게 떠올릴 수 있습니다. 아이의 울음소리가 멀어지자 곧바로 저는 방파제 위에 손을 짚고 항구 쪽으로 얼굴을 돌린 채 느릿느릿한 걸음으로 걸어오는 세일러복 차림의 세오 유카코를 보았습니다. 그녀는 무슨 생각에 골몰하는 듯한 표정으로 그대로 어슬렁어슬렁 걸어오더니 앞길에 서 있는 저에게 부딪힐 뻔하고서야 깜짝 놀라 걸음을 멈췄습니다. 그리고 돌연한 사건에 허둥지둥하고 있는 저를 똑바로 쏘아보았습니다. 같은 반이라고 해도 우리는 한번도 말을 해 본 적이 없었습니다. 그녀는 이런 데서 뭘 하고 있느냐고 저에게 물었습니다. 횡설수설하면서 저는 뭐라고 대답을 했습니다. 그러자 그녀는 잠깐 생각하는 것 같더니 지금 배를 타러 가는데 같이 가지 않겠느냐고 물었습니다. 배를 타고 어디를 가느냐고 묻자 그녀는 만 안을 한 바퀴 빙 돌고 금방 돌아올 거라며 정박해 있는 어선 쪽으로 시선을 향했습니다. 다만 같이 타는 사람이 있다는 걸 알면 혹시 태워 주지 않을지도 모른다고 중얼거리며 어선이 이어져 있는 곳으로 걸어갔습니다. 아마 배에 타고 싶지 않나 보다고 생각하면서 저는 그녀의 뒤를 따라갔습니다. 뭔가 성가신 일이 일어날 것 같은 예감이 들어 망설였습니다만, 그대로 헤어지는 것도 아쉬운 마음이 들어 바닷바람 속을 걸어갔던 것입니다. 오스기호라는 배에 한 젊은 남자가 서 있었습니다. 유카코를 보고 웃으며 손을 흔들다가 뒤따라오고 있는 저를 보더니 눈빛이 험악하게 변했습니다. 빡빡밀어 버린 것처럼 짧은 머리라서 처음에는 고등학생인가 하는 생각도 했습니다만, 보기에 따라서는 스물두세 살의 청년으로 보이기도 했습니다. 유카코는 잔교에 서서 남자를 올려다보며 저를 오사카에서 전학 온 반 친구라고 소개하고는 배에 태워 달라고 해서 데리고 왔다고 말했습니다. 남자는 탐색하는 듯한 눈으로 저를 보고 있었는데, 가볍게 고개를 끄덕이고는 작은 선실로 들어가 엔진을 켜더니 우리에게 타라고 재촉했습니다. 배가 잔교를 떠난 직후 남자는 큰 소리로 제게 수영을 할 줄 아느냐고 물었습니다. 조금은 할 줄 안다고 대답하자 남자는 잽싸게 선실에서 튀어나오더니 제 목덜미를 잡고 그대로 밀어 바다로 떨어뜨렸습니다. 바다 속에서 떠올라 배를 보니 마침 유카코가 제 뒤를 따라 세일러복 차림 그대로 바다로 뛰어드는 것이 보였습니다. 남자가 뭐라고 소리쳤습니다만, 우리는 필사적으로 잔교까지 헤엄쳤습니다. 저는 잔교 위로 기어올라 유카코를 끌어올렸고, 흠뻑 젖은 모습으로 뛰기 시작하여 한참 떨어진 곳에 이르러서야 멈췄습니다. 남자가 쫓아오지 않을까 싶어 무서웠습니다. 하지만 배는 그대로 항구에서 똑바로 나아갔고 돌아올 것 같지는 않았습니다. 헤엄치는 중에 신발이 다 벗겨진 모양인지 저도 유카코도 젖은 양말에서 바닷물을 뚝뚝 흘리면서 서 있었습니다. 유카코는 저를 불러 세웠고, 뛰어가니 제 손을 잡고 몇 번이고 미안해, 미안해, 하며 사과를 했습니다. 그런데 돌연 큰 소리로 웃기 시작했습니다. 제가 멍하니 바라볼 정도로 이상한 웃음이었습니다. 흠뻑 젖은 생쥐 꼴이 된 그녀는 내 손을 잡은 채 몸을 비틀며 계속 웃었습니다. 한바탕 웃고 나서 유카코는 자기 집으로 가자고 했습니다. 11월의 마이즈루 바다가 찼기 때문에 몸이 점점 차가워졌습니다. 제가 부들부들 떨었더니 그녀는 오빠 옷이 있으니까 그걸로 갈아입으면 된다고 했습니다. 우리는 잔달음질로 항구에서 마을로 들어가, 길가는 사람들의 시선을 받으면서 유카코의 집 쪽으로 서둘러 갔습니다.

유카코의 집은 외숙의 집에서 좀 떨어진, 건어물 공장이 늘어선 마을 외곽에 있었습니다. 건어물 공장이라고 해도 검은 슬레이트 지붕과 판벽뿐인 건물이었는데, 그 근처로 가자 비린내가 코를 찔렀고, 무리를 지은 들개들이 산적한 나무상자 주변을 어슬렁거리고 있는 게 보였습니다. 담배 가게 간판을 단 조그만 이층집이 유카코의 집이었습니다. 가게 앞에 앉아 있던 유카코의 어머님이 우리를 보고 놀라 소리를 질렀습니다. 유카코는 잔교에서 놀다가 바다에 빠졌다고 말하고 오빠 옷을 내 달라고 부탁했습니다. 유카코가 2층에서 옷을 갈아입는 동안 저는 부엌으로 이어지는 마루방에서 젖은 옷과 속옷을 벗고 몸을 닦은 다음 어머님이 내준, 나프탈렌 냄새가 나는 남자 옷으로 갈아입었습니다. 유카코의 오빠는 그해에 그 지역 고등학교를 졸업하고 오사카에 있는 자동차 회사에 취직했습니다. 오누이 둘뿐이라고 들었습니다만 저는 유카코의 오빠와는 한번도 만난 적이 없습니다. 옷을 다 갈아입은 유카코가 2층에서 불러 저는 계단을 올라갔습니다. 빨간 스웨터를 입은 유카코가 젖은 머리를 타월로 닦으면서 감기 걸리면 안 되니까 몸 좀 덥히라며 전기난로를 방 가운데에 놓았습니다. 어머님이 뜨거운 차를 가져와 저와 유카코는 벌겋게 달궈진 난로를 사이에 두고 앉아 한동안 아무 말 없이 차를 마시고 있었습니다. 유카코의 책상에는 전기스탠드와 조그만 나무 상자, 그리고 도자기로 만든 인형 하나가 놓여 있었는데 저는 지금도 어딘가 소녀 취향의 그 배치를 떠올릴 때가 있습니다. 그녀를 둘러싼 풍문과는 동떨어진 유치하고 다소곳한 분위기가 다다미 여섯 장짜리 방 여기저기에 떠돌고 있었지만, 바닷물에 젖어 검게 빛나는 머리를 어깨까지 늘어뜨리고 볼에 난로의 열을 받고 있는 유카코에게서는 어둠을 동반한 어떤 색향 같은 것이 발산되고 있었습니다. 제 눈에는 금방 목욕하고 나와 젖은 머리를 말리고 있는 성숙한 여인이 가만히 생각에 골몰하고 있는 것처럼 비쳤습니다. 아니, 그때 그렇게 비쳤다는 것이 아닙니다. 이렇게 편지를 쓰면서, 그러니까 20여 년 전 중학생이었던 세오 유카코의 모습을 마음속에 그리면서 지금 제가 그렇게 생각한다고 해야 맞겠지요. "왜 바다에 뛰어들었어?" 하고 제가 물었습니다. 그녀는 장난스럽게 웃고는 그 사람하고 둘이서만 있는 게 싫어서, 라고 대답했습니다. 둘이서 있고 싶지 않았다면 왜 그 사람 배에 타려고 했느냐고 저는 캐물었습니다. 그녀는 악바리 같은 시선을 던지며 말없이 저를 쏘아보았습니다. 그러고는 오라고 했는데도 가지 않으면 언제까지고 따라다닌다, 지금까지도 몇 번이나 학교에서 돌아오기를 숨어서 기다리고 있다가 집요하게 오라고 했다고 말했습니다. 저는 제가 들은 그녀에 관한 풍문을 말하고 진짜냐고 물어보았습니다. 그녀는 진짜도 있고 그렇지 않은 것도 있다고 하며 오늘 일어난 일은 절대 아무에게도 말하지 말아 달라고 덧붙였습니다. 조그만 난로의 열기가 이마, 볼, 손바닥을 따뜻하게 해 제 몸에서는 드디어 떨림이 멈추었고 그와 동시에 뭔가 느긋한 기분이 물밀듯이 몰려드는 것 같았습니다. 저는 유카코와 제가 마치 친한 소꿉친구라도 되는 것 같은 착각에 빠져 그런 소문이 나는 것은 마음에 틈이 있어서 무의식중에 남자의 유혹을 부르는 아양을 떨기 때문이 아닌가 하는 의미의 말을 했습니다. "그런 게 아니야." 그녀는 강한 어조로 이렇게 말하며 아랫입술을 깨물고는 한참 동안 저를 노려보았습니다. 그 눈은 어딘지 모르게 슬퍼 보여 그녀가 가진 아름다움을 한층 돋보이게 해 주었습니다. 그런 그녀를 보고 있으니 저는 문득 평소의 억누르기 힘든 적요감에 휩싸였습니다. 세오 유카코라는 소녀가 발산하는 신기한 어둠은 일본해에 면한 외진 항도의 모습과 동질의 것이었습니다. 저는 유카코에게 마이즈루라는 동네가 얼마나 싫은지, 그리고 얼마나 오사카로 돌아가고 싶은지를 이야기했습니다. 날이 저물어 방이 어두워졌고 난로의 붉은 니크롬선만이 소용돌이치는 모양으로 구불구불 떠올랐습니다. 이렇게 쓰고 있으니 그때의 정경이 마치 어제 일처럼 떠오릅니다. 저는 그때의 추억을, 어떤 환상적이고 꿈같고 덧없으며 둘도 없는 것으로 마음속에 계속 간직해 왔습니다. 성인이 되고 사회인이 되어 당신과 결혼하고 나서도 저는 그 추억 속에 잠기곤 했습니다.

그녀는 두 손을 내밀어 제 양 볼을 잡고 차분한 동작으로 이마를 들이밀었습니다. 그리고 그렇게 한 채 제 눈을 들여다보고 킥킥 소리 죽여 웃었습니다. 그건 아무리 생각해도 열네 살 소녀의 행동이 아니었습니다. 한순간의 놀람이 지나자 저는 넋을 잃고 그대로 있었습니다. 그녀는, 전부터 좀 좋아했지만 오늘 정말 좋아하게 되었다고 속삭이며 볼을 바짝 대고 입술을 핥았습니다. 이제 와서 생각하면 열네 살에 아무런 망설임도 없이 남자에게 그런 행동을 할 수 있다는 것이 세오 유카코라는 사람이 갖고 있던 하나의 업보였다고 말할 수 있겠지요. 업보라는 말이 대체 얼마나 깊은 의미를 숨기고 있는지 저는 모릅니다. 하지만 그 말은 유카코라는 여자를 떠올릴 때 가장 적절한 울림을 갖고 제 마음에 떠오릅니다.

누군가 계단을 올라오는 소리가 들려서 우리는 황급히 떨어졌습니다. 유카코의 아버님이 퇴근해서 2층으로 올라온 것이었습니다. 당시 유카코의 아버님은 담배 가게를 운영하면서 동네의 수산물 가공회사에서 일하고 있었습니다. 유카코는 아버지에게 저를 소개하며 부모를 여의었다는 것, 외숙 집에 양자가 되려고 왔다는 것을 이야기해 주었습니다. 그런 이야기를 하는 모습은 아버지에게 어리광을 부리는, 아직 아가씨라고 말할 수 없는 어린애 같은 면만 겉으로 드러낸 것이어서, 저에게 얼굴을 바짝 들이대며 달콤한 말을 속삭이던 때 풍기던 여자다움은 형체도 없이 사라졌습니다. 저는 보자기에 싸 준 저의 젖은 교복과 속옷을 들고 그녀의 집을 나왔습니다. 유카코는 건어물 공장 앞까지 저를 바래다주러 나와 아무 일도 없었던 것처럼 잘 가, 하고 말했습니다. 그런데 마이즈루에서 세오 유카코와 어울린 것은 그날 하루뿐이었습니다. 제가 몸에 맞지 않은 헐렁한 옷을 입은 채 보자기 꾸러미를 안고 외숙의 집으로 돌아가자 오사카의 이쿠노 구에 사는 큰아버지가 찾아와 저를 기다리고 있었습니다. 오가타 부부와 이미 의논을 한 모양인 듯 저를 데려가기 위해 마이즈루까지 찾아온 것이었습니다. 오가타 부부의 강력한 요망으로 나를 마이즈루로 보냈지만 역시 자기가 보살피는 것이 옳은 일이라고 큰아버지는 말했습니다. 앞으로의 일을 생각해도 오사카에서 생활하는 것이 나을 것이다. 우리 집도 그다지 유복하지는 않지만 너만 동의한다면 성인이 되어 독립할 수 있을 때까지 아버지를 대신할 생각이다. 큰아버지는 이렇게 말하고 오사카로 돌아가자고 했습니다. 저의 대답을 들을 것까지도 없이 일은 이미 정해져 있었습니다. 오사카로 돌아가는 것은 저에게 기쁜 일이었지만 그 자리에서 동의하는 것은 오가타 부부에게 죄송하다는 생각이 들어 저는 잠깐 생각할 시간을 달라고 해 놓고 2층 제 방으로 갔습니다. 제 몸 여기저기에는 조금 전 유카코의 흔적이 아직 남아 있어 뭔가 복잡한 기분으로 멍하니 벽에 기대고 있었습니다. 오늘 정말 좋아하게 되었다는 유카코의 말이 그토록 오사카로 돌아가고 싶던 제 마음을 아주 심하게 동요시켰습니다. 저는 아직 열네 살이었지만 저에 대한 오가타 부부의 마음은 충분히 짐작하고 있었습니다. 역시 큰아버지 밑으로 갈 수밖에 없다고 저는 생각했습니다.

그날 밤 저는 큰아버지와 함께 중학교 담임 선생님 댁으로 찾아가 사정을 이야기하고 갑작스러운 일이기는 하지만 가능하면 내일이라도 당장 마이즈루를 떠나고 싶다는 뜻을 전했습니다. 이튿날 아침 저는 어제 빌린 유카코 오빠의 옷과 속옷을 들고 그녀의 집으로 갔습니다. 한 발 차이로 유카코는 학교에 가고 난 뒤였습니다. 저는 유카코의 아버님에게 간단히 사정을 이야기하고 집 주소를 물어 들은 다음 기다리고 있는 큰아버지에게 달려갔습니다. 열차 시각에 촉박했던 것입니다. 서둘러 마이즈루를 뒤로 한 저는 반 친구들에게도, 유카코에게도 아무런 인사도 하지 않고 오사카로 돌아갔습니다.

저는 오사카의 큰아버지 집에 자리 잡고 나서 곧바로 그녀에게 편지를 썼습니다. 어떤 내용이었는지는 잊어버렸지만 곧 유카코에게서도 답장이 왔습니다. 저는 한 달에 한 번꼴로 유카코에게 편지를 보냈습니다. 유카코에게서도 두세 번 답장이 왔지만 머지않아 편지가 뚝 끊겼고 얼마 후 저는 고등학교에 진학했습니다. 저는 이따금 미쳐 버릴 것 같은 심정으로 유카코의 옆얼굴을 마음속에 그렸습니다. 몇 번이나 마이즈루까지 가서 유카코를 만나고 오자는 생각을 했는지 모릅니다. 하지만 이런 열렬한 마음과는 반대로 저는 어느덧 그녀에게 편지를 쓰지 않게 되었습니다. 답장을 보내지 않는 유카코가 이미 손이 닿지 않는 먼 존재로 여겨졌던 것입니다. 유카코의 방에서 그녀가 제게 보여 준 행동은 그 자리에서만의 일시적인 기분에 지나지 않았던 게 아닐까, 하는 생각을 했습니다. 아마 마이즈루의 고등학교에 진학했을 그녀는 한층 화려한 풍문에 휩싸여 먼 옛날의 나 따위는 까맣게 잊어버렸음에 틀림없다, 하고 자신을 타이르고 저는 대학 입시를 위한 수험 준비에 전념했습니다. 저는 유카코를 거의 완전하게 잊어버린 것 같았습니다만, 그래도 뭔가를 하다가 황혼이 다가오는 그날 2층의 방에서 젖은 머리를 어깨에 늘어뜨린 그녀의 모습이며 소리 죽여 웃는 모습, 그리고 저에게 속삭인 가슴 설레는 말의 의미가 마음속을 스쳐 갔습니다.

대학에 들어갔고 3학년 때 저는 당신을 알게 되었습니다. 결혼하고 나서도 당신이 장난으로 몇 번이나 제 입으로 말하게 한 것처럼, 저는 여러 동급생과 함께 캠퍼스의 잔디밭에 앉아 아이스크림을 먹고 있던 한 여학생에게 마음을 빼앗겼습니다. 당신은 아주 신물이 나도록 말하게 했지요. 이제 와서 보면 바보 같은 대사지만, 여기서 다시 한번 되풀이하지요. 저는 그야말로 당신에게 첫눈에 반했습니다. 저는 당신의 관심을 끌기 위해 정말이지 생각할 수 있는 온갖 수단을 강구했습니다. 이미 제 마음속에서 세오 유카코의 그림자는 사라져 버렸고, 교육을 잘 받고 자랐으며 발랄한 한 아가씨가 그것을 대신한 것 같았습니다. 하지만 유카코는 여전히 제 안에 숨어 있었습니다. 저는 꽤 나중이 되어서야 그것을 깨달았습니다.

당신과 결혼하고 호시지마 건설에 입사해서 1년쯤 지난 무렵의 일입니다. 어떤 기계 제조사가 마이즈루에 공장을 건설하게 되었는데 현지 건축 회사와 공동으로 시공하는 형태의 의뢰를 해 왔습니다. 저는 현지를 시찰하기 위해 시공 담당자와 설계 담당자, 이렇게 셋이서 마이즈루까지 갔습니다. 10여 년 만에 찾아간 마이즈루였습니다. 일은 금방 끝났고 우리는 역 근처의 여관으로 들어가 이른 저녁을 먹었습니다. 저는 반가운 마이즈루의 거리나 항구를 보고 싶어 혼자 여관을 나와 먼저 오가타 부부의 집을 향해 걸어갔습니다. 그 2년 전에 외숙은 돌아가셨고 외숙모만 혼자 살고 있을 터였습니다. 그런데 하필이면 외숙모는 외출한 모양인지 집에 없었습니다. 하는 수 없이 항구 쪽으로 걸어가다가 문득 유카코는 어떻게 지내고 있을까, 하는 생각을 했습니다. 이미 결혼해서 애 엄마가 되어 있을지도 모른다고 생각했습니다. 제 발은 자연스럽게 동네 외곽에 있는 유카코의 집 쪽으로 향했습니다. 마이즈루 거리는 완전히 바뀌었는데, 건어물 공장은 커다란 수산물 가공공장이 되어 있었습니다. 하지만 세오 담배 가게는 10여 년 전과 똑같은 모습으로 서 있었습니다. 가게 앞에는 완전히 나이 든 유카코의 어머님이 앉아 있었습니다. 저는 담배를 사고 살짝 안을 들여다보았고, 큰맘 먹고 말을 걸었습니다. 제 이름을 말하고 중학교 다닐 때 따님과 같은 반이었다는 것, 바다에 빠져 흠뻑 젖은 옷을 이 집에서 갈아입었다는 것 등을 이야기하고 유카코 씨는 잘 있느냐고 물어보았습니다. 어머님은 잠시 생각에 잠겼는데 곧 조금씩 생각나는 모양인 듯, 오사카로 돌아갔고 그 뒤에도 가끔 편지를 보낸 사람이냐고 물었습니다. 제가 그렇다고 대답하자 어머님은 반가운 듯이 일부러 밖으로 나와서 정중하게 인사를 하며 유카코는 지금 교토의 가와라마치에 있는 백화점에서 일하고 있다고 가르쳐 주었습니다. 침구 매장에 있을 테니 교토에 갈 일이 있으면 꼭 들러 보라는 것이었습니다. 벌써 결혼하여 애 엄마가 되어 있을 줄 알았다고 하자 부모의 말을 안 듣고 멋대로 놀며 지내고 있는 것 같다, 좋은 사람 있으면 소개해 줬으면 좋을 정도라며 어머님은 웃었습니다. 저는 해가 저문 마이즈루 거리를 걸어 항구까지 갔습니다. 방파제에 기대어 만의 후미에 점점이 반짝이는 불빛을 바라보며 거기서 처음으로 제 안에 숨어 있는 유카코에 관한 추억이 진작 지나가 버린, 누구나 갖고 있는 단순한 감상에 지나지 않는 게 아닐까, 하는 생각을 했습니다. 아아,

옛날 생각이 난다. 난 여기서 유카코와 딱 마주쳤고 낯선 남자가 나를 바다에 내던졌지. 그때는 아버지와 어머니를 잃고 오가타 부부에게 맡겨져 마이즈루까지 왔고, 마음속에 쓸쓸함과 불안을 가득 안고 대체 무슨 생각을 하고 있었을까? 그건 그렇고 세오 유카코라는 소녀는 얼마나 이상한 소녀였던가. 저는 이런 생각을 하면서 언제까지고 바닷바람을 맞으며 서 있었습니다. 그 순간 유카코라는 소녀의 망령이 제 안에서 갑자기 빠져나와 사라졌습니다. 확실히 제 안에서 빠져나왔습니다. 저는 그것을 확실히 느꼈습니다. 저는 어쩐지 마음이 즐거워져 담배를 여러 대나 피우면서 역 앞의 여관으로 돌아갔습니다.

그러고 나서 몇 주가 지난 어느 비 오는 날이었습니다. 저는 회사 차로 교토의 마루야마円山 공원 근처에 있는 어느 병원으로 갔습니다. 거래처 업무부장이 입원해 있어 병문안을 갔던 것입니다. 저는 가와라마치 교차로 근처에서 차를 세우게 하고 과일 가게라도 없나 하고 찾아보았습니다. 눈앞에 백화점이 있어서 차를 기다리게 해 놓고 문병 선물로 멜론이라도 살까, 하고 안으로 들어갔습니다. 과일 매장에서 멜론을 포장하고 있을 때 문득 이 백화점의 침구 매장에 유카코가 있다는 사실이 떠올랐습니다. 그러자 가슴이 두근두근했습니다. (결혼한 지 1년도 안 된 아내가 있는데도 정말이지 혼자 우쭐댄 것인데, 그게 남자라는 동물이라고 이해해 주기를 바랄 수밖에 없습니다) 저는 6층의 침구 매장으로 올라갔습니다. 말을 나눌 생각 같은 건 추호도 없었습니다. 그냥 한번 보고 싶다, 유카코가 어떤 여성이 되어 있을까, 하는 가벼운 마음이었습니다. 침구 매장에 있는 여점원의 얼굴을 훔쳐보면서 서성거려 봤지만 유카코인 듯한 여성은 보이지 않았습니다. 다들 유니폼의 가슴 쪽에 이름표를 달고 있었는데, 세오라는 이름의 점원은 없었습니다. 그때 제가 그대로 돌아왔다면 어땠을까, 하는 생각을 이따금 합니다. 하지만 그게 인생이 갖고 있는 저항할 수 없는 올가미 같은 것이겠지요.

저는 매장에 있는 한 여점원에게 여기에 세오 유카코라는 사람이 있느냐고 물어보았습니다. 그러자 그 점원은 매장 안쪽의 작은 문을 열고 큰 소리로 세오 씨, 손님이요, 하고 외쳤습니다. 제가 막을 틈도 없었습니다. 이름이 불린 유카코가 곧 매장으로 나왔고 수상쩍다는 듯이 제 앞에 섰습니다. 그렇게 되자 저로서는 뭔가 말을 하지 않으면 물러날 수도 없었습니다.

저는 제 이름을 말하고 유카코의 표정을 살폈습니다. 당연히 그녀는 수상쩍다는 듯이 저를 마주 보았습니다. 저는 몇 주전에 마이즈루에서 유카코의 어머님에게 한 것과 같은 말을 빠른 어조로 지껄이고 우연히 이 백화점에 들른 터라 반가운 마음에 찾아본 것이라고 말했습니다. 그녀는 곧 저를 떠올렸습니다. 떠올리자마자 유카코의 얼굴에는 10여 년 전 소녀였던 무렵과 같은 분위기의 미소가 떠올랐습니다. 백화점 유니폼을 입은 유카코는 제가 상상했던 것보다 훨씬 수수한 용모였습니다. 하지만 눈을 크게 뜨고 웃으니 거기에 몇 가지 화려한 풍문을 불러일으켰던 미모가 되살아났습니다. 그건 확실히 유카코였습니다. 하지만 어딘가 망가진 것을 갖고 성인이 된여자 특유의 저속함이 없는, 의외일 정도로 청순한 모습에 저는 약간 당황했습니다. 그녀는 저를 보고 무척 반가워하며 이런 데 서서 얘기하는 것도 이상하다며 백화점 옆에 있는 카페로 저를 데려갔습니다. 20분쯤이라면 자리를 비워도 별 지장이 없다는 것이었습니다. 하지만 막상 카페에서 마주 앉고 보니 대체 무슨 말을 해야 좋을지 몰라서 저는 끝없이 마이즈루에서의 추억담만 되풀이했습니다. 이야기가 끊겼을 때 그녀는이런 말을 툭 던졌습니다. "나, 곧 일하는 거 그만둘 거야." 일하는 걸 그만두고 어떻게 할 거냐고 물으니 유카코는 전부터 아르바이트로 기온의 클럽에서 일하고 있는데 여러 가지로 생각한 끝에 그쪽 일을 본업으로 삼기로 했다며 유니폼 주머니에서 클럽 성냥을 꺼내 제게 건넸습니다. 거래처 접대로 기온의 클럽을 이용하는 일이 늘 것 같다고 제가 말하자 그럼 꼭 자기 가게를 이용해 달라며 웃었습니다. 저는 차를 기다리게 해 두고 있어서 그날은 그렇게 유카코와 헤어졌습니다. 그리고 그로부터 한 달 후 거래처의 높은 분을 모시고 유카코가 일한다는 아를이라는 클럽에 처음으로 갔습니다.

저는 세오 유카코와의 복잡한 사정을 죄다 쓸 생각으로 펜을 들었습니다만, 이렇게 계속 쓰다가는 당신에게서 받은 편지보다 길어질 것 같습니다. 이 편지도 이미 너무 길어졌을 정도로 많이 썼습니다. 쓰면서 어쩐지 좀 지긋지긋해졌습니다. 이제 아무래도 좋은 게 아닐까, 하는 기분이 들었습니다. 그 이후 저와 유카코의 사건은 어디에나 있는 남녀 관계의 시작과 그것에 이어지는 흔해 빠진 관계를 상상하면 될 것입니다. 유카코가 왜 자신의 목숨을 끊었는지, 그녀가 왜 저를 나이프로 찔렀는지, 생각해 보면 그런 것까지 당신에게 상세히 설명할 필요는 없다고 생각합니다. 게다가 당신의 말마따나 저와 유

카코 사이에 아무도 끼어들 수 없는 열렬하고 비밀스런 애정
같은 것이 실제로 존재했는지 어떤지도 지금 생각하면 애매모
호한, 있었는지 없었는지도 알 수 없는 꿈같은 것에 지나지 않
는다고 말할 수밖에 없습니다. 열렬했던 것은 마이즈루에서의
소년 시절뿐이었고, 유카코와 10여 년 만에 재회하고 나서의
제 마음에는 이미 끈적끈적한 육욕만 꿈틀거렸다고밖에 생각
되지 않는 점이 있습니다. 아무튼 당신에게 초래한 비탄을, 당
신에게 준 고통을, 당신에 대한 배신을 진심으로 사죄합니다.
쓰다 지쳐서 아주 녹초가 된 기분입니다. 마지막으로 당신 가
정이 언제까지나 행복하기를 바라며 이쯤에서 펜을 놓겠습니
다.

　이만 총총.

3월 6일
아리마 야스아키 올림

삼가 올립니다.

이미 수령이 퍽 오래되었다고 생각했던 뜰의 은엽아카시
아가 올해도 노랗고 미세한 솜털 같은 꽃을 가득 피웠습니다.
가루 같은 그 꽃을 좋아해서 적당한 가지를 잘라 꽃꽂이를 하
려고 가위를 들고 뜰로 나섰습니다. 살짝 닿기만 해도 부스스
꽃잎이 흩어지기에 자른 가지를 가만가만 조용히 옮겼는데 그
래도 흩어져 떨어지는 바람에 서둘러 걸음을 멈추었습니다.
은엽아카시아 가지를 손에 들 때마다 저는 늘 순간적으로 애
달픈 듯한, 서글픈 듯한 이상한 기분에 사로잡히고 맙니다. 설

마 답장이 올까 하는 생각을 했기 때문에 당신이 보낸 두툼한 편지를 손에 들었을 때는 가슴이 두근두근해서 봉투를 뜯는 것조차 두려웠습니다. 다 읽고 나서는 마치 은엽아카시아 꽃이 흩어져 떨어지는 것을 보고 있을 때와 같은 기묘한 감정을 느꼈습니다. 당신이 그렇게 낭만적인 답장을 보내 줄 줄은 상상도 할 수 없었던 터라 이 편지를 쓴 이는 아리마 야스아키라는 사람이 아니라 전혀 딴 사람이 아닐까 하는 생각에 서글퍼지기도 하고 애달파지기도 했습니다. 대체 당신은 그 편지로 저에게 뭘 알려 주고 싶었던 걸까요? 저는 그 편지로 뭘 알 수 있다는 걸까요? 당신은 기분 좋게 전주곡만 연주하고 앞으로 진짜 음악이 시작되려고 할 때 지쳤다면서 갑자기 피아노 덮개를 툭 닫아 버렸습니다. 사람을 다소 바보로 만드는, 달콤한 선율의 긴 전주곡이었습니다.

처음부터 답장을 받을 생각으로 보낸 편지가 아니었지만 막상 답장을 받고 보니 역으로 묘한 소화불량에 걸린 것 같은 기분이 들었습니다. 저는 당신과 유카코 씨의 복잡한 사정을 끝까지 다 알고 싶습니다. 유카코 씨는 왜 스스로 목숨을 끊었을까요? 왜 당신을 끌어들이려고 했을까요? 지금은 어떻게든 알고 싶은 마음뿐입니다. 저에게는 알 권리가 있다든가 하는 생각을 해 본 적이 한번도 없는데도 당신의 낭만적인 첫사랑 이야기를 읽고 오히려 그렇게 따지고 싶어졌습니다. 그리고 더욱 알고 싶은 것이 생겼습니다. 당신은 왜 자오 같은 델 갔을까? 당신은 지금 뭘 하며 지내고 있을까? 어떻게든 그것들을 알고 싶은 마음이 들었습니다. 어쩌면 처음부터 저는 그게 알고 싶어서 편지를 보냈는지도 모릅니다만, 당신이 보낸 뜻밖의 답장은 뭔가 자고 있는 아이를 깨우고 마는 효과를 갖고 있었던 것 같습니다. 헤어진 지 벌써 10년이 지나 서로 아무 관계도 없는 사이기는 하지만, 전 아무래도 당신의 낭만적인 이야기의 전말을 듣지 않으면 마음이 가라앉지 않을 것 같은 기분입니다. 부디 유카코 씨와 교토의 백화점에서 재회하고 나서 아라시야마 근처의 여관에 이르기까지의 과정에 대해 말해 주지 않겠습니까? 역시 쓸데없는 일일지도 모르지만 남편은 이번 달 말부터 석 달 예정으로 미국에 갑니다. 그쪽 대학에서 동양사 강의를 하기로 되었나 봅니다.

그럼 이만 줄입니다.

3월 25일

가쓰누마 아키 올림

＊

가
쓰
누
마

아
키

님
께

전략.

편지는 잘 받아 보았습니다. 당신이 화를 내는 것도 당연하
고 저도 답장을 보내고 나서 다소 자기혐오에 빠졌습니다. 나
잇값도 못하고 안이한 내용을 썼다는 생각에 부끄럽고 한심해
서 며칠간 착잡한 심정으로 보냈습니다. 하지만 저는 이제 당
신에게 더 이상 편지를 계속 쓸 생각이 없습니다. 편지를 보내
는 것은 솔직히 말해 달갑지 않은 일입니다. 저에게 유카코와
의 전말을 써야 할 의무는 없다고 생각합니다. 그렇게 성가신
일은 거절하고 싶은 심정입니다. 우리가 편지를 주고받는 것

도 이것이 마지막이었으면 합니다.

　　이만 총총.

4월 2일

아리마 야스아키 올림

아
리
마
야스아키
님
께

　삼가 올립니다.

　찌무룩한 장마철이 시작되었습니다. 어떻게 지내시는지
요? 두 번 다시 편지를 보내지 말라는 편지를 받은 지 아직 두
달밖에 지나지 않았는데, 질리지도 않고 이렇게 다시 펜을 들
고 말았습니다. 주저하고 망설이면서 이 편지를 쓰고 있습니
다. 이번에야말로 당신은 읽지 않고 버려 버릴지도 모르겠군
요. 대체 이 여자는 왜 이렇게 끈질기게 편지를 보내는가, 하
며 어이없어 하겠지요. 하지만 사실 저도 당신에게 편지를 쓰
고 싶은 이유를 잘 모르겠습니다. 편지를 씀으로써 대체 제가

뭘 얻으려고 하는지 전혀 모르겠습니다. 알 수는 없습니다만, 저는 어쩐 일인지 당신이 제 마음속 깊은 곳에 숨어 있는 것을 알아주었으면 하는 충동에 사로잡혀 신기할 정도로 기분이 고양되어 있습니다. 당신에게 편지를 보냄으로써 어쩌면 저는 10년 전, 그러니까 당신과 이혼한 직후의 심리 상태로 돌아간 것인지도 모르겠습니다. 바보 같은 여자라고 비웃어도 좋습니다. 폐가 된다는 것은 충분히 알고 있고 읽어 주지 않을 거라는 것을 각오하고 역시 저는 써 보기로 했습니다. 왜냐하면 당신은 일찍이 저의 어떤 푸념도 제멋대로 구는 것도 잠자코 받아들여 준 유일한 사람이었으니까요. 여자가 갖고 있는 최대의 악덕은 푸념과 질투라고 어떤 책에 쓰여 있었습니다. 하지만 그것이 여자가 가진 본연의 성질이라고 한다면 저는 본능처럼 제 마음에 쌓인 푸념이나 질투를 토해 내고 싶다는 생각을 할 때가 있습니다. 당신의 그 사건 이후 제 안에는 말하려야 할 수도 없는 이러저러한 가슴 답답한 일이 뭉쳐져 그것들이 저에게 다른 인격을 갖게 한 것이 아닐까, 하는 생각을 할 때도 있습니다. 저에게는 아직 당신에게 털어놓고 싶은 것이 있습니다. 감감무소식이라도 상관없습니다. 상대가 단지 널조각처럼, 단순한 동굴처럼 아무런 응답을 해 주지 않는 것이 어쩌면 저에게는 안성맞춤일지도 모르겠습니다.

아버지가 저에게 재혼 이야기를 꺼낸 것은 당신과 헤어지고 1년이 지나려 하는 무렵이었습니다. 저는 그사이 고로엔의 집에 거의 틀어박힌 채 살았습니다. 근처 마켓에서 장을 보는 것도 이쿠코 씨에게 완전히 맡겨 버리고, 남편이 떠난, 지금은 저 혼자만의 방이 된 2층 침실의 뜰에 면한 창가에 앉아 다 읽을 생각도 전혀 없이 외국의 긴 미스터리 소설을 읽거나 당신이 두고 간 레코드를 듣거나 침대에 엎드려 시계 소리에 귀를 기울이거나 하며 날을 보내고 있었습니다.

한신전철 역에서 집으로 향하는 길을 따라 좁은 강이 흐르고 있지요. 당신과 정식으로 이혼하고 나서 두 달쯤 된 무렵이었을까요? 당신도 아는 그 강변의 다마가와玉川 서점이 가게를 접었고 그 자리에 '모차르트'라는 카페가 생겼습니다. 이쿠코 씨가 누군가에게 들은 모양인지, 예순 살쯤 되는 부부가 운영하는 가게인데 모차르트의 곡 이외에는 틀지 않는다는 게 원칙이라며 산책하는 김에 그 가게에서 커피라도 마시고 오면 어떻겠느냐고 집요할 정도로 권하는 겁니다. 장마가 끝나고 햇볕이 강렬히 내리쬐는 날이었습니다. 도중에 안면이 있는 부인 두세 명과 마주쳤지만 고개를 숙여 가볍게 인사만 할 뿐,

그쪽에서 무슨 말인가 하려는 것을 무시하고 눈부신 길을 걸어갔습니다. 당신이 보고 싶었습니다. 반사된 열기에 제 이마나 등 언저리에 땀이 뱄고 가벼운 현기증 같은 걸 느꼈다는 것을 기억하고 있습니다. 당신이 보고 싶다고 저는 몇 번이나 생각했습니다. 세상 사람들의 눈이 뭐란 말인가. 산산조각이 난 항아리면 또 어떻다는 말인가. 내가 좀 더 큰 사람이었으면 좋았을걸. 그러면 나는 당신을 용서할 수 있었을 것이다. 남편이 다른 여자에게 마음을 돌리는 일 따위는 세상에 아주 흔한 일이지 않은가. 나는 돌이킬 수 없는 일을 하고 말았다. 아아, 어떻게든 당신이 돌아왔으면 좋겠다. 이런 생각을 하면서 걸었습니다. 암암리에 우리를 헤어지게 하려고 한 아버지가 미웠습니다. 그리고 본 적도 없는, 게다가 이 세상에 존재하지도 않는 유카코라는 여성에게 온몸의 피가 출렁출렁 물결칠 만큼 증오를 느꼈습니다.

'모차르트'는 피서지에서 흔히 볼 수 있는 펜션풍의 건물이었습니다. 외관도 가게 안도 갈색 나무껍질의 아름다움을 강조하여 마치 산속의 오두막집 하나가 오도카니 서 있는 것 같은 카페였습니다. 굵은 통나무를 그대로 써서 일부러 노출시킨 천장의 들보에도, 손작업으로 조립한 것 같은 나무 의자나 테이블에도 어지간히 알아보고 고른 것으로 보일 만큼 운치 있는 나뭇결이나 옹이의 형태가 있었는데, 그것이 아담하지만 확실히 돈을 들이고 공들여 만든 가게라는 것을 느끼게 해 주었습니다. 이쿠코 씨가 말한 대로 가게 안에는 조금 큰 것 같은 음량으로 모차르트의 곡이 흐르고 있었습니다. 저도 곡명만은 알고 있는 〈주피터〉였습니다. 테이블에 물을 놓은 주인에게 "모차르트 곡밖에 틀지 않는다면서요?"라고 말을 걸자 검은 테의 도수가 높은 안경을 쓴 주인은 웃으면서 "음악을 좋아하시나요?"라고 물었습니다. "좋아합니다만 클래식은 잘 모릅니다." 제가 이렇게 말하자 주인은 "저희 가게에 1년만 들르면 모차르트 음악을 알 수 있게 됩니다. 모차르트를 알면 음악을 이해한 셈이지요." 은색의 커다란 쟁반을 가슴에 안고 주인은 혈색 좋은 얼굴을 천장으로 향하고 자랑스럽게 말했습니다. 그 말투가 이상해서 제가 킥 웃자 주인은 "지금 튼 레코드는 교향곡 제41번입니다"라고 가르쳐 주었습니다. 제가 "〈주피터〉죠?"라고 말하자 "아, 이거, 정확히 알고 있군요. 맞습니다. 〈주피터〉. 41번 C장조. 모차르트 최후의 교향곡인데 제1, 제2악장의 소나타 형식을 받아들이기 위해 최후의 제4악장에서 푸가를 도입해 강력한 피날레를 장식한 걸작입니다." 이렇게 말하며 잠시 귀를 기울이다가 "자, 여기부터입니다. 이제 최후의 악장으로 들어갑니다"라며 목소리를 죽였습니다. 저는 커피를 주문하고 모차르트의 웅장하고 화려한 교향곡을 열심히 들었습니다. 그러면서 가게 안을 둘러보았습니다. 모차르트의 초상화 복제품이 액자에 넣어져 장식되어 있고, 그 옆의 조그만 선반에는 모차르트에 관한 책 몇 권이 나란히 놓여 있었습니다. 가게 안에는 손님이 저뿐이어서 〈주피터〉가 끝나자 뭔가 빨려들 것만 같은 정적이 저를 감쌌습니다. 어쩌면 그렇게 기묘한 정적일까요? 저는 그 정적 속에서 또 당신이 몹시 보고 싶었습니다. 곧 다른 곡이 흘러나왔습니다. 주인이 다가와 학교 선생님이 어린 학생에게 가르쳐 주는 듯한 말투로 이렇게 말했습니다. "이게 〈39번〉 심포니. 16분음표의 기적 같은 명곡입니다. 다음에 오실 때는 〈돈 조반니〉를 틀어 드리지요. 그다음은 〈G단조〉 심포니입니다. 조금씩, 조금씩 모차르트라는 사람의 기적을 알게 되실 거라고 생각합니다."

커피도 맛있었고 주인의 인품에도 호감을 가져 저는 이삼 일 있다가 다시 '모차르트'에 갔습니다. 그날은 손님이 많아서 주인은 혼자 창가 자리에 앉아 있는 저에게 마음을 쓰면서도 카운터 안에서 커피를 끓이거나 주스를 만들거나 모차르트의 곡이 끝날 때마다 서둘러 다른 레코드를 걸러 가는 등 무척 분주한 것 같았습니다. 첫날에는 모습이 보이지 않았던 부인이 주문받은 것을 나르거나 컵의 물이 줄면 보충하거나 테이블 위를 정리하거나 했습니다. 제가 모르는 곡이 흐르는 동안, 눈을 감고 고개를 숙인 채 도취하여 듣고 있는 젊은 남성의 모습이 굉장히 장엄하게 보여 저는 커피 잔을 두 손으로 입 언저리로 가져간 채 멍하니 그 청년을 바라보고 있었습니다. 뭔가 거대한 것에 기도를 올리는 듯한, 아니면 무척 무서운 사람에게 꾸중을 듣고 온몸으로 참회하는 듯한 것으로도 보이는 표정과 자세로 청년은 조용한 심포니를 열심히 듣고 있었습니다.

저는 그때까지 거의 클래식 음악에 흥미가 없었고 주인이 말한 모차르트라는 사람의 기적을 이해할 감성도, 소양도 갖고 있지 않다고 생각했습니다. 하지만 그 청년의 모습과 가게 안에 흐르는 조용한 심포니를 듣는 중에 문득 한 단어가 뇌리에 스쳤습니다. '죽음'이라는 말이었습니다. 왜 그런 말이 뇌리에 스쳤는지는 저도 잘 모르겠습니다. 물론 그 순간 죽으려고 생각한 것도 아니고, 죽음이라는 것에 대한 공포에 휩싸인 것도 아니었습니다. 하지만 확실하게 '죽음'이라는 두 글자가 마음에 떠오르더니 떠날 줄을 몰랐습니다. 저는 커피를 홀짝이면서 '죽음'이라는 말을 머리 어딘가에 둔 채 모차르트의 음악에 처음으로 진지하게 귀를 기울였습니다. 하나의 음악에 그렇게 진지하게 귀를 기울인 것은 아마 태어나서 처음 있는 일이었을 겁니다. 그러자 지금까지 아무것도 아니었던 심포니 한 곡이 비할 데 없이 아름답고 신묘한 선율, 그리고 동시에 어찌할 수 없을 만큼 덧없는 세계를 암시하는 불가사의한 선율처럼 느껴졌습니다. 2백 년이나 전에 어떻게 서른 살 안팎의 청년이 이토록 아름다운 곡을 만들어 낼 수 있었을까? 게다가 말을 사용하지 않고 어떻게 이다지도 열렬하게 슬픔과 기쁨의 공존을 사람에게 전할 수 있었을까? 저는 이런 생각에 사로잡힌 채 어린잎이 난 큰길의 벚나무 가로수를 창 너머로 보고 있었습니다. 이미 죽어 버린, 얼굴도 본 적이 없고, 분명히 저보다 훨씬 아름다운 사람이었을 세오 유카코 씨의 용모며 표정을 멋대로 상상하면서 모차르트 심포니의 잔물결 같은 선율에 몸을 맡기고 있었습니다.

다른 곡이 시작되자 조금 전의 청년은 계산을 한 다음 주인에게 뭔가 예를 표하고 돌아갔습니다. 그와 동시에 만원이었던 가게 안 손님들은 썰물 빠지듯이 자리에서 일어나 나갔고 저 혼자만 남았습니다. 드디어 카운터에서 나온 주인이 부인을 제게 소개했습니다. 부인은 아직 그다지 나이가 많지 않아 쉰다섯이나 여섯 정도였지만 머리는 이미 멋진 은발이었고 그걸 깨끗이 묶었으며 주인과 마찬가지로 도수 높은 안경을 끼고 있었습니다. 부부는 한숨 돌리듯이 제 옆 테이블에 앉아 잠시 자신들만의 이야기를 했습니다만, 머지않아 부인이 저에게 말을 걸었습니다. "부인은 이 근처에 사시나요?" 이렇게 물었습니다. 제가 이 길을 해변 쪽으로 10분쯤 걸어가면 되는 곳이라고 대답하자 부인은 동그란 눈을 두리번거리며 생각에 잠겼다가 몇몇 이름을 생각나는 대로 댔습니다. 제 이웃집 이름도 들어 있었지만 우리 집은 나오지 않았습니다. "호시지마라고 쓰인 집이에요. 테니스 클럽 바로 앞이요."라고 말하자 "거기라면 알고 있어요. 뜰에 커다란 은엽아카시아 나무가 있는 집 맞죠?"라고 말했습니다. 그러고는 그렇게 멋진 은엽아카시아는 본 적이 없다면서 내년에 꽃이 피면 두세 가지만 꼭 얻고 싶다고 부탁했습니다. (혹시 이 편지를 읽고 있다면 당신에게는 아마 지루하기 짝이 없는 내용이겠지요. 하지만 이제 편지를 보내지 말라고 거절하는데도 집요하게 굳이 보내는 편지니까 전 멋대로 제가 쓰고 싶은 것을 쓸 생각이에요)

저는 커피를 한 잔 더 주문하고 주인에게 "지난번에 말씀

하신 모차르트라는 사람의 기적을 아주 조금은 알게 된 것 같아요"라고 말했습니다. 주인은 허어, 하며 놀라는 듯이 저를 쳐다보았습니다. 안경 안쪽에서 웃음이 사라진 조그만 눈이 생생하게 빛나며 마치 소년 같은 주인의 얼굴은 언제까지고 저를 향하고 있었습니다. 너무 오랫동안 눈을 떼지 않아서 저는 부끄러워 "전 독신이에요. 두 달 전까지는 그렇지 않았지만요" 하고 말했습니다. 부인은 제가 남편과 사별한 것으로 생각한 모양인지 "무슨 병이나 사고로……"라고 물었습니다. 저는 "아뇨, 이혼했어요" 하고 솔직히 대답했습니다. 아마 그 일에 대해 꼬치꼬치 캐물을지도 모를 것 같다고 예상하고 있었는데 (왜냐하면 부지런한 사람인 듯한 부인의 잘 움직이는 동그란 눈을 보고 있으니 세상에 흔히 있는 그런 부인처럼 보였기 때문입니다), 부부는 그저 그런가요, 하고는 그 일에 대해 일절 언급하지 않고 화제를 바꾸려는 듯이 자신들이 '모차르트'라는 카페를 내게 된 계기를 들려주었습니다. 그래서 저는 두 사람의 가정이나 지금까지 지내 온 세월을 대충 알게 되었습니다. 주인은 1941년에 징병되어 종전이 된 1945년 겨울에 중국 산시성에서 돌아왔다고 했습니다. 1921년생이라고 했으니까 종전 때는 스물네다섯 살이었겠지요. 아무튼 그 무렵 저는 아직 어머니 배 속에 있지 않았을까요? 종전으로부터 3년쯤 지나 어떤 사람의 소개로 은행에 들어가 정년을 맞이한 1975년 가을까지 27년간 은행원으로 계속 일했고, 마지막 2년은 오사카의 도요나카 지점 지점장으로서 무사히 일을 끝내고 퇴직했다는 것이었습니다. 그러고 나서 같은 계열의 신용조합에 촉탁으로 일자리를 얻었다고 하는데 사고수표의 뒤처리나 추심업자나 다름없는 일이 주된 업무라서 자신에게는 도저히 맞지 않아 1년 만에 그만두었다고 합니다. 부부가 정년 후 카페를 열 생각을 한 것은 10년도더 된 일이었다고 합니다. 그때부터 모차르트라는 가게 이름도, 가게 인테리어나 외관도 이미 마음속에 정해 두고 있었다고 했습니다. 하지만 세 따님의 결혼이 이어져 개점 자금으로 모아 두었던 돈에 손을 대지 않을 수 없게 되었고, 게다가 가게를 내고 싶은 곳에서 적당한 토지나 매물로 나온 점포를 찾을 수 없어 예정보다 3년이나 늦어지고 말았다고 주인이 설명해 주었습니다. "열여섯 살 때 처음으로 모차르트를 알게 되었습니다"라고 주인은 말했습니다. 그 이후 모차르트광이 되었고, 얼마 안 되는 용돈은 전부 모차르트 레코드로 변했다고 합니다. 징병되어 대륙에서 총을 들고 있을 때도 귓속에서는 모차르트의 곡이 울려 퍼지고 있었다고, 그때가 생각난다는 듯이 말했습니다. 모차르트 곡밖에 틀지 않는 모차르트라는 이름의 카페를 열고 그것으로 노후를 보내자, 그것을 위해 자신은 지금 은행원으로 일하고 있는 거다. 직장에서 불쾌하거나 힘든 일이 있으면 마음속으로 이렇게 되뇌고 개점을 위한 큰 자금이 될 퇴직금을 기대하며 27년간 그다지 재미있지도, 즐겁지도 않았던 은행원으로서의 일을 무사히 끝냈다는 것이었습니다. 고로엔의 역 근처에 책방이 가게를 접는다는 이야기를 인편에 듣고 부부가 달려온 거라며 기쁜 듯이 이야기했습니다. "한눈에 여기라고 생각했습니다. 동네 분위기도 좋고 교통편도 좋고, 그야말로 여기밖에 없다. 결국 찾아냈다. 여기에 '모차르트'를 짓는 거다. 도저히 가만히 있을 수 없을 만큼 흥분했습니다"라며 주인은 웃으면서 또 제 얼굴을 오랫동안 쳐다보았습니다. "아무튼 모차르트, 모차르트. 술도 마시지 않고 도박도 하지 않았어요. 낚시에 빠진 것도 아니고 바둑도 장기도 몰랐지요. 회사에서 돌아오면 수백 장이나 되는 모차르트 레코드를 소중한 듯이 닦거나 매만지며 하루를 보내는 거예요. 이상한 사람하고 결혼했구나, 하고 처음에는 기분이 안 좋을 정도였어요"라고 말한 부인은 "그러는 사이에 저도 자연스럽게 모차르트광이 된 것 같았어요"라며 웃었습니다. 이렇게 해서 우리는 꽤 오랫동안 이야기를 나누었습니다. 저는 문득 생각나서 조금 전의 청년에 대해 물어보았습니다. 그러자 주인은, 그 청년도 모차르트광으로 레코드를 많이 갖고 있지만 이제 입수할 수 없는 명반을 듣고 싶다며 그렇게 가게로 찾아와 매일 같은 곡을 듣고 돌아간다고 설명해 주었습니다.

슬슬 저녁을 준비할 시간이어서 저는 커피 두 잔 값을 테이블에 놓고 자리에서 일어났습니다. 주인도 일어나면서 조금 전에 모차르트라는 사람의 기적을 알 것 같다고 했는데 어떻게 이해했는지 알려 달라고 웃으며 물었습니다. 어제오늘 모차르트를 접한 저에게 그걸 말로 표현하는 것은 도저히 가능할 것 같지 않았고, 모차르트 음악에 매료되어 수천 번, 또는 수만 번 곡에 귀를 기울여 온 주인에게 저 같은 사람이 경솔한 감상을 말할 수 있을 리 없었습니다. 하지만 너무나도 진지한 주인의 눈빛에 그만 무심코 말해 버렸습니다. "살아 있는 것과 죽은 것은 어쩌면 같은 일일지도 모른다. 그런 아주 불가사의한 것을 모차르트의 부드러운 음악이 표현하고 있는 것 같다는 생각이 들어요."

말을 사용하지 않고 슬픔과 기쁨의 공존을 사람들에게 전해 줄 수 있었다, 그걸 묘한 음악이라는, 말로 설명할 수 없는 선율로 싸서 아주 간단히, 게다가 사람들을 기분 좋게 하면서 표현할 수 있었다는 것이 모차르트라는 사람의 기적이었다고 말하고 싶었지만, 주인의 눈에 꼼짝 못하고 전혀 생각하지도 않았던 표현으로 대답했습니다. 어쩌면 조금 전에 갑자기 제 머릿속에 떠오른 '죽음'이라는 말이 아직 사라지지 않고 남아 있어서 저는 그 말에 조종되어 실제로 생각하지도 않은 말을 해 버린 것인지도 모릅니다.

"허어, 그렇습니까……?" 주인은 이렇게 중얼거리며 언제 까지고 저를 쳐다보았습니다. 저는 여름날의 길게 뻗은 황혼의 햇살 속을 잰걸음으로 돌아갔습니다만, 제가 했던 말이 대체 뭘 의미했는지도 모른 채 다시 유카코 씨를 뇌리에 떠올렸습니다. 어떤 여성이었을까? 왜 당신과의 교합 뒤에 목숨을 끊은 것일까? 저는 어쩐지 녹초가 되어 집에 도착했습니다.

그리고 나서 겨울까지의 몇 달간 저는 일주일에 두세 번씩 '모차르트'로 커피를 마시러 갔습니다. 이따금 한신전철로 고베의 산노미야로 가기도 하고 반대 방향의 우메다까지 가서 백화점에서 쇼핑을 하기도 했습니다. 하지만 대학 시절의 친구들, 당신도 잘 아는 데루미나 아이코가 보러 가자는 영화 시사회나 콘서트도 모두 거절하고 집에 틀어박혀 하루하루를 보냈습니다. 그런 저를 아버지도, 이쿠코 씨도 마음으로는 염려하면서도 좋을 대로 하도록 자유롭게 내버려 두었습니다. 하지만 무기력하고 공허하다고도 할 수 있는 그런 생활 속에서 단 한 가지 낙이 생겼습니다. 저 역시 모차르트광이 되어 버린 것입니다. 저는 모차르트의 주인에게 배우며 그가 권하는 레코드를 사 와 침실에서 밤늦게까지 열심히 들었습니다. 오사카의 큰 서점에서 모차르트에 관한 책을 사 와 탐독하기도 했습니다. 모차르트 부부와도 무척 친해져 가게에 가면 부부가 선물로 준 저의 전용 커피 잔에 커피를 내줍니다. 주인도 부인도 놀랄 만큼 세세한 데까지 신경을 써서 제가 별로 말하고 싶지 않은 날에는 금방 알아채고 그대로 놓고 가 주었고, 레코드를 듣는 것보다 뭔가 이야기를 나누고 싶은 날은 둘 중 한 사람이 말을 걸어와 이야기 상대가 되어 줍니다. 그래도 두 사람은 제가 왜 이혼했는가 하는 것은 전혀 언급하려고 하지 않았습니다.

또 편지가 길어지고 말았습니다. 옛 추억만 줄줄 적고 정작 중요한 것은 아무것도 적지 않았는데 무척이나 지치고 말았습니다. 다음 편지에는 정말 쓰고 싶었던 것을 적기로 하겠습니다. 이제 좀 적당히 하라고 말하고 싶겠지요. 하지만 저는 또 편지를 보낼 것입니다. 찢어 버린다고 해도 저는 편지를 보낼 겁니다. 하지만 오늘은 일단 펜을 놓겠습니다. 신문을 보니 올 장마는 길어질 거라고 합니다. 벌써 닷새나 비가 이어지고 있습니다. 이럴 때는 기요타카도 기분이 안 좋아져 요즘에는 거의 하지 않게 된 실수도 가끔 합니다. 화장실에 이르기 전에 실수를 해 버리는 겁니다. 비가 며칠이나 계속될 때에 한해서……. 참 신기한 일이라고 생각합니다만, 사람은 자신 안에서도 자연의 리듬과 같은 것을 연주하는 것이겠지요. 하지만 제 아들은 단지 그것만으로도 눈조차 맞추지 않을 정도로 충격을 받아 며칠이고 아무와도 말을 하지 않습니다. 그래서 예전에는 그렇게나 좋아했던 비가 지금은 견딜 수 없이 싫어지고 말았습니다.

아무쪼록 건강하시기 바랍니다.

그럼 이만 줄입니다.

6월 10일

가쓰누마 아키 올림

아
리
마
야스
아
키
님
께

전략.

올 장마에는 어쩌면 그리 비가 많이 오던지요. 덕분에 매년
여름이면 수위가 낮아져 긴키近畿* 지방의 물 사정에 영향을 미
치는 비와琵琶 호에는 빗물이 듬뿍 담겨 잘되었네요, 하고 이쿠
코 씨에게 홧김에 말했더니 내린 빗물은 호수에 고이지 않고
몇 개의 강을 따라 바다로 흘러가 버린다고 했습니다. 그래서
아무리 비가 많은 장마 때도 한여름의 맹렬한 더위가 비와 호

* 일본 혼슈(本州) 중앙부를 차지하는 지방. 미에 현, 시가 현, 교토 부, 효고 현, 오사카
  부, 나라 현, 와카야마 현 등 2부(府) 5현(縣)을 포함하는 지역을 말한다.

의 수위를 결국 낮추고 만다고 합니다. 이제 곧 장마가 끝났다는 선언이 나오겠지만 이미 집 안은 축축해서 벽에도, 다다미에도, 복도에도, 문손잡이에까지 곰팡이로 뒤덮인 것 같은 기분이 듭니다. 그건 그렇고, 일전의 편지에 이어서 쓰기로 하겠습니다.

'모차르트'에 발길을 하게 된 지 꼭 반년이 되었을 무렵의 일입니다. 해가 바뀌어 2월 6일의 일이었습니다. 확실히 2월 6일이었다고 기억하고 있습니다. 3시가 지난 밤중에 저는 문득 눈을 떴습니다. 집에서 무척 가까운 곳에서 커다란 사이렌 소리가 끊임없이 울려 댔기 때문이었습니다. 눈을 뜸과 동시에 그게 소방차 사이렌 소리라는 걸 알 수 있었습니다. 소방차 한두 대 소리가 아니었습니다. 서쪽에서도, 동쪽에서도 여러 대의 소방차가 한 곳을 향해 집결하는 것이었습니다. 그것도 집에서 아주 가까운 곳이었습니다. 저는 가운을 걸치고 커튼을 열어 창으로 새벽녘의 주택가를 바라보았습니다. 지붕들 너머로 불길이 오르고 있었습니다. 밤의 동네 한 모퉁이에 붉은 연무가 부풀어 오르고 그 안에서 튀고 있는 불티가 선명하게 보였습니다. 저는 가슴을 누른 채 잠시 서 있었습니다. 어쩌면 모차르트가 불타고 있는 게 아닐까, 하고 생각했습니다. 불길이 오른 지점은 모차르트 부근이 틀림없었습니다. 모차르트의 부부는 역 뒤의 맨션에 살고 있어서 설령 카페가 화재 현장이라고 해도 두 사람에게 무슨 일이 일어나지는 않을 터였습니다. 하지만 저는 곧바로 옷을 입고 아래층으로 내려갔습니다. "불이 났나 보네요" 하며 이쿠코 씨도 잠옷 차림으로 복도로 나와 현관을 열더니 추운 듯이 붉게 물들어 있는 밤하늘을 보고 있었습니다. "모차르트일지도 모르겠어요" 하며 제가 샌들을 걸친 채 밖으로 달려 나가자 이쿠코 씨는 방한 코트를 들고 쫓아오더니 "얼른 돌아와야 해요. 이런 밤중에는 뒤숭숭하니까요"라고 말했습니다. 유독 추운 밤이라 저는 안쪽이 모피인 코트를 입고 잰걸음으로 불길이 오르는 방향으로 나아갔습니다. 주택가를 가로질러 강 있는 데로 가서 조그만 다리를 건넜을 때 모차르트가 타오르는 것을 분명히 확인했습니다. 밤중인데도 수많은 구경꾼이 화재 현장을 둘러싸고 있고 강변길에는 7, 8대의 소방차가 세워져 있었습니다. 제가 현장에 도착했을 때가 가장 불길이 셀 때였습니다. 나무만으로 지어진 모차르트는 이제 거대한 불꽃에 완전히 휩싸여 손을 쓸 수가 없는 상태로, 호스에서 뿜어져 나오는 굵은 봉 같은 물줄기들이 서로 겹치면서 가게 안이나 부엌으로 빨려 들어가는 것이 보였습니다. 소방서 사람이 구경꾼의 출입을 막기 위해 친 로프를 두 손으로 꽉 쥐었습니다. 불길의 여열이 몸 전면에 닿아 저는 뜨거워 견딜 수가 없었습니다. 그래도 나무가 탁탁 튀는 소리나 이따금 무너져 내리는 엄청난 불티에 싸이듯이 저는 두 손으로 로프를 쥔 채 주인과 나란히, 소실되어 가는 모차르트를 보고 있었습니다. 언제 옆에 있는 저를 알아보았는지 "나무라서 정말 잘 타네요" 하고 주인이 불길에 시선을 향한 채 얼굴만 돌려 제 귓가에 말했습니다. 저는 부인의 모습을 찾았습니다. 어디에서도 보이지 않아 부인은 어떻게 되신 거냐고 물었습니다. 어쩌면 가게 안에 있을지도 모른다는 불안에 휩싸여 제 목소리가 떨리는 것을 알 수 있었습니다. "아내는 조금 전에 맨션으로 돌아갔습니다. 도저히 보고 있을 수 없었겠지요. 이대로 있다가는 감기에 걸리니까 뭔가 위에 걸칠 거라도 가져온다고 했습니다." 저는 가슴을 쓸어내리고 안도하며 "가게는 다시 세울 수 있죠?" 하고 물었습니다. 주인은 가볍게 고개를 끄덕이며 "화재보험에 들어 있으니까요……. 하지만 2천3백 장이나 되는 레코드는 잿더미가 되어 버렸습니다"라고 말하며 우는 얼굴로도 웃는 얼굴로도 보이는 기묘하게 일그러진 표정을 지으면서 조금씩 불길이 잡혀 가는 가게에 눈길을

주고 있었습니다. 이쿠코 씨에게 얼른 돌아오라는 말을 들었
으면서도 저는 불이 완전히 꺼질 때까지 주인 옆에 있어 주려
고 마음먹고 함께 모차르트를 지켜보았습니다. "이렇게 되다
니……"라고 제가 말하자 주인은 희미하게 웃으면서 "가게에
불이 났다는 얘기를 들었을 때는 정말 당황해서 온몸이 떨렸
습니다. 하지만 불길을 보고 이제 틀렸다, 더 이상 손을 쓸 수
가 없다는 것을 알고 나니까 신기하게도 마음이 가라앉고, 뭐
랄까, 담담해졌습니다. 안에는 아무도 없으니까요……"라고
정말 담담하다는 말에 딱 들어맞는 표정과 어투로 말했습니
다.

다 타 버린 지붕이 큰 소리와 함께 무너져 내린 순간 수많
은 구경꾼이 엉겁결에 일제히 뒷걸음질을 칠 만큼 불티의 물
결이 덮쳐 왔습니다. 주인도 제 팔을 잡고 뒤쪽으로 물러서려
고 했지만 저는 한순간의 열기를 견디며 불티를 온몸으로 받
아 냈습니다. 왜 그렇게 위험한 행동을 했을까요? 다만 저는
기세를 잃었나 싶다가도 갑자기 힘을 되찾아 요란한 소리를
내며 타오르는 불길이 그래도 서서히, 서서히 가라앉아 가는
과정을 바라보면서 당신을 생각했습니다. 조금이라도 몸을 움
직이면 마음속에 올라온 당신의 영상이 금방 사라질 것만 같

아 저는 그 자리에서 꼼짝도 하지 않으려고 고집스럽게 몸에 힘을 주고 있었습니다. 그런 형태로 이혼을 할 수밖에 없게 되어 우리는 헤어지고 말았지만, 그래도 당신은 틀림없이 저와 같은 마음일 거라고 생각했습니다. 당신도 문득 나를 떠올리며 어딘가 혼잡한 길을 걸을 때가 있지 않을까? 아직 나를 사랑하는 게 아닐까? 그런 생각을 하고 있었습니다. 불타는 당신의 얼굴이 어떤 억누르기 힘든 석별의 정과 함께 눈앞에 떠오른 순간 돌연 분출했던 것입니다. 그런 공상에 빠져 있는 저를 뿌리치듯이 굉음과 함께 불티가 뿜어져 나왔고 눈 깜짝할 사이에 사라져 버렸습니다. 손바닥으로 세차게 뺨을 얻어맞은 것 같은 기분이 들어, 불길 대신 대량의 연기에 휩싸이기 시작한 모차르트의 잔해를 보고 있었습니다. 그러자 주인이 조용한 어조로 저에게 말했습니다. "살아 있는 것과 죽은 것은 어쩌면 같은 일일지도 모른다. 모차르트 음악이 그런 우주의 불가사의한 구조를 표현하고 있는 것 같다. 호시지마 씨는 이렇게 말했지요." 갑자기 무슨 말을 하려는 것인가, 하고 저는 가만히 주인의 입 언저리를 쳐다보았습니다. 주인은 잠깐 생각에 잠긴 듯하더니 곧 이렇게 말했습니다. "저는 모차르트를 누구보다 잘 알고 있다고 생각했습니다. 저 이상으로 모차르트를 들은 사람은 그리 많지 않을 거라고 생각했지요. 그만큼 모차르트에 대해 자신감을 갖고 있었습니다. 하지만 모차르트 음악을 호시지마 씨가 말한 것처럼 생각한 적은 없었습니다. 저는 그 이후로 내내 호시지마 씨가 한 말의 의미를 생각했고 지금 그걸 알았습니다. 호시지마 씨가 말한 대로입니다. 모차르트는 아마 사람이 죽으면 어떻게 되는지를 음악으로 표현하려고 한 것이겠지요."

말을 하는 중에 흥분한 것인지 주인의 얼굴은 어느새 무서울 정도로 굳어졌고 평소 온화하던 안경 너머의 눈은 강한 빛을 띠었습니다. 제가 즉흥적으로 했던 말은 주인이 반복한 것과 일부 다른 것 같다는 생각이 들었습니다. 제가 한 말 중에는 아마 우주의 구조라는 건 없었을 것입니다. 주인은 제가 즉흥적으로 한 말을 오랫동안 반복해서 생각하는 중에 어느덧 제가 하지 않았던 말까지 덧붙이고 만 것이겠지요. 그래서 저는 "우주의 구조라는 말은 하지 않았을 거라고 생각하는데요"라고 말했습니다. 주인은 미심쩍다는 듯이 얼굴을 보며 "아뇨, 말했어요. 전 분명히 기억하고 있습니다. 우주의 불가사의한 구조라고 했습니다"라고 말했습니다.

저는 그 부분에 대해서는 주인이 착각한 걸 거라고 생각했습니다. 하지만 그 이상 반론하지 않고 주인이 계속 하는 말을 잠자코 듣고 있었습니다. 불이 거의 꺼지고 연기만 내고 있는 나무 여기저기에 숯불 같은 불이 군데군데 들러붙어 있었습니다. 은색 방화복을 입은 소방대원이 그 잔불을 겨냥하며 계속해서 가게 안에 물을 뿌렸습니다. 그러자 주인이 큰 소리로 말했습니다. "아니, 아닙니다. 우주의 구조라고 말한 건 아니었네요. 저의 지나친 생각이었어요. 호시지마 씨는⋯⋯." 그러고 나서 가만히 저를 보며 말을 떠올리려고 했는데, 미세한 검댕으로 뒤덮인 안경 렌즈를 닦으려고도 하지 않고 곧 "생명의 구조라고 했어요. 그래요, 생각났습니다. 확실히 당신은 생명의 불가사의한 구조라고 했습니다"라고 말했습니다.

그것도 아닌 것 같은 기분이 들어 저는 고개를 갸웃하며 주인의 눈을 마주 보았습니다. 주인이 웃어서 저도 따라 웃었습니다. 주인은 뒤에 서 있던 구경꾼 중 한 사람에게 고개를 숙이고 담배 한 개비만 줄 수 없겠느냐고 물었습니다. 그 사람은 모차르트에서 자주 보던 얼굴이었는데 흔쾌히 가슴 쪽 호주머니에서 담배 한 개비를 꺼내 주고 불까지 붙여 주면서 화재보험에는 제대로 들었느냐고 걱정스럽다는 듯이 물었습니다. 주인은 저에게 했던 말을 되풀이했습니다. 하지만 2천3백

장의 레코드는 이제 돌아오지 않는다는 의미의 말을 듣고 그 사람은 이렇게 말했습니다. "레코드 같은 거야 레코드 가게에서 팔지 않나요? 그런 건 앞으로 다시 모으면 되지요." 주인은 부루퉁한 표정으로 이젠 구할 수 없는 레코드판이 아주 많다고 누구에게랄 것도 없이 중얼거리고는 로프 밑으로 들어가 소방서 사람에게 무슨 말인가를 했습니다. 저는 살며시 빙 둘러싼 사람들을 헤치고 현장에서 빠져나와 사람 하나 얼씬하지 않는 주택가를 잰걸음으로 걸어 돌아왔습니다. 모차르트가 불타서 무너지는 것을 봤기에 저도 상당히 흥분했겠지요. 역시 시작되었구나, 하고 저는 땅바닥을 보면서 골똘히 생각했습니다. 역시 불행이 시작되었다. 당신과 헤어지려고 결심했을 때 아버지 회사의 사장실 소파에 앉아 생각한 일이 드디어 현실이 되기 시작했다. 이렇게 생각했습니다. 당신과 헤어짐으로써 뭔가 불행한 일이 시작될 것 같은 예감에 휩싸였다고 제가 첫 편지에 쓴 것을 기억하시나요? 생각지도 못한 돌연한 사건으로 당신은 내게서 떠나갔고, 그러고 나서 1년도 안 되어 모차르트라는, 내가 마음에 들어 하던 카페가 소실되어 2천3백 장이나 되는, 천재가 만들어 낸 명곡이 잿더미가 되었다. 앞으로 나는 또 무엇을 잃게 될까?

집으로 돌아가 침실에서 방한 코트를 벗고 침대 끝에 걸터 앉았습니다. 시계를 보니 4시가 좀 지난 시각이었습니다. 도저히 잠들 수 없을 것 같아 저는 모차르트의 작품 중에서 가장 좋아하는 곡을, 볼륨을 최대한 낮게 하여 몇 번이고, 몇 번이고 귀를 기울여 들었습니다. 모차르트의 주인이 가르쳐 줘서 우메다의 큰 레코드점에서 사 온 〈39번〉 심포니 레코드였습니다. 주인이 16분음표의 기적 같은 명품이라고 말한 곡입니다. 살아 있는 것과 죽어 있는 것은 어쩌면 같은 일일지도 모른다……. 왜 모차르트 음악에서 그런 엉뚱한 것을 떠올렸을까, 하고 저는 생각했습니다. 그리고 조금 전 다 타 버린 자신의 가게 앞에서 주인이 제게 한 말을 떠올렸습니다. 제가 결코 하지 않았던 말. 그가 저의 엉뚱한 말에서 멋대로 만들어 낸 말. 우주의 불가사의한 구조, 생명의 불가사의한 구조. 아직 젊은 여자인 저에게는 그다지 마음에 끌리는 말이 아니었습니다. 하지만 모차르트의 〈39번〉 심포니의 잔물결 같은 선율이 쥐 죽은 듯 고요한 새벽녘의 침실 구석구석까지 물밀듯이 밀어닥치는 게 느껴지면서 저는 그 말이 인생에 흩뿌려진 무수한 비밀을 한꺼번에 해명해 보이는 뭔가 터무니없는 마술의 수법 같은 기분이 들었습니다. 불에 타 무너지는 모차르트에 시선을 주면서 주인은 대체 뭘 보고 있었을까? 이런 생각이 마음에 스쳤습니다.

저는 침대에 누워 눈을 감았습니다. 어느덧 마음속에서는 불길도, 나무가 튀는 소리도, 주인의 모습도 사라지고 당신과 처음 만났던 대학 시절의 여름날 나무 그늘 아래의 시원함, 당신과 손을 잡고 몇 번이나 왔다 갔다 했던 미도스지 국도의 자동차 후미등의 그 어렴풋한 빛, 아버지에게 당신과의 결혼 승낙을 받아 내고 너무 기쁜 나머지 갈 곳도 정하지 않고 한신전철을 탄 날 차창으로 보였던 고베 앞바다의 개개풀린 반짝임 등이 〈39번〉 심포니와 한 덩어리로 어울려 어떤 아련한, 말이 되지 못한 생각에 휩싸였습니다. 그러는 사이에 주인이 말한 우주의 불가사의한 구조, 생명의 구조라는 말이 간직하고 있는 어떤 것을 저는 아주 한순간 이해할 수 있을 것 같은 생각이 들었습니다. 하지만 그것은 불과 한순간의 일이었습니다. 제 마음속에는 다시 돌연 세오 유카코 씨의 환영이 비쳤습니다. 저보다 훨씬 아름다운 용모와 육체를 가진, 말하지 않는 여성이 제 안에 서 있었습니다. 그리고 그 사람은 이미 죽어 이 세상에 없었습니다.

이튿날 늦은 아침을 먹고 있을 때 아버지가, 그렇게 친하게 지냈다면 역시 병문안이라도 가야 하지 않겠느냐는 말을 했습니다. 그럴 때 가장 고마운 것은 역시 돈이겠지요, 하고 이쿠코 씨도 말했습니다. 저는 화재 현장의 뒤처리로 부부도 이삼일은 바쁠 거라고 생각하여 그로부터 나흘쯤 지나고 나서 위로금을 들고 두 사람이 사는 맨션으로 찾아갔습니다. 부부는 제 방문을 무척 기뻐하며 응접실로 안내하고는 그 추운 날 밤 일부러 현장에까지 와 주었다며 몇 번이고 고개를 숙였습니다. 주인은 위로금을 좀처럼 받으려고 하지 않았지만, 저는 테이블에 놓은 채 아버지의 지시라 다시 가져갈 수가 없다며 물러서지 않았습니다. 주인이 미안해 하며 겨우 돈을 받아 주었을 때 또 한 사람의 손님이 찾아왔습니다. 역시 위로금을 갖고 온 모양으로, 현관에서 부인과 입씨름을 했습니다. 그런데 주인이 마침 잘되었으니 소개하겠다며 그 손님을 제가 있는 응접실로 불렀습니다. 들어온 남성은 서른두세 살쯤의 이목구비가 뚜렷하고 훤칠한 사람이었는데, 주인은 "조카입니다. 돌아가신 제 형님의 장남이지요" 하고 소개했습니다. 우리는 첫 대면의 인사를 하고 서로 이름을 말했습니다. 그 사람이 가쓰누마소이치로로 지금의 남편입니다. 하지만 제가 가쓰누마와 결혼하기에 이른 경위는 좀 뒤에 말하기로 하겠습니다.

저는 모차르트 주인의 맨션을 나와 역 앞의 서점에서 여성 잡지를 들춰 보기도 하고 문고본 책장 앞을 어슬렁거리며 수많은 책의 책등을 보기도 하면서 시간을 보냈습니다. 어딘가에서 맛있는 커피를 마시고 싶었지만 모차르트가 소실된 직후라 가 본 적도 없는 다른 카페에 들어갈 마음은 일지 않았습니다. 그날은 토요일이었을 거라 생각합니다. 전철이 멈추자 여고생 몇 명이 내렸습니다. 그녀들이 정오가 지나 귀가하는 것은 그날이 토요일이기 때문임에 틀림없습니다. 그 무렵의 저는 오늘이 몇 월 며칠이고 무슨 요일인가 하는 것과는 전혀 무관한 생활을 하고 있어서 멍하니 세일러복을 입은 여고생들을 보고 있었습니다. 아버지 회사도 토요일은 정오까지 일하고, 오늘은 그 후 아무런 예정이 없는 것 같았으므로 어쩌면 아버지도 저녁때까지 귀가할지 모른다고 생각했습니다. 그런 아버지니까 이제 슬슬 뭔가 자신의 의견을, 언뜻 보기에는 온화하지만 사실은 반드시 말을 듣게 하겠다는 눈빛으로 서서히 말해 올 때가 된 게 아닐까 하는 예감이 들었습니다.

때로 예감이란 어쩌면 그렇게 멋지게 들어맞는 걸까요? 집으로 돌아가자 아버지가 거실 소파에 누워 텔레비전을 보고 있었습니다. 그리고 저를 보고는 할 이야기가 있으니 거기 좀 앉으라며 자기 앞의 소파를 가리켰습니다. 저는 이따금 자신의 예감이 적중하는 것에 내심 놀라거나 득의양양해 하는 일이 있습니다. 그런데 이렇게 감이 좋은 아내가 어떻게 1년간이나 지속된 당신의 부정을 눈치채지 못했을까요? 당신이라는 사람은 상당히 종잡을 수 없는, 게다가 연기력이 풍부한 연기자였다고 지금은 제가 혀를 내두를 정도입니다.

아버지는 길게 누워 텔레비전에 눈을 준 채 슬슬 앞으로의 일을 생각해 보는 게 어떻겠느냐고 말했습니다. "잊어버려야 할 것은 역시 깨끗이 잊어버리는 게 중요해. 잊어버리기 위한 방법을 내가 생각해 주지." 아버지는 이렇게 말했습니다.

"전 벌써 잊어버렸어요." 이렇게 대답하자 아버지는 제 말이 끝나기도 전에 외국에라도 다녀오는 게 어떻겠느냐고 했습니다. "요컨대 일단락 짓는 거지. 어디가 좋을까……? 파리, 비엔나, 그리스. 북유럽까지 발을 뻗어 봐도 좋겠지. 느긋하게 외국을 혼자 여행하고 깨끗이 백지가 되어 돌아와."

낯선 나라를 혼자 여행하는, 그렇게 쓸쓸한 건 싫다고 저는 고개를 숙이고 페르시아 양탄자의 무늬를 눈으로 덧그리며 말했습니다. "널 보고 있으면 불쌍해서 견딜 수가 없어서 그래." 이 말에 제가 고개를 들어 아버지를 보자 아버지는 눈에 눈물을 글썽이고 있었습니다. 제가 아버지의 눈물을 본 것은 그때가 처음이었습니다. 아버지는 저에게 이렇게 불쌍한 일을 겪게 될 거라고는 생각하지 못했다고 말했습니다. "그런데 불쌍한 일을 겪게 한 것은 다른 누구도 아니고 바로 나다. 만약 내가 아리마를 회사의 후계자로 정하지 않았다면 너희는 너희만의 사건으로 처리할 수 있었을지도 모르지. 세상에 흔히 있는 일이고 말이야. 네 마음만 괜찮다면 일정한 시간이 지나고 나서 두 사람이 원래의 부부로 돌아갔을지도 몰라. 하지만 난 호시지마 건설의 사장으로서 아리마를 회사에서 내보낼 수밖에 없었어. 나는 아무래도 그때 일을 너무 간단히 생각한 것 같다. 아리마가 회사에서 모습을 감춘다는 게 호시지마 집안에서도 떠나야 하는 것이라고 믿었지. 하지만 요즘에는 그럴 필요까지는 없는 일이었다는 생각이 들어. 호시지마 건설의 후계자로서는 실격했어도 그게 그대로 너에게서도 떠나야 할 이유가 되지는 않지 않을까, 하고 말이야. 내가 좀 더 깊은 배려를 해야 했어. 아리마에게 다른 일자리를 주고 네 상처가 아물 때까지 별거를 한다거나 해서 일정한 시간을 두고 두 사람이 화해하고 같이 살도록 마음을 썼어야 했지. 그게 어른의 지혜라는 걸 거야. 난 입 밖에 내지는 않았지만 병원에서 아리마 쪽이 이혼을 요구하고 나오도록, 피할 수 없는 운명으로 알고 체념하라는 투로 딸의 아버지로서 그를 힐책했지. 하지만 그건 거짓말이었어. 나는 딸의 아버지라는 얼굴을 하고 있었지만 사실은 호시지마 건설의 사장이라는 입장에서만 그를 계속 힐책한 거야. 에두르고 에둘러서 두 사람은 헤어질 수밖에 없다는 식으로 몰아갔지. 그리고 나는 네가 설령 그런 일이 있었어도 아리마와 헤어지고 싶어 하지 않는다는 걸 알고 있었어. 넌 결코 헤어지고 싶지 않았지. 그건 이 아버지가 가장 잘 알고 있는 일이야."

저는 도중부터 울면서 아버지가 하는 말을 듣고 있었습니다. 아버지는 단숨에 거기까지 이야기하고는 갑자기 입을 다물고 그대로 오랫동안 잠자코 있었습니다. 오랜 침묵이 이어졌습니다. 겨울 햇살이 들어오는 거실 소파에 앉아 저는 언제까지고 자신이 오열하는 소리를 듣고 있었습니다.

"하지만 말의 앞발이 두 동강이 났고 항아리는 산산조각이 났잖아요. 그렇죠, 아버지? 아버지는 제가 남편과 헤어지기 전에 아라시야마의 카페에서 그렇게 말했잖아요. 하지만 사실 그때는 그렇지 않았어요. 헤어지고 말았을 때, 제가 이혼 서류에 도장을 찍었을 때 말의 앞발이 부러지고 항아리는 산산조각이 나고……." 제가 여기까지 말했을 때 아버지는 일어나 제 말을 제지했습니다. 그리고 "아리마는 좋은 사람이었어. 난 그 사람이 점점 좋아졌지"라고 말하며 뭐라 말할 수 없이 무서운 얼굴로 자신의 방으로 들어가 버렸습니다.

홍차 두 잔을 가져온 이쿠코 씨는 널찍한 거실 안에서 우두커니 혼자 고개를 숙이고 아직 작은 어린애처럼 흐느껴 울고 있는 저를 보며 무슨 말을 찾고 있는 듯했으나 결국 아무 말도 하지 않고 찻주전자와 홍차 잔을 테이블에 놓고 부엌으로 돌아갔습니다. 저는 찻주전자 주둥이에서 피어오르는 김을 멍하니 보면서 아버지의 마지막 말을 가슴속에서 반추하고 있었습니다. 아리마는 좋은 사람이었어. 난 그 사람이 점점 좋아졌지. 일, 일, 일로 가정을 돌보지도 않고 계속 일만 해 왔고 냉철할 정도로 타인을 자신 안에 들이려고 하지 않았던 아버지의 말이었던 만큼 거기에는 강한 설득력과 애정이 담겨 있는 것 같았습니다. 정말 예전의 내 남편은 좋은 사람이었다. 그리고 지금 아버지는 마음속 깊이 내 행복을 생각해 주고 있다. 이런 두 가지 생각이 뜨거운 물처럼 몸속으로 스며들었습니다. 그건 당신에 대한 한심할 정도의 미련도, 아버지에 대한 미움도 홀연히 사라지고 아무것도 없는 순백의 공간에 떠돌고 있는 생각이었습니다.

그 자리에 얼마나 앉아 있었을까요? 정신을 차리고 보니 겨울 해는 거의 기울었고 뜰의 이끼 긴 석등이 거무스름해졌으며 그 긴 그림자가 별채의 아버지 방 창문에까지 닿았습니다. 얼굴을 고치고 부엌으로 가자 이쿠코 씨가 오늘은 기쁜 일이 있었어요, 하고 제게 말했습니다. 올해 고등학교를 졸업하는 아들이 취직했다는 것이었습니다. 요리사가 되고 싶다는 아들의 희망이 이루어져 아시야芦屋의 유명한 프랑스 요리점에 들어갔다고 이쿠코 씨는 말했습니다. 당신과 두세 번 간 적이 있는 '메종 드 루아'라는 가게입니다. 아이가 태어나고 3년 후에 남편과 사별한 이쿠코 씨는 그 후 5년쯤 시집인 단바丹波의 농가에서 시부모님과 살았지만, 결국 호적에서 빠져나와 한때 고베의 히가시나다 구에 사는 언니의 신세를 졌다고 합니다. 어머니가 돌아가셔서 인품이 좋은 가정부를 구하고 있던 우리 집에 지인의 소개로 들어와 기거하며 일하게 되었기 때문에 아들을 언니 집에 맡겼고, 그 이후로 쭉 우리와 가족처럼 함께 살아왔습니다. 하지만 역시 입 밖에 내지는 않았지만 하나뿐인 아들과 따로 살아야 하는 것이 괴로울 거라고 생각해 저도, 아버지도 이쿠코 씨에게 더러 그것을 물어보았습니다. 고로엔 근처에 조그만 방이라도 얻어 아들과 함께 살면서 우리 집에 다니며 일하는 것도 좋지 않겠느냐는 것이 저와 아버지의 의견이었습니다. 특별히 쓰지 않아도 당신이 알고 있는 이야기겠네요. 그래서 이쿠코 씨도 그럴 생각으로 적당한 집을 찾고 있던 중에 당신의 그 사건이 일어난 것입니다. 그일과 이쿠코 씨의 사정은 이렇다 할 특별한 관계가 없습니다만, 그녀는 저를 무척 동정하여 마치 어머니처럼 여러 가지로 마음을 써 주었습니다. 이쿠코 씨는 집 찾는 걸 그만두고 지금까지처럼 이 집에서 기거하며 일하겠다고 했습니다. 아키 씨가 기력을 회복하고 나면 그렇게 하겠습니다. 그때까지는 아무래도 제가 여기에 기거하며 일하는 것이 여러모로 편리하겠지요. 아들이 제몫을 하게 되면 저도 일을 그만두고 느긋하게 둘이서 같이 사는 것도 생각해 봐야겠지요. 남자애라서 붙임성도 없고 특별히 이제 와서 엄마하고 같이 살지 않아도 된다고 말하거든요. 이쿠코 씨는 이런 말을 하고 나서 목소리를 죽여 "그 까다로운 어르신 뒷바라지를 하게 되면, 아키 씨는 노이로제에 걸리고 말 거예요. 제게 맡겨 두세요" 하고 속삭였습니다. 그 이후로 집에서 다니며 일한다는 이야기는 흐지부지 되고 말았습니다. 마치 수십 년이나 아버지라는 사람을 봐 온 사람처럼 이쿠코 씨는 실로 아주 익숙한 방식으로 아버지의 짜증도, 마음 내키는 대로 사람을 부리는 것도 전혀 개의치 않고 초연하게 다루었는데, 그런데도 결코 아버지를 화나게 하는 일이 없었으므로 저는 늘 이쿠코 씨에게 감탄하거나 고맙게 여겼습니다. 아버지도 도쿄 생활이 길어질 것 같을 때는 이쿠코 씨를 데리고 상경하는 일이 많았는데, 그만큼 이쿠코 씨를 신뢰하고 있다는 것이겠지요.

저는 아들이 취직한 곳을 묻고, 아시야의 메종 드 루아에서 수련을 쌓는다면 일본 어디의 프랑스 요리점에서도 통용되는 요리사가 될 수 있을 거라고 말해 주었습니다. 얼마나 견딜 수 있을지, 하고 이쿠코 씨는 말했습니다만, 내심 기쁨을 감출 수 없는 모양인지 식칼을 쓰는 방식이나 음식을 보기 좋게 담는 것이 여느 때와 다르게 리드미컬했습니다. 그렇게 유명한 가게에 용케 취직했네요, 하고 제가 말하자 "어르신이 거들어 주신 거지요. 어르신이 몇 자 적어 주어서 면접 때 그걸 갖고 가라고 했더니 그 자리에서 정해졌다고 해요"라고 말했습니다.

이쿠코 씨는 콧노래를 부르며 척척 저녁 준비를 해 나갔습니다. 저는 별채의 아버지 방으로 갔습니다. 아버지는 앉은뱅이책상 앞에 앉아 뭔가 쓰고 있었습니다. 이쿠코 씨의 아들 일에 대해 제가 고맙다고 말하자 아버지는 무뚝뚝하게 힐끗 돌아보며 너한테 그런 말을 들을 일이 아니야, 하고 말했습니다. 저는 아버지, 하고 불러보았습니다. 그 순간 또 눈물이 나왔습니다. 아버지는 그런 저를 보고 일부러 내 방에까지 울러 온 거냐, 하고 말하고 나서 다 쓴 편지인 듯한 것을 봉투에 넣고는 "어떠냐, 진짜 외국에라도 다녀오는 게. 기분을 바꾸는 데는 전지요양이 최고야" 하며 처음으로 웃음을 띠었습니다. "그렇게 하지 않아도 전 정말 다 잊었어요." 아버지는 앉은뱅이책상을 향하고 저를 보지도 않은 채 "그래?"라고 한마디하고는 입을 열지 않았습니다. 저는 아버지 뒤에 앉아 아버지 목에 제 두 팔을 감고 한쪽 뺨을 등에 비벼 대며 "전 정말 잊었어요. 아버지, 정말이에요"라고 속삭였습니다. 하지만 말을 하면 할수록 당신의 모습이 눈앞에 떠올랐습니다. 아버지는 제 팔을 두 손으로 쓰다듬으며 "사람은 변하는 법이야. 시시각각 변해 가는 신기한 동물이지"라고 마치 자신에게 말하는 듯한 어조로 중얼거리고는 "넌 마음씨가 고운 아이니까 꼭 행복해질 거다"라고 말했습니다. 그때 아버지의 늠름한 목소리의 울림과 불기가 전혀 없는 쥐 죽은 듯 조용한 다다미 여덟 장짜리 방 안 공기의 차가움은, 벌써 10년 가까이 지났는데도 당신과 헤어진 이후의 제 마음에 새겨진 무수한 추억의 중심부에 어쩐 일인지 가만히 살아 있으며 사라지지가 않습니다.

저는 외국에도 가지 않고, 심지어 고베나 우메다의 번화가에도 나가지 않은 채 그 이후의 나날을 보냈습니다. '모차르트'가 다시 지어진 것은 벚꽃이 지고 이런저런 나무의 새싹이 움트기 시작한 무렵이었습니다. 화재보험에 들었다고는 했지만 처음에 가게를 세울 때에 비하면 목재 가격이 40퍼센트 가까이 올라서 주인은 상당한 빚을 지게 되었다고 했습니다. 이전과 완벽하게 같은 설계로 다시 지었지만 예산 사정으로 재질이 다른 나무를 쓰지 않을 수 없어서 다시 개점한 모차르트는 이전의 모차르트와 어딘가 좀 달랐습니다. 하지만 제가 문을 밀고 가게 안에 발을 들여놓았을 때 모차르트의 곡이 울려 퍼지고 있는 것만은 변하지 않았습니다. 〈40번〉 심포니였습니다. 저는 41번 〈주피터〉보다 이걸 더 좋아했습니다. 부부에게 개점을 축하한다고 말한 저는 늘 앉던 큰길에 면한 테이블에 앉았습니다. "호시지마 씨의 커피 잔도 깨져서 어디로 가 버린 모양입니다. 그래서 교토 가와라마치의 도기 가게에서 좋은 커피 잔을 발견해서 사 왔습니다." 주인은 이렇게 말하며 새 커피 잔을 제 앞에 놓았습니다. 희미하게 회색빛이 도는 거친 표면의 무늬 없는 잔이었습니다. 표면이 거친 대신 투명한 듯이 얇아 무척 비싼 것일 듯싶은 생각에 저는 돈을 지불하고 싶다고 했습니다. 주인은 자신의 선물이라며 아무리 가격을 물어도 알려 주지 않았습니다. 그날은 일요일이어서 새싹이 돋은 벚나무 가로수를 따라 난 길을 산책하는 사람들 모습이 눈에 띄고 가게 안도 거의 만석이었습니다. 저는 오랜만에 맛있는 커피를 마시면서 모차르트 음악에 귀를 기울였습니다. 그런데 창 너머로 산책하러 나온 듯한 아버지의 모습이 보였습니다. 아버지는 카디건을 입고 샌들을 신은 모습으로 화창한 햇빛을 즐기는 듯이 천천히 이쪽으로 걸음을 옮기고 있었습니다. 저는 문을 열고 얼굴을 내밀어 아버지를 불렀습니다. 아버지는 저에게 이끌려 모차르트로 들어왔습니다. 아버지는 제가 있는 테이블에 앉아 여기 커피가 맛있느냐고 물었습니다. 아버지 말로는 요도야바시의 회사 근처에 있는 작은 커피전문점 커피가 일본에서 가장 맛있다는 것이었습니다. 그 말을 들은 주인이 다가와 저희 가게의 커피는 일본에서 두 번째로 맛있다고 말했습니다. 저의 아버지라는 것을 알고 부인도 황급히 달려와 몇 번이나 위로금에 대한 감사를 되풀이하고는 아가씨만이 아니라 앞으로는 부디 아버님도 꼭 저희 가게의 단골이 되어 주셨으면 한다며, 예전의 기력을 완전히 되찾은 듯한 환한 웃음으로 맞아 주었습니다.

저는 아버지가 어떤 모임도 파티도 없는 날은 반드시라고 해도 좋을 정도로 어디에도 들르지 않고 바로 귀가한다는 것을 잘 알고 있어서 정시에 회사를 나온 날 일부러 모차르트 앞에 차를 세우고 커피를 마시고 나서 돌아오는 일은 상상도 할 수 없었습니다. 하지만 그날 이후 이따금 걸어서 귀가하는 일이 잦아져 차는 어떻게 하셨어요, 하고 이쿠코 씨가 물어도 국도에서 내려 산책이나 할 겸 걸어서 돌아왔다고 대답할 뿐 그밖에는 아무것도 설명하려고 하지 않았습니다. 그런 날은 반드시 저녁을 우리보다 늦게 먹었기 때문에 저는 정말 수상하다고 노려보며 캐물었습니다. 그러자 네 커피 잔을 쓰고 있다고 말하며 아버지는 겸연쩍다는 듯이 웃었습니다. "아버지가 모차르트를 듣다니 상상이 안 돼요." 저의 이 말에 아버지는 약간 생각에 잠긴 얼굴로 응수했습니다. "네 혼담에 대해 모차르트 주인과 의논하고 있거든."

저는 깜짝 놀라 아버지를 쳐다보았습니다. "전 이제 결혼할 생각 같은 건 없어요." 저는 강한 어조로 말했습니다. 그렇지 않으면 자신이 정한 일을 기어이 해내고 마는 아버지가 그리 간단히 물러설 것 같지 않았기 때문입니다. 그리고 아버지는 농담 같은 건 좀처럼 하지 않는 사람입니다. 아버지 이야기는 다음과 같은 것이었습니다.

실은 너한테 마음이 있는 사람이 있는 것 같다. 모차르트 주인이 저번에 나한테 넌지시 물어 오더라. 주인의 조카인 남자가 대학에서 강사를 하고 있는데, 서른세 살이지만 독신이라고 한다. 전공은 동양사학이고 2년 후쯤엔 조교수가 되는 것은 틀림없는 모양이더라. 너하고는 정식으로 딱 한번 주인의 맨션에서 만난 적이 있다고 하는데, 그 이후로 그 사람은 커피를 마시러 오는 너를 카운터에 앉아 보고 있었던 것 같다. 자신은 초혼이고 호시지마 아키에게는 과거에 남편이 있었지만 그런 건 전혀 개의치 않는다. 학문에 몰두하느라 결혼하고 싶은 여성을 만나지 못했지만 너를 보고 한눈에 반했다고 말한 모양이다. 처음에 모차르트 주인이 그런 말을 했을 때 나는 그다지 마음이 내키지 않았다. 하지만 너무 열심히 부탁하는 바람에 그 남자하고 한번 만나 보기로 했다. 그쪽에는 내가 아키의 아버지라고 말하지 말라는 다짐을 받아 두어서 그냥 가게의 단골이라고 넌지시 소개받았다. 별다른 이야기를 한 건 아니다. 날씨가 좋아졌네요, 라든가 대학 강사라는 건 수입이 어느 정도나 되느냐, 라든가 동양사라는 학문은 어떤 학문인가, 하는 정도의 이야기를 나눴을 뿐이다. 나는 이제 회사를 사위에게 물려줄 생각 같은 건 하지 않는다. 나의 그런 바람은, 아리마 야스아키가 너하고 헤어진 것으로 완전히 없어졌다. 또다른 후임자를 앉히는 일은 가능하지도 않다. 호시지마 건설은 내가 물러나면 적당한 사람이 뒤를 이을 것이다. 이젠 그래도 좋다고 생각한다. 내 걱정은 너뿐이다. 네가 행복해지는 것뿐이다. 잘 생각해 봐라. 너는 아직 스물여섯밖에 안 되었고, 앞으로가 진짜 인생이다. 좋은 사람만 있다면 역시 결혼해서 새로운 가정을 꾸미는 게 가장 바람직한 길일 것이다. 상대가 마음에 들지 않으면 아무 신경 쓸 것 없이 그냥 깨끗이 거절하면 되는 거다. 하지만 아무튼 만남의 자리를 마련해서 그 남자와 이야기를 해 보는 것 정도라면 상관없을 것 같다.

요컨대 아버지는 그 사람과의 맞선을 아버지 특유의 억지로 제게 권한 것이었습니다. 저는 아버지의 이야기를 들으면서 아아, 그때 그 사람이구나, 하고 생각했습니다. 하지만 아무리 생각해도 그 사람의 용모나 분위기가 떠오르지 않았습니다. 분명히 대학 강사라고 하니 그런 분위기를 갖고 있었던 것같기도 했고, 이목구비가 뚜렷한 얼굴이었던 것 같기도 했습니다. 하지만 아버지가 무슨 말을 하건 그때의 저는 맞선 같은 걸 볼 생각이 없었습니다. 왜냐하면 제 마음속에는 이제 절대 돌아올 리 없는 당신이 아직 사라지지 않고 떡 버티고 있었기 때문입니다. 아버지는 담배를 몇 개비나 연달아 피우면서 이야기를 이어 갔습니다.

나는 오늘 다시 한번 모차르트에 들러 주인하고 이야기를 하고 왔다. 딸이 왜 남편하고 이혼했는지 숨김없이 이야기했다. 그리고 당신 조카한테도 그 이야기를 해 달라고 말해 두었다. 나는 카페 주인의 반응 같은 건 아무래도 좋지만, 이야기를 다 들은 그 사람은 아주 침통한 표정으로 생각에 잠겼다. 그러고 나서 이 혼담은 아무래도 잘 안 될 것 같은 기분이 든다고 했다. 아가씨한테는 아직도 긴 시간이 필요할 거라는 게 주인의 의견이었다. 그러고 나서 이렇게 말했다. 저는 아가씨가 여성으로서 아마 크고 깊은 슬픔을 겪은 분이라고 느꼈습니다. 그렇지 않으면 여성으로서, 게다가 그 젊은 나이에 모차르트의 음악이 가진 비밀을 한순간에 저보다 선명하게 읽어 낼 리가 없거든요. 그러고는 나에게 고개를 숙이고, 자신이 자청한 부탁이긴 하지만 이 이야기는 없었던 일로 해 주셨으면 한다고 말했다. 나는 그 이유를 물었지만 주인은 잠자코 입을 열지 않았다. 그래서 이번에는 내가 역으로 혼담 이야기를 꺼내야 할 처지가 되었다. 딸의 부정으로 헤어진 게 아니다. 남편의 부정과 그와 관련된 비참한 사건으로, 두 사람은 헤어지지 않을 수 없게 된 것이다. 이혼 사유가 이 혼담을 무효로 할 만한 것이라고는 생각되지 않는다. 나는 주인의 반응에 약간 화를 내며 이렇게 말했다. 사실 어디서 굴러온 말 뼈다귀인지도 모르고 쥐꼬리만 한 월급을 받는 대학 강사에게 내 딸을 내줄 생각은 없다고까지 말했다. 그러자 주인은 정중한 태도로 무례에 대해 사과하고 나서 어쩌면 아가씨는 설사 그런 사건이 있었다고 해도 남편하고 헤어지고 싶지 않았던 건 아닐까요, 하고 나한테 말했다. 나는 순간적으로 송곳이나 뭔가로 쿡 찔린 것 같은 기분이 들었다. 멍하니 커피를 홀짝이고 있는 아가씨의 옆얼굴을 떠올리면 자기한테는 아무래도 그런 기분이 들더라고 주인이 말했다. 그리고 아가씨한테는 아직 많은 시간이 필요하겠지요, 하면서 조금 전과 같은 말을 되풀이했다. 확실히 모차르트 주인이 말하는 대로일지 모른다고 나는 생각했다. 그렇게 생각한 순간 그것과는 반대되는 생각이 떠올랐다. 그러니까 하루라도 빨리 좋은 사람을 찾아서 인생의 재출발을 하게 해야 하지 않을까, 하고 생각한 것이다. 내가 그렇게 말하자 주인은 잠시 생각에 잠겼는데, 그 사람 나름대로 생각을 바꾼 모양인지, 아가씨에게는 저와 당신 사이에 이런 이야기가 오가고 있다는 걸 전했느냐고 물었다. 내가 아직 안 했다고 대답하자 주인은 당장 오늘 밤이라도 아가씨에게 이 혼담에 대한 이야기를 하는 게 어떻겠느냐고 했다. 어쩌면 의도하지 않은 데서 엉뚱한 결과가 나오는 경우도 있다. 아가씨가 자신의 조카를 마음에 들어 하면 정말 행복한 부부가 생겨날지도 모르는 일 아니냐는 거였다. 이번에는 내가 팔짱을 끼고 생각에 잠겼다. 나는 궁상스러운 남자가 제일 싫다. 그다음은 술버릇이 안 좋은 남자다. 하지만 한번 만나서 내 눈으로 직접 확인한 바로는, 가쓰누마 소이치로라는 남자는 그 어느 쪽도 아닌 것 같다. 학문을 하는 사람답게 다소 신경질적인 느낌은 있었으나 전체적으로 청결한 느낌이 들었다. 그래서 모차르트 주인이 말하는 것처럼 오늘 너한테 그 이야기를 꺼낸 것이다.

저는 한번도 아버지를 이겨 본 적이 없습니다. 그때도 그랬습니다. 저는 아버지 이야기를 끝까지 듣고 생각 좀 해 보겠다고 말하고는 2층의 제 침실로 올라갔습니다. 2층 창가에 서자 겨울밤의 찬 공기에 휩싸인 주택가가 푸르스름한 빛을 띠고 펼쳐져 있었습니다. 눈을 들자 조금만 있으면 보름달이 될 것 같은 달이 떠 있었습니다. 완전한 원형을 이루지 못한 만큼 제게는 그 달이 무척 일그러진 것으로 보였습니다. 당신과 헤어진 지 벌써 1년이나 되었구나, 하고 생각했습니다. 그런데도 저에게는 사실 3년이나 4년쯤 지난 것처럼 느껴지고, 아무리 쉰다고 해도, 아무리 격렬한 노동을 한다고 해도, 또 아무리 자신을 잊을 만큼 즐거움에 흥겨워 해도 결코 가실 것 같지 않은 지독한 피로가 묵직하게 마음과 몸에 버티고 있는 것처럼 느껴졌습니다. 당신은 어떨까, 하고 저는 상상해 봤습니다. 당신도 단 1년 만에 나를 완전히 잊었을 리가 없다. 낯선 여성에게 남편을 빼앗겼는데도 저는 아직 그 시점에도 자만하고 있었던 것이겠지요. 그리고 저는 이런저런 생각에 빠졌고, 저를 잊어버리지는 않아도 당신은 이미 깨끗이 단념해 버렸을 거라는 결론을 억지로 끌어내 저 역시 단념해야 한다고 생각했습니다. 1년 전에 이미 그렇게 했어야 했지만 저는 할 수 없었습니다. 단념해야 하는 저는 그 말을 몇 번이고 제 마음에 들려주었습니다. 아버지가 한 말이 되살아났습니다. "사람은 변하는 법이야. 시시각각 변해 가는 신기한 동물이지." 나는 앞으로 어떻게 변해 갈 것인가. 이렇게 생각하며 몸서리가 나는 듯한 불안에 휩싸였습니다. 또 뭔가 불행이 시작될 것 같은 예감에 사로잡혔습니다. 당신에게도, 그리고 저에게도…….

저와 아버지, 모차르트 부부와 가쓰누마 소이치로, 이렇게 다섯 명이 2주 후 일요일에 아시야의 메종 드 루아에서 저녁 식사를 같이했습니다. 저도, 아버지도, 가쓰누마 씨도 거의 스스로 입을 열지 않는 사람이라서 모차르트 부부가 이런저런 화제를 끌어내려고 마음을 썼습니다. 식사가 끝나자 아버지와 부부는 돌아가고 저와 가쓰누마 씨는 한큐阪急 아시야가와芦屋 川 역까지 걸어가 한 카페에 들어갔습니다.

"남편과 이혼한 이야기는 숙부로부터 자세히 들었습니다." 가쓰누마 씨는 이렇게 말하고 다음 말을 생각하고 있었는데 적당한 말이 생각나지 않아 좀 초조한 듯이 이마에 주름살을 짓고 손가락으로 귀밑머리를 만지거나 집거나 했습니다. 그래서 제가 결론을 말했습니다.

"저는 아직 재혼할 준비가 되어 있지 않아요. 앞으로 어떻게 하려는 계획도 없지만 아무것도 하지 않고 그냥 세월이 지나는 것을 좀 더 기다리고 싶어요." 가쓰누마 씨는 지체 없이 "그럼 저도 기다리지요" 하며 제 얼굴을 정면으로 바라보았습니다. 싫은 느낌을 주는 사람은 아니었습니다만, 그렇다고 어딘가 호감을 주지도 않는 그런 남성이라고 생각했습니다. 그날 저녁은 종잡을 수 없는 이야기를 하다가 9시가 지나 카페를 나왔고 가쓰누마 씨는 택시로 집까지 바래다주었습니다. 지금도 어떤 이유로 가쓰누마 소이치로와 결혼하기로 결단을 내렸는지 저는 잘 모르겠습니다. 당신과의 이혼이 마치 헤어지기 싫은데도 억지로 배에 태워져 벽안에서 멀어져 간 것 같은 거라고 한다면, 마찬가지로 가쓰누마 씨와의 결혼도 가고 싶지 않은데도 자기도 모르는 사이에 배에 타게 되었다고 하는 것이 가장 적당한 표현이 아닐까 생각합니다. 거기에는 모차르트 부부의 저에 대한 말로 다할 수 없는 따뜻한 배려가 있었고, 저의 행복을 바라는 아버지의 마음이 있었고, 또 하나 당신을 결단코 잊어야 한다는 저의 마음이 있었습니다.

저와 가쓰누마 소이치로 씨는 그해 9월에 결혼했습니다. 아버지는 가쓰누마 씨가 데릴사위로 들어오는 걸 바랐지만 그는 외아들이고, 게다가 대학 시절에 아버지가 돌아가셔서 어머니와 단둘이 생활하고 있기 때문에 그 일에 대해서는 아버지도 단념하지 않을 수 없었습니다. 심지어 그쪽 어머님을 혼자 사시게 할 수도 없어서 제가 가쓰누마가로 시집을 가는 형태가 되었습니다. 하지만 아버지는 혼담이 자신의 바람과는 정반대되는 형식으로 결정되어도 그대로 진행시켰습니다. 게

다가 그것에 관한 자신의 생각은 한마디도 입 밖에 내지 않았습니다. 가쓰누마 씨의 집은 미카게御影의 유미노키초弓ノ木町에 있었는데 조그만 뜰이 있는 낡은 이층집이었습니다. 둘 다 재혼이라면 모르겠지만 상대는 초혼이라고 말하며 아버지는 제대로 된 피로연도 하고 신혼여행도 다녀오라며 돈을 주었습니다. 아버지는 이상하게 외국으로 가는 걸 강요했습니다. 저는 마치 마음도 없는 인형처럼 아버지 말대로 움직였습니다. 당신과의 신혼여행은 도호쿠를 짧게 일주했을 뿐인 간소한 것이었지요. 외국 어딘가로 가려고만 했다면 아버지가 그 정도 돈쯤은 선뜻 내주었을 테지만 저와 당신은 굳이 겨울의 도호쿠 여행을 선택했습니다. 저는 파리, 네덜란드, 로마 등 유럽 전역을 둘러보고 싶었지만 당신은 겨울의 도호쿠를 보고 싶다며 양보하지 않았습니다. 다자와 호수에서 도와다로 가는 길에서는 세찬 눈이 내렸지요. 기억하고 있나요? 그래서 예정을 바꿔 뉴토乳頭 온천이라는 데서 하룻밤을 묵었습니다. 그날 밤 조용히 내리는 눈에 귀를 기울이며 둘이서 그 고장의 뜨거운 술을 마셨습니다. 그리고 저는 그날 밤 당신을 진심으로 사랑했습니다. 당신을 마음속 깊이 좋아하게 되었습니다. 결혼하기 훨씬 전부터 진작 저는 당신에게 여러 차례 안겼는데도 뉴토 온

천의 조그만 여관의 이불 속에서 당신이라는 사람을 깊이 알았던 것입니다. 또 정말 시시한 이야기를 쓰고 말았네요. 스스로도 부끄러워지는 일을 무심코 쓰고 말았습니다. 원래 이야기로 돌리겠습니다.

저와 가쓰누마 씨는 아버지 말대로 유럽 각국을 돌아다니다 왔습니다. 가쓰누마 씨, 예순일곱 살의 시어머니와 함께 생활하기 시작한 지 한 달도 되지 않아 생각지도 못한 일이 일어났습니다. 제가 근처 마켓에 갔다가 돌아와 보니 시어머니가 부엌에 쓰러져 있었습니다. 곧바로 구급차를 불렀습니다만 병원에 도착하고 나서 곧 숨을 거두고 말았습니다. 심근경색이었는데 거의 손을 댈 수 없는 상태였습니다. 사십구재가 끝난 날 아버지가 가쓰누마 씨에게 고로엔의 집으로 들어오라고 권했습니다. 가쓰누마 씨는 처음에 떨떠름한 기색을 보였지만 아버지의 우격다짐에 결국 뜻을 꺾어 저는 불과 두 달만 따로 생활을 했을 뿐 다시 아버지와 함께 살게 되었습니다.

지금 막 오후 3시를 지난 참입니다. 이제 슬슬 기요타카를 맞으러 나갈 시간입니다. 며칠에 걸쳐 쓴 긴 편지에도 저는 아직 쓰고자 한 것의 절반도 쓰지 못했습니다. 당신에게는 아직 귀찮기만 한 편지를 더 보내게 될 것 같습니다. 설사 당신

이 봉투를 뜯지도 않고 그대로 찢어 쓰레기통에 버린다고 해
도……

특수학교의 스쿨버스가 3시 반에 역 앞에 도착합니다. 이
제 서두르지 않으면 안 됩니다. 이 편지를 일단 끝내고 또 다
음 편지에 적기로 하지요. 어쩐지 어수선하게 끝내게 되었습
니다만, 아무튼 몸 건강하시길.

그럼 이만 줄입니다.

7월 16일

가쓰누마 아키 올림

✽

가
쓰
누
마

아
키

님
께

전략.

보내 준 두 통의 긴 편지는 찢어 버리지 않고, 쓰레기통에
버리지도 않고 틀림없이 잘 봤습니다. 그런데 솔직히 말하면
제가 이제 편지를 보내는 건 그만두었으면 좋겠다는 편지를
보내고 두 달 후에 또 당신이 보낸 우편물을 손에 들었을 때
는 두툼한 봉투를 한동안 책상 서랍에 넣어 둔 채 이삼일 내버
려 두었습니다. 읽지도 않았을 뿐 아니라 답장도 쓰지 않겠다
고 저는 생각했습니다. 하지만 저는 결국 그 봉투에서 떠돌며
오는 무음의 신호 같은 것에 저항할 수 없었습니다. 저는 역시

읽어 보고 싶었던 것입니다. 그리고 봉투를 뜯었습니다. 읽어 가는 중에 당신이 10년 전에 비해 많이 변한 것을 알았습니다. 대체 어디가 어떻게 변했는지 저는 글로 쓸 수는 없습니다. 하지만 당신은 변했습니다. 몸이 불편한 아이의 어머니로서 8년간 계속 싸워 올 수 있었던 것이(저에게는 싸운다는 말이 가장 적절하다고 느껴졌습니다) 아마 당신이라는 사람에게 뭔가 커다랗고 강하며 이전보다 훨씬 풍성한 것을 가져다준 것임에 틀림없다고 생각했습니다. 입에 발린 말 같지만 그런 아드님을 지금껏 키워 온 과정에는 남들이 모르는, 이를 악물고 극복해야 하는 괴로움과 고생이 정말 많았겠지요. 저는 문득 저와 당신이 이혼하지 않고 부부로 살면서 그런 아이를 얻었다면, 하는 생각을 했습니다. 그렇게 생각한 순간 당신에게 어떻게든 10년 전의 사건에 대한 속죄를 할 수 없을까, 당신에게 준 불행에 대한 속죄를 할 수 없을까, 하고 진지하게 생각에 잠겼습니다. 변두리 술집 카운터에서 술에 취해 있을 때, 만원 전철에 흔들리며 안에 걸린 포스터를 멍하니 바라보고 있을 때 저는 억누를 길 없는 참회의 심정에 사로잡혀 온몸이 굳어지고 맙니다.

하지만 사내답지 못한 그런 일을 쓰려고 펜을 든 건 아닙니다. 당신의 편지에 있던 하나의 말에 대해 꼭 뭔가 쓰지 않을 수 없었기 때문입니다. 당신은 모차르트의 음악을 듣고 어쩐 일인지 '죽음'이라는 말을 연상했다고 썼지요. 그리고 카페 주인에게 이렇게 말했습니다. "살아 있는 것과 죽은 것은 어쩌면 같은 일일지도 모르겠어요." 저는 당신의 편지를 다 읽고 나서도 그 부분만은 몇 번이고 다시 읽었습니다. 저는 제 생명에 일어난 어떤 불가사의한 체험을 무슨 일이 있어도 당신에게 전하고 싶은 충동에 사로잡혔습니다. 저 역시 긴 편지를 쓰게 될 것 같습니다만, 아무런 생각도 추리도 섞지 않고 그저 제가 본 것만 써 볼 생각입니다. 하지만 이야기의 서두로서 자오에서 우연히 당신과 재회한 날부터 쓰기로 하겠습니다.

제가 그날 왜 자오 온천으로 갔는지, 그 이야기는 간단합니다. 완전히 우발적인 사건이었습니다. 친구와 함께 시작한 사업이 잘 안 되었고, 난처한 나머지 발행한 어음이 불량배의 손에 넘어갔습니다. 곧 회수할 생각으로 어쩔 수 없이 발행한 불량 어음이었는데, 그런 어음을 생계 수단으로 삼는 불량배에게 건너가는 바람에 무슨 일이 있어도 어떤 기일까지는 목돈을 만들어야만 하게 되었습니다. 그래서 도쿄에 있는 친구나 거래처를 믿고 도쿄로 올라갔습니다. 도쿄에서 저는 일주일쯤 이리저리 뛰어다녔지만 돈을 마련하지는 못했습니다. 저는 당황하여 어찌할 바를 몰랐습니다. 이다바시飯田橋 역 근처에서 무심코 뒤를 돌아보니 차림새는 말끔했지만 분명히 그런 유의 인간이라는 냄새를 풍기는 젊은 남자가 서서 저를 보고 있었습니다. 친구와 둘만의 조그마한 회사여서 제가 상경한 것을 도망친 것으로 해석하고 내내 미행한 것이라고 저는 짐작했습니다. 저는 북적이는 인파를 누비고 플랫폼으로 들어온 전철에 올라탔습니다. 그러자 그 남자도 플랫폼으로 뛰어와 막 닫히려는 문을 억지로 열고 올라탔습니다. 지금 생각하면 저의 착각이었는지도 모릅니다. 그 남자는 우연히 그 자리에 서 있었고 무심코 저와 눈이 마주쳤으며 우연히 같은 전철에 뛰어올랐던 건지도 모릅니다. 하지만 저는 그 남자로부터 어떻게든 도망치려고 생각했습니다. 남자는 더러 저에게 시선을 향하고 있는 것처럼 보이기도 했습니다. 역시 나를 쫓아온 거라고 저는 믿었습니다. 저는 오차노미즈 역에서 내려 보았습니다. 그러자 남자도 내렸습니다. 저는 다른 전철로 갈아타고 도쿄 역으로 가자, 거기서 남자를 따돌리자, 라고 생각했습니다. 도쿄 역에 도착하자마자 저는 전속력으로 계단을 뛰어내려 가 어디로 가는지는 전혀 생각하지 않고 다른 플랫폼으로 뛰어올라 플랫폼의 끝까지 가서는 보이지 않는 곳에 숨었습니다. 남자의 모습은 보이지 않았습니다. 전철이 들어와서 저는 행선지도 모른 채 무작정 올라탔습니다. 곧 우에노 역에 도착했습니다. 저는 잠시 행방을 감추려고 생각했습니다. 어디든 좋다, 이삼일 자취를 감추자. 표를 끊는 곳에서도 저는 주뼛주뼛 주위를 살폈습니다. 조금 전의 그 남자는 어디에도 보이지 않았습니다. 왜 야마가타까지 가는 표를 끊었는지 저는 잘 모르겠습니다. 하지만 호주머니에서 지폐를 꺼내고는 그냥 "야마가타까지 한 장"이라고 말해 버린 것입니다. 개찰구에 걸린 발착 열차 안내판을 보고 쓰바사 5호가 5분 후에 발차한다는 걸 안 저는 플랫폼을 달려 열차의 문 앞에 멈춰 선 채 이번에는 차분히 주위를 둘러보았습니다. 남자는 어디에도 보이지 않았습니다. 열차가 움직이기 시작하여 몇 시간 지나 저녁때가 되어 야마가타에 도착했고, 내리는 사람의 열 맨 뒤에 서서 개찰구를 빠져나와서야 저는 안정을 되찾았습니다. 지갑에는 6만 엔쯤 들어 있었습니다. 오사카로 돌아갈 교통비를 빼고 나면 불안한 금액이었습니다. 싸구려 여관을 찾으려고 역 앞의 번화가를 빠져나가 자오행 버스 승강장까지 걸어갔습니다. 겨울에는 스키장이 되기 때문에 스키 손님용의 싸구려 오두막집이 있을 것이다. 그런 곳이라면 지금과 같은 계절이니 방도 비어 있을 것이다. 거기서 삼사일 몸을 숨기고 있으면서 오사카에 있는 친구와 연락을 취해 앞으로의 일을 의논하자고 생각했던 것입니다.

당신과 헤어지고 난 후 10년간 정말 다양한 일을 하며 살아왔다고 말할 수밖에 없습니다. 정말 다양한 일을…… 말입니다. 그 10년간의 일을 다 쓴다면 2년이고 3년이고 걸리고 말 겁니다. 전락한다는 말이 있습니다만, 10년간 저는 서서히, 하지만 확실히 전락했습니다. 하지만 생각해 보면 당신과 결혼하고 1년쯤 지나 제가 교토의 가와라마치의 백화점에 멜론을 사러 들어갔다가 문득 유카코를 생각해 내고 6층 침구 매장에 발을 들여놓은 순간 저는 전락을 시작했습니다. 지난 10년 동안 근무한 회사는 열 손가락으로 다 꼽을 수 없을 정도고, 시작한 사업도 서너 번이 넘습니다. 관계를 가진 여자도 몇 명 됩니다. 그중에는 3년이나 저를 먹여살려 준 여자도 있습니다. 지금도 저는 한 여자와 살고 있습니다. 이 성가신 남자를 소중히 여겨 주는 마음씨 곱고 자상한 여자지만, 저는 애정을 느끼고 있지 않습니다. 저의 10년간을 설명한다면 꼭 스모에 비유되는데, 다가가면 내동댕이쳐지고, 덤벼들면 받아넘겨지고, 상대방의 팔 바깥으로 허리띠를 잡아 던지려고 하면 상대방이 제 팔 안쪽으로 허리띠를 잡아 던져 버리고, 발걸이로 넘어뜨리려고 하면 상대방은 안걸이로 되받아치는 형국이었습니다. 뭘 하든 예상과는 달라졌습니다. 뭔가 귀신이라도 들린 듯한 상태였습니다. 당신과 자오에서 재회한 것은, 이를테면 최악의 상태에 빠져 있던 시기였습니다.

저는 자오 온천에 도착하자 유황 냄새에 휩싸인 온천 마을의 완만한 언덕길을 올라갔습니다. 길 양쪽에는 여관이 여러 채 늘어서 있었습니다만, 얇은 지갑을 생각하면 그런 여관에 묵을 수는 없었습니다. 담배 가게에서 산 위쪽에 숙박할 수 있는 산막이 없느냐고 물어보았습니다. 돗코누마 옆에 그런 곳이 있다고 해서 저는 리프트 승강장으로 가는 길로 갔습니다. 달리아 화원 옆의 케이블카 리프트를 타고 내려 돗코누마를 향해 걸어갔습니다. 돗코누마 옆에 그런 곳으로 보이는 건물이 있어서 안으로 들어가 이삼일 묵었으면 하는데 숙박비가 얼마냐고 물어보았습니다. 예상한 가격보다 좀 싼 편이어서 저는 안심하고 지저분한 긴 의자에 앉았습니다. 비수기여서 다른 손님이 없어 별다른 준비도 되어 있지 않고 먹는 것도 평소에 먹는 것밖에 없는데 그래도 괜찮겠느냐고 묻기에 저는 알았다고 하고, 겨울에는 젊은이들로 가득 차는 2층의 방으로 올라갔습니다. 1층은 매점과 식당이고 2층에 숙박 시설을 갖춘, 산막이라 불리기에는 다소 큰 건물로, 겨울이 되면 2층이 출입구가 된다고 젊은 주인이 말해 주었습니다. 눈은 늘 4미터 이상이 쌓여 1층은 파묻히고 만다는 것이었습니다. 온천을 이용하고 싶으면 리프트를 타고 여관 거리까지 내려가면 되는데, 마을에서 운영하는 싼 공중 욕탕이 있다고 했습니다. 이른 저녁을 마치고 저는 다시 리프트를 타고 내려가 언덕길 중간에 있는 공중 욕탕의 유황 온천에 몸을 담근 후 조그만 카페에서 커피를 마시고 다시 돗코누마 옆의 산막으로 돌아갔습니다. 당신이 첫 편지에도 썼던 것처럼 그날 밤은 달도 별도 보이지 않아 저는 8시경에 이불 속으로 들어가 정신없이 잤습니다. 정말 정신없는 사람이 되어 버린 것입니다.

다음 날 아침 저는 아침을 먹고 커피가 마시고 싶어 다시 리프트를 타고 여관 거리까지 내려가 전날 밤에 들렀던 카페로 갔습니다. 점심때까지 빈둥거릴 생각이었으나 오사카의 친구에게 연락을 취해야 한다는 걸 깨달았습니다. 카페의 전화를 쓰려고 했으나 제가 만든 회사의 공동 경영자인 친구도 저와 마찬가지로 돈을 마련하려 이리저리 뛰어다니고 있을 테고, 어쩌면 불량배에 쫓겨 어딘가로 도망쳤을 수도 있다고 생각했습니다. 만약 행방을 감췄다고 한다면 그곳밖에 없다고 저는 생각했습니다. 친구에게는 처자식이 있었지만 은밀히 만나는 여자가 있었습니다. 하지만 그 여자 맨션의 전화번호를 적어 둔 수첩은 저의 작은 여행 가방에 들어 있는데 그 가방을 숙소에 놓고 나온 것입니다. 저는 서둘러 달리아 화원까지 돌아갔습니다. 다음 케이블카를 기다린다고 해도 별로 시간 차이는 나지 않았지만, 마음이 급한 상태라 누군가 이미 타 있는 케이블카에 서둘러 올라탔습니다. 그리고 거기서 천만 뜻밖에도 당신과 우연히 만난 것입니다. 눈앞에 앉아 있는 고상한 옷차림의 여성을 봤을 때 제가 놀란 것은 어쩌면 당신이 느낀 것 이상이었을지도 모릅니다. 저는 수염도 깎지 않고 지저분한 신발을 신었으며 커터셔츠의 목덜미에는 때가 끼었고 게다가 안색이 진흙 같았습니다. 누가 봐도 제가 놓인 처지를 한눈에 알아볼 수 있었겠지요. 저는 당황했습니다. 한시라도 빨리 당신 앞에서 모습을 감추고 싶었습니다. 리프트에서 내리자 그리운 당신을 돌아보지도 않고 서둘러 산막으로 갔습니다. 그리고 곧바로 2층으로 올라가 창가에 숨어 당신과 목발을 짚고 있던 아드님이 천천히 지나가는 모습을 지켜보았습니다. 숲이 있는 곳을 지나서 산길을 오른쪽으로 돌아가 완전히 모습이 보이지 않게 되고 나서도 저는 오랫동안 그 자리에 서서 두 사람이 사라져 간 구부러진 길을 바라보고 있었습니다. 나뭇잎 사이로 내리쬐고 있는 그 길의 금빛 햇빛이 예전에 제 인생에서 한번도 본 적이 없는 쓸쓸하고 황량한 빛의 칼날이 되어 저의 지저분하고 때가 낀 마음을 찔렀습니다. 저는 친구에게 전화를 해야 하는 것도 잊고 오랫동안 창가에 기대어 당신과 아드님이 다시 구부러진 길을 따라 숲 앞으로 돌아오기를 기다렸습니다. 몇 시간 후에 다시 한번 나뭇잎 사이로 쏟아지는 햇빛 속에 있는 당신의 모습을 보았을 때는 뭔가 열탕 같은 것이 제 가슴속에서 분출했습니다. 아키는 다른 남자의 아내가 되었고 어머니가 되었다. 그리고 유복하고 건강해 보인다. 이렇게 생각했습니다. 당신은 산막의 2층 창에서 제가 보고 있다는 것은 전혀 눈치채지 못하고 조금 전과 마찬가지로 천천히 리프트 승강장으로 가는, 잡목 사이로 난 오솔길로 사라졌습니다.

　그날 밤도 산막에는 저 이외에 묵는 손님이 한 사람도 없었습니다. 저와 비슷한 나이의 주인이 석유스토브를 가져다주며 여러 가지로 재미있을 법한 화제를 꺼냈습니다. 하지만 전혀 웃지 않는 제 얼굴을 보고 잘 때는 반드시 불을 끄라고 다짐을 하고 나서 아래층으로 내려갔습니다. 9시경이었다고 생각합니다. 어쩌면 당신과 아드님이 달리아 화원에서 별을 보고 있던 때일지도 모르겠습니다. 저는 방의 형광등을 끄고 알전구만 켜 놓은 채 이불을 덮고 누웠습니다. 늪지 주변의 수목이 바람에 나부끼는 소리가 들리고 아래층에서 담소를 나누는 산막 부부의 목소리가 띄엄띄엄 들려왔습니다. 이따금 유리창에 뭔가 부딪히는 딱딱한 소리가 들려왔습니다. 모기 같은 게 아니라 풍뎅이 비슷한 갑충이 날아와 부딪쳤겠지요. 저는 잠시 눈을 감고 그 소리들에 뒤섞여 오히려 무서울 정도의 정적을 만들어 내는 축축한 방 냄새를 맡고 있었습니다. 뭐라 말할 수 없는 반가운 냄새 같기도 했습니다. 그때 기묘한 소리가 방 구석에서 들렸습니다. 저는 이불 위로 일어나 앉아 소리가 나는 한 귀퉁이를 주시했습니다. 자색을 띤 남색의 조그마한 알두 개가 반짝 빛났습니다. 자세히 보니 고양이 한 마리가 몸을 웅크리고 한 방향을 향해 바싹바싹 다가갔습니다. 눈이 익숙해지자 고양이의 크기나 털의 색깔도 판별할 수 있게 되었고, 붉은 천으로 만든 목걸이도 보였습니다. 목걸이를 하고 있는 걸로 보아 이 집에서 키우고 있는 고양이일 거라고 생각해 저는 쫓을 생각으로 베개를 집어 던지려고 했습니다. 그 순간 방의 또 한구석에서 꼼짝도 하지 않고 웅크린 채 고양이와 대치하고 있는 쥐가 눈에 들어왔습니다. 어렸을 때, 아마 여섯 살이나 일곱 살 무렵이었을 거라고 기억합니다만, 딱 한번 고양이가 쥐를 잡아먹는 장면을 본 적이 있습니다. 하지만 최근에는 아주 드문 광경에 맞닥뜨린 것인데, 그래서 저는 어떻게 될까 하고 가만히 두 동물의 움직임을 주시했습니다. 고양이는 저의 존재 같은 건 전혀 개의치 않는 듯이 뾰족한 두 귀를 곧추세우고 한 발 나아간 후 놀랄 만큼 신중하게 다음 행동으로 옮겨 갔습니다. 고양이는 그렇게 조금씩 쥐에게 다가갔습니다. 저는 방 여기저기로 눈을 움직여 쥐가 도망갈 곳은 없나 하고 살펴보았습니다만, 방문은 꼭 닫혀 있고 유리창에는 자물쇠가 채워져 있으며 커튼까지 쳐져 있어 도망칠 곳은 어디에도 없는 것 같았습니다. 천장을 보자 쥐가 있는 곳 바로 위에 구멍이 하나 뚫려 있었습니다. 지금이라면 벽을 타고 그 구멍으로 도망칠 수 있다고 제가 생각했을 때 고양이가 쥐를 덮쳤습니다. 쥐는 어디에 단단히 묶인 것처럼 아무런 저항도 하지 않았습니다. 고양이는 쥐의 등을 앞발의 발톱으로 찍어 누르고 나서야 비로소 저를 보았습니다. 눈을 가늘게 뜨면서 의기양양하게 저를 쳐다보았습니다. 그리고 가지고 놀기 시작했습니다. 고양이는 쥐를 공중으로 던져 올렸습니다. 공중제비를 하고 떨어진 쥐가 그때 처음으로 도망치려고 달렸습니다만, 곧바로 고양이는 손쉽게 붙잡아서는 다시 공중으로 높이 던져 올렸습니다. 몇 번이고 같은 일이 되풀이되었습니다. 마치 공 같은 것으로 장난치는 듯한 천진난만함이 고양이의 유연한 움직임에 담겨 있었습니다. 동물 두 마리가 뒤엉켜 있는 걸 보니 죽이려는 자와 죽임을 당하려는 자 사이의 아슬아슬한 다툼이 아니라 서로 마음을 허락한 사이의 장난처럼 보였습니다. 고양이는 수십 번이나 쥐를 공중으로 던져 올렸고 쥐가 움직이지 않고 옆으로 쓰러지자 오른쪽으로 굴리고 왼쪽으로 굴리며 너무나도 지루한 듯한 표정으로 저를 쳐다보았습니다. 이제 그만 좀 하라고 제가 마음속으로 중얼거렸을 때 고양이는 쥐의 옆구리 언저리를 물어뜯었습니다. 쥐의 몸은 살아 있는 채 조금씩 줄어 갔습니다. 머리를 뒤로 젖히거나 발을 실룩거리고 있던 쥐가 전혀 움직이지 않게 되었을 때 고양이는 다다미 위에 떨어져 있는 쥐의 피를 핥았습니다. 그러고 나서 이미 죽은 작은 동물을 계속해서 먹어 치우기 시작했습니다. 고양이는 쥐의 뼈까지 먹어 치웠습니다. 마지막으로 남은 머리뼈를 으깨는 소리가 제 귀에 들려왔습니다. 흘러나온 피를 남김 없이 핥아먹은 후 앞발로 입 주위를 정성껏 손질하기 시작했습니다. 그것만은 고양이의 입맛에 맞지 않았는지 쥐의 꼬리만이 다다미 위에 남아 있었습니다. 제 안에 이 고양이를 죽여 버리자는 생각이 떠올랐습니다. 고양이에 대한 영문을 알 수 없는 증오 같은 것이 걷잡을 수 없이 솟구쳤던 것입니다. 방 입구 쪽에 아무것도 꽂혀 있지 않은 유리 화병이 있어서 살그머니 일어나 화병을 든 저는 아직 입맛을 다시고 있는 고양이에게 다가갔습니다. 고양이는 저를 보더니 등의 털을 세우고 문 쪽으로 달려갔습니다. 아마 제 마음을 간파한 것이겠지요. 어디 놓칠까 보냐, 하고 생각했습니다. 어디에도 출구는 없다. 그런데 문 옆의 벽에 고양이는 말할 것도 없고 큰 개라도 드나들 수 있는 구멍이 뚫려 있었습니다. 그 구멍을 바깥에서 판자로 덮어 놓은 모양인지 저는 알 수 없었지만 고양이는 알고 있었습니다. 고양이는 판자를 밀어젖히고 간단히 도망치고 말았습니다.

저는 이불 위에 앉아 담배를 피웠습니다. 그리고 오도카니 남겨진 쥐의 꼬리를 보고 있었습니다. 시간이 얼마나 지났을까요. 저는 몇 대째의 담배를 끄고 이불에 드러누웠습니다. 지난 10년간 늘 마음에서 떠난 적이 없었던 몇 가지 의문이 그때 다시 고개를 들었습니다. 유카코라는 여자는 대체 어떤 사람이었을까? 그리고 왜 내 목을 나이프로 찔렀을까? 어쩌면 나는 유카코를 그 쥐처럼 대한 게 아니었을까? 아니, 어쩌면 유카코야말로 지금의 고양이 자체가 아니었을까? 이런 제 생각의 근거를 당신에게 설명하기 위해서는 유카코와의 사이에서 일어난 몇 가지 사건을 적을 필요가 있겠지요. 하지만 그건 또 다른 기회에 넘기기로 하지요.

저는 그날 밤 뜬눈으로 밤을 새우며 이불 위에 누워 생각을 계속했습니다. 살아 있는 채 먹힌 쥐의 모습이 저에게 특별한 감각을 주었고, 저를 심하게 흥분시켰던 탓이었겠지요. 이런저런 생각을 했습니다. 포도색 옷을 입고 제 눈 아래를 지나간 당신, 당신과 알게 되고 이혼하기까지의 몇 년간, 지금은 죽어 버린 세오 유카코, 마이즈루에서의 소년 시절, 발행한 불량 어음, 앞으로 마련해야 하는 돈……. 그런 것들을 이리저리 생각하다가 돌연 저는 깨달았습니다. 고양이도 쥐도 다른 어떤 것도 아닌 바로 나 자신이 아닐까? 자신의 생명이 품고 있는 무수한 마음속에서 문득 생기기도 하고 없어지기도 하는 고양이와 쥐를 본 것이다. 그리고 이렇게 생각했습니다. 저는 그날 죽음의 세계에 떠돌며 확실히 자신의 생명이라는 것을 본 것이 아니었을까, 하고 말이지요.

그날. 10년 전 그 사건이 일어난 날의 일입니다. 생각나는 대로 되도록 정확히 적기로 하겠습니다.

저는 회사 안의 사무적인 일을 처리하고 대기시켜 둔 회사 차로 교토로 향했습니다. 교토의 어느 사립대학이 개교 백 주년을 기념하여 도서관과 기념관을 세우기로 하였는데, 몇 개의 건설회사가 입후보한 상태였습니다. 우리 회사로서는 그다지 탐나는 일이 아니었습니다. 하지만 다니카와 공무점이 상식 밖의 견적서를 내며 무슨 일이 있어도 호시지마 건설에는 넘어가지 않게 하겠다는 자세를 보인 바람에 당신의 아버님이 저에게 여느 때의 간략한, 하지만 간략한 만큼 더 한층 위압적인 말로 "그 일 따내!"라고 명령했습니다. 저는 직접적인 담당자로서 아는 대학교수를 통해 학장과 이사장에게 접근했습니다. 아무튼 제가 사업 이야기는 빼기로 하고 어디 조용한 데서 느긋한 자리를 한번 마련하겠다고 권하자 상대가 응할 기미를 보여 기온의 '후쿠무라福村'라는 요정에서 접대하게 되었습니다. 대학 사람들은 후쿠무라에서 이미 상당히 취했고 학장도 이사장도 고령이어서 2차는 그만두기로 하고 그대로 차로 댁까지 모셔다 드렸습니다. 2차는 아를로 가기로 하고 이미 예약을 해 두었기 때문에 저는 차를 세워 두고 길가의 공중전화로 오늘은 예정이 바뀌어 갈 수 없게 되었다고 그 사정을 아를에 전했습니다. 평소라면 저는 그대로 택시로 갈아타고 아라시야마의 '기요노야淸乃家'라는 여관으로 갑니다. 그리고 일을 끝낸 유카코가 오기를 기다리는데, 전화를 받은 유카코는 잠자코 있었습니다. 그래서 저는 얼른 알아차렸습니다. 유카코에게는 그야말로 날마다 찾아오는 남자가 있었습니다. 큰 병원의 경영자로 쉰두세 살의 풍채 좋은 남자였습니다. 유카코에게 가게를 열어 준다며 이미 석 달 전부터 구애하고 있었습니다. 유카코에게서 그 이야기를 들었을 때 평생 물장사를 하며 살려면 그것도 좋겠지, 하고 저는 대답했습니다. 저는 정말 그렇게 생각했습니다. 저는 유카코와의 관계가 그리 오래 갈 것으로 생각하지 않았고, 솔직히 말하면 얼른 정리해야 한다고 생각했을 정도입니다. 하지만 한편으로는 유카코라는 여자에 대한 미련도 뿌리 깊이 남아 있었습니다. "오늘은 그 남자하고 같이 가는 거야?"라고 제가 물었습니다. 유카코는 아무 대답도 하지 않았습니다. 유카코가 그렇게 할 생각인 거라는 걸 저는 알아차렸습니다. 모든 건 유카코의 자유여야 했습니다. 저에게 그걸 방해할 권리 같은 건 없습니다. 하지만 질투라는 감정은 참 이상한 것입니다. 저는 기요노야에서 기다리고 있을게, 라고 평소와 달리 노여움을 띤 어조로 말하고는 전화를 툭 끊은 다음 회사 차를 돌려보내고 택시를 잡아타고 아라시야마로 갔습니다. 유카코가 오지 않을 거라는 생각이 들었으나 언제까지고 계속 기다렸습니다. 한밤중인 3시쯤 방으로 들어온 유카코는 아무 말도 없이 조용히 욕실로 가서 오랫동안 샤워를 했습니다. 기요노야는 오래된 여관이었지만 우리 같은 손님을 위해 욕실이 있는 방도 갖추고 있었습니다. 유카타*를 입고 제 옆에 앉은 유카코의 얼굴을 보았을 때 저는 깜짝 놀랐습니다. 중학교 때, 마이즈루에서의 그 저녁때 젖은 머리를 늘어뜨리고 다리를 모아 옆으로 하고 앉아 있던 유카코가 거기에 있었습니다. 저는 가만히 그런 유카코를 보고 있었습니다. 유카타 사이를 헤치고 손을 안쪽 허벅지로 넣어 그대로 더 안쪽으로 집어넣으려고 하자 유카코는, 다리를 모아 옆으로 하고 앉은 자세 그대로 뒤로 도망쳤습니다. 평소에는 제가 하고 싶은 대로 하게 해 주는데 그날 밤에는 완강하게 거부

* 일본의 무명 홑옷으로 주로 잠잘 때나 목욕한 뒤에 입는다.

했습니다. "그놈하고 자고 온 거야?"라고 제가 묻자 유카코는 "미안해요"라며 엄한 눈으로 저를 쏘아보았습니다. "내일이 되면 내가 자는 사이에 돌아갈 거지?" 저와 유카코는 잠시 말 없이 서로의 얼굴을 마주 보고 있었습니다. "항상 돌아가잖아. 항상, 자기 가정으로 돌아가지. 나한테 돌아오는 일 같은 건 절대 없어……." 이번에는 고개를 숙이고 이렇게 말했습니다. "그 남자도 돌아가잖아. 자기 집으로." 제가 이렇게 말하자 유 카코는 고개를 숙인 채 조그맣게 고개를 끄덕였습니다. 저는 스스로도 이상하다고 생각될 정도로 냉정했습니다. 이것으로 헤어지자고 생각했습니다. 저는 일어나 유카코를 안았습니다. 아주 오래전부터 유카코는 불쌍한 아가씨였던 것 같았습니다. 유카코는 아름답고 누구에게도 없는 독특한 애처로움을 가진 여자였는데, 그게 유카코를 불행하게 한다는 생각이 들었습니 다. "잘 구슬려서 돈을 내게 하면 되는 거야. 상대는 부자잖아. 별 볼일 없는 남자하고 엮이는 것보다 그게 이득이지. 자기 가 게를 갖고 열심히 돈을 버는 거야." 이렇게 말하고 나서 저는 아무것도 해 주지 못했지만 마이즈루에서 그녀를 처음 만난 날부터 계속 좋아했다고 솔직한 마음을 전했습니다. 난 너한 테 사랑이라는 걸 배웠어. 그 답례도 못하지만, 그 대신 앞으로 두 번 다시 네 앞에 나타나지 않을게. 제 안에는 두 가지 마음이 있었습니다. 역시 거품처럼 일어나는 질투, 그리고 안도감이었습니다. 이것으로 아무런 말썽도 없이 헤어질 수 있다는 염치없는 안심감이 저에게 묘하게 어른 같은 대범한 태도를 취할 수 있게 했습니다. 우리는 그대로 이불 속으로 들어가 눈을 감았습니다. 한동안 잠들지 못했습니다만, 머지않아 저는 잠들었습니다. 오른쪽 가슴 어딘가에서 묵직한 통증과 열 같은 것을 느끼고 눈을 떴을 때 유카코가 제 옆에 앉아 길게 째진 눈초리를 치켜뜨는 것이 보였습니다. 그다음 유카코가 저를 덮쳐 온 순간 목에 뜨겁게 달궈진 부젓가락이 닿은 듯한 격통이 느껴져 저는 무의식적으로 유카코를 밀어젖히며 일어났습니다. 미끈미끈한 것이 목덜미와 가슴 언저리로 흘렀고 이불에 피가 떨어지는 게 보였습니다. 저는 유카코의 얼굴을 아주 잠깐 쳐다보았습니다. 하지만 그대로 시야가 어두워져 아무것도 알 수 없게 되었습니다. 경찰관의 설명에 따르면 유카코는 저를 찌른 뒤 자신의 목 오른쪽을 귀밑에서부터 턱까지 약 7센티미터를 그었다는 것이었습니다. 깊이는 귀 부분이 약 3센티미터 가까이나 되어 상당한 힘으로 찌른 것 같은데 나이프를 아래로 긋는 중에 힘이 약해졌겠지요. 턱 쪽으로 내려감에 따라 점차 얕아지고 마지막 부분은 3밀리미터 깊이도 안 되었다고 합니다. 유카코는 도코노마*에 쓰러졌습니다. 그게 제 목숨을 구한 거라고 경찰관이 말했습니다. 쓰러질 때 유카코의 왼팔이 카운터를 호출하는 전화 수화기를 움직인 것입니다. 그 때문에 카운터 벨이 계속 울렸습니다. 여관 주인은 자기 방에서 이미 잠들어 있었고, 카운터에는 젊은 종업원이 있었는데 마침 여관의 가장 안쪽에 있는 대욕장에서 일하고 있는 바람에 듣지 못했다고 합니다. 그 종업원은 상태가 안 좋아진 보일러를 점검하고 나서 카운터로 돌아왔습니다. 그 시간이 20분쯤이었다고 하니 적어도 10분에서 15분은 계속 전화벨이 울리는지도 모르고 있었던 셈입니다. 이것이 경찰관의 추리였습니다. 종업원이 좀 더 오랫동안 일을 계속했다면 필시 저도 죽었겠지요. 종업원은 울리고 있는 수화기를 들고 대답을 했습니다만 아무런 응답도 없었습니다. 하지만 방의 수화기는 들려 있었습니다. 이상하다고 생각해서 우리 방을 노크했습니다. 대답이 없는데 카운터의 전화는 계속 울리고 있는 겁니다. 그래서 열쇠를 가져와 실내로 들어왔다는 것입니다. 그 시

* 일본식 다다미방 한쪽 바닥을 한 층 높게 만들어 벽에는 족자를 걸고 바닥에는 꽃이나 장식물을 꾸미는 곳.

점에 이미 유카코는 목숨이 끊어져 있었습니다. 하지만 저는 아직 숨이 붙어 있었고 맥도 잡혔다고 합니다. 여관 전체가 큰 소동이 벌어지고 있던 때인지, 아니면 병원에 도착하고 나서 인지 저는 전혀 모릅니다. 하지만 그때 저 자신은 신기한 상태에 있었습니다.

아무것도 모르게 되고 나서 좀 지났을 때라고 저는 생각합니다. 서서히 몸에 차가움이 느껴지기 시작했습니다. 그것도 어설픈 차가움이 아니었습니다. 온몸이 으드드득 소리를 내며 얼어 가는 듯한 차가움이었습니다. 가공할 만한 한기 속에서 저는 제 자신의 과거로 돌아갔습니다. 이런 표현 외에 달리 적당한 말을 찾을 수가 없습니다. 제가 일찍이 이룬 것, 제가 일찍이 마음에 품었던 것이 다양한 영상이 되어 맹렬한 속도로 되돌아갔습니다. 엄청난 속도였지만 어느 것이나 선명한 영상으로 제 안에서 비춰졌습니다. 저는 이상한 한기에 휩싸여 다양한 영상을 보고 있었는데 그러는 사이에 누군가의 목소리가 들렸습니다. 확실히 기억하고 있습니다. "이제 틀린 건지도 모르겠는걸"이라는 말이었습니다. 얼마 후 흘러가던 영상은 속도를 잃었고, 그와 동시에 말로 표현할 수 없는 고통이 엄습해 왔습니다. 영상은 제가 한 행동이나 사고에서 어떤 것만을 끄

집어내 저를 거기에 던져 넣었습니다. 그 어떤 것이란 제가 행한 악과 선이었습니다. 저에게는 이런 말 외에 떠오르지 않습니다. 단순한 도덕적인 악이나 선이 아닙니다. 생명에 물들어 있던 독소와 그것과는 정반대인 청정한 것이 구분되어 저에게 달라붙어 떨어지지 않았다고 해야 좋을지도 모르겠습니다. 게다가 그때 죽어 가는 제 모습이 보였습니다. 자신이 행한 악과 선의 청산을 심한 고통과 함께 강요받고 있는 자신을 바라보고 있는 또 하나의 제가 있었습니다. 사람들은 꿈이었을 거라고 말하겠지요. 하지만 저는 결코 꿈을 꾼 것이 아닙니다. 왜냐하면 저는 병원 수술실에서 수술을 받고 있는 제 모습을 조금 떨어진 데서 확실히 봤기 때문입니다. 의사가 했던 말도 기억하고 있습니다. 저는 회복하고 나서 의사에게 수술실에서 이런 말을 하지 않았습니까, 하고 물어보았습니다. 의사는 놀라며 "들렸습니까?" 하며 고개를 갸웃했습니다. 들렸던 것이 아닙니다. 저는 다른 곳에서 저와 의사와 간호사와 수술실의 무수한 도구에 이르기까지 모든 광경을 확실히 보고 있었습니다. 의사의 말을 들었던 것은 수술대에 누워 있던 제가 아니라 거기서 조금 떨어진 곳에서 죽어 가는 자신을 보고 있던 또 하나의 저였던 것입니다. 더구나 심한 고통에 허덕이고 있던 것은 수술대에 있는 제가 아니라 그것을 보고 있던 저였습니다. 저는 조금 전에 자신이 행한 악과 선의 청산을 격렬한 고통과 함께 강요받고 있는 자신을 보고 있었다고 썼습니다. 그건 잘 못된 말입니다. 지금 이 편지를 쓰면서 기억을 깊이 파헤쳐 보니 자신이 행한, 아니 행하지 않았더라도 마음속에 품은 악과 선의 청산을 강요받고 정신이 이상해질 만큼의 고뇌와 적요감과 정체를 알 수 없는 회환에 심한 가책을 받았던 것은 죽어 가는 자신을 보고 있는 또 하나의 저였습니다. 저는 아마 그때 아주 짧은 순간 죽었었다고 생각합니다. 그렇다면 또 하나의 저는 뭐였을까요? 저의 육체에서 벗어난, 저의 목숨 자체였던 건 아닐까요?

얼마 후 급격하게 따뜻해졌고 고통도 적요감도 회한도 사라졌으며 또 하나의 저도 없어졌습니다. 그러고 나서 의식을 회복할 때까지의 일은 완전한 암흑입니다. 아무것도 기억하고 있지 않습니다. 아리마 씨, 아리마 씨, 하는 목소리가 들리고 혼탁한 시야에 간호사인 듯한 중년 여성의 얼굴이 보였습니다. 잠시 후 당신이 왔습니다. 아마 당신은 저에게 무슨 말인가를 했을 겁니다. 하지만 저는 당신의 말을 기억하고 있지 않습니다. 그러고 나서 저는 또 잠에 빠진 것 같았습니다. 누가 믿든 말든 이것이 10년 전에 제가 체험한 사실입니다. 저는 이 신기한 체험을 오늘날까지 아무에게도 말하지 않았습니다. 평생 아무에게도 말하지 않을 생각이었습니다. 그런데 당신의 편지에 쓰여 있던 "살아 있는 것과 죽은 것은 어쩌면 같은 일일지도 모른다"는 구절을 본 순간 저는 이상한 흥분과 오랜 생각에 빠졌습니다. 죽음에 의해 그 생명의 모든 것이 사라져 없어진다는 사고는 어쩌면 인간의 오만한 이성에 의해 만들어진 큰 착각이 아닐까? 저에게는 아무래도 그렇게 생각됩니다. 제가 살아남으로써 자신을 보고 있던 또 하나의 저는 사라졌습니다. 하지만 만약 죽어 버렸다면 그 '저'는 어떻게 되었을까요? 육체도 정신도 아무것도 갖지 않은 생명 그 자체가 되어 이 우주에 녹아들지 않았을까요? 게다가 자신이 행한 악과 선을 지닌 채 끝없는 고뇌의 시간을 계속 보내고 있지 않았을까요? 되풀이해서 말하자면 제가 본 것은 결코 꿈이 아니었습니다. 오히려 그것이야말로 목숨이라는 것의 생시가 아니었을까, 하는 생각조차 했습니다. 저는 이 이야기를 쓰기 시작했을 때 "아무런 생각도 추리도 섞지 않는다"라고 말해 두었습니다. 하지만 약간의 제 생각에 의한 해석을 섞을 수밖에 없었다는 것은 부정할 수 없습니다. 저는 그 후 몇 번이나 또 하나의 저란 속되게 말하는 영혼이라는 것이 아니었을까, 하고 생각했습니다. 영혼이라는 것이 과연 어떤 것이고, 실제로 존재하는 것인지 어떤지 저는 알지 못합니다. 하지만 저는 죽어 가고 있던, 아니 일단 확실히 죽음의 시간을 맞이한 자신을 보고 있던 것이 도저히 제 영혼이었다고는 생각되지 않습니다. 만약 그것이 영혼이었다면 우리 인간은 살아 있는 상태에서도 영혼이라는 것에 의해 육체 활동이나 정신 활동이 관장된다고 생각할 수밖에 없지 않을까요? 그렇다면 심장의 움직임도, 혈액의 흐름도, 수백 종이나 되는 호르몬의 분비도, 절묘한 내장의 움직임도, 그뿐 아니라 마음의 끊임없는 무한한 변화도 영혼이라는 것에 의해 조종되고 있다는 이야기가 됩니다. 하지만 생각해 보세요. 우리는 그렇지 않습니다. 우리 몸은 스스로 움직이고, 스스로 웃기도 하고 화를 내기도 합니다. 그런 우리의 생명이 영혼이라는 것 따위에, 살아 있으면서도 놀아나고 있을 리는 없지 않을까요? 또 하나의 자신, 다만 자신이 행한 악과 선만을 내장하고 끝없는 고뇌에 심한 괴롭힘을 당하여 죽었으면서 여전히 존재하고 있는 것, 그것은 영혼 따위라는 애매한 도깨비 같은 게 아니라 나라는 인간에게 분노나 슬픔이나 기쁨이나 괴로움을 느끼게 하면서 복잡하고도 미묘한 육체 활동과 정신 활동을 하게 했던 '목숨' 그 자체였던 게 아닐까, 하는 생각에 이르렀습니다. 영혼 같은 게 아닙니다. 그것은 색으로도, 형태로도, 하물며 말 같은 걸로는 도저히 표현할 수 없는 생명이라는 것이었음에 틀림없습니다. 저는 회복해 감에 따라 병실의 창으로 봄이 가까워졌음을 보여 주는 자연의 몇 가지 징조를 바라보며 그렇게 생각했습니다.

저는 이 신기한 체험을 결코 잊을 수가 없었습니다. 살아가는 것이 무서워졌던 것입니다. 저는 그 사건으로 죽지 않았습니다. 하지만 언젠가 틀림없이 죽음을 맞이하겠지요. 관에 넣어지고 화장터로 옮겨져 재로 변하겠지요. 저는 이 세상에서 흔적도 없이 자취를 감출 겁니다. 하지만 제 목숨 자체는 제가 짊어진 악과 선에 에워싸이면서 결코 소멸하지 않고 계속될 겁니다. 그건 저를 몸서리치게 했습니다. 마지막 날 밤 제 팔로 안았던 유카코의 체취가 되살아나고, 제 말 하나하나에 순순히 고개를 끄덕였던 유카코의 어린애 같은 태도가 눈에 떠올랐습니다. 내가 죽었다, 하는 생각은 제 마음에 단단히 뿌리를 내려 사라지지 않고 오늘까지 이어지고 있습니다. 하지만 자신의 목숨이라는 것을 본 나는 그것에 의해 변하지 않으면 안 된다. 지금까지와는 다른 방식으로 살아야만 한다. 상처가 나아 가면서 제 안에서 이런 생각도 일었습니다. 저는 아내에게 얼마나 상처를 주었고, 얼마나 아내를 슬프게 했는지 알고 있었습니다. 아내에 대한 사랑은 사건 이후 오히려 이전보다 더욱 크고 깊어져 갔습니다. 동시에 이미 이 세상에 존재하지 않는 유카코에 대한, 가슴이 세게 죄어드는 듯한 애정도 동시에 무척 커졌습니다.

그런 때에 마침 당신의 아버님인 호시지마 데루타카 씨가 넌지시 이혼 이야기를 내비쳤습니다. 그분으로서는 아주 드물 정도로 에두른, 하지만 집요한 것이었습니다. 만약 제가 신기한 그 사건을 겪지 않았다면, 당신만 용서해 준다면 다시 한 번 부부로서 새 출발을 할 수 있게 해 달라고 장인어른께 머리를 숙였겠지요. 그러나 나는 변해야 한다, 지금까지와는 다른 방식으로 살아야 한다는 생각이 저를 움직였습니다. 퇴원일이 정해진 날 밤, 저는 며칠간의 흔들리던 마음에 종지부를 찍고 당신과 이혼하기로 결심했습니다. 그리고 새로운 인생으로 나아갔던 것입니다.

확실히 저는 변했습니다. 그때까지와는 다른 생활 방식을 시도하여 진창 같은 남자로 전락했고 생활의 피로를 질질 끌고 다니는 생기 없고 수척한 사람이 되었습니다. 그건 어쨌든

간에 제가 자오의 산막에서 고양이에게 잡아먹히는 쥐를 보고 있었을 때 당신은 거기서 그리 멀지 않은 달리아 화원의 벤치에 앉아 몸이 불편한 아드님과 함께 밤하늘의 별을 바라보고 있었던 것이네요. 어쩌면 저도, 당신들 모자도 각각의 장소에서 각각의 광경을 주시했지만 실은 같은 것을 보고 있었는지도 모르겠습니다. 어쩌면 그렇게 신기한 일일까요? 그리고 인생이란 어쩌면 그렇게 슬픔으로 가득 찬 것일까요? 아니, 그런 건 써야 할 것이 아니었네요. 이쯤에서 제 편지는 끝내기로 하겠습니다. 이대로 계속 쓴다면 그만 말하지 않는 것이 좋은 일까지 적을 것 같습니다. 당신이야말로 부디 건강에 유의하시기 바랍니다. 모차르트의 음악에서 당신이 무심히 느꼈다는 의미심장한 그 말에 이끌려 저는 평생 아무에게도 밝힐 생각이 없었던 것까지 쓰고 말았습니다. 뭔가 무턱대고 독선적인 것을 적은 것 같습니다만, 술집 여자에게 죽임을 당할 뻔한 꼴사나운 남자의 우스갯소리라고 생각하고 부디 안심하십시오.

　이만 총총.

7월 31일

아리마 야스아키 올림

추신
.....

발신인의 이름은, 새로운 가정을 꾸린 당신에게 아무래도 아리마 야스아키라고 적을 수는 없을 것 같아서 가짜로 여성의 이름을 썼습니다. 필적을 보시면 당신은 금방 그게 저라는 걸 아셨을 거라고 생각합니다만.

아
리
마
야
스
아
키
님
께

전략.

　저는 울었습니다. 당신의 편지를 읽으면서 흘러나오는 눈
물을 도저히 참을 수가 없었습니다. 아아, 당신이 돗코누마
옆에 있던 그 산막 2층에서 저희가 지나가는 것을 가만히 보
고 있었다니요……. 그뿐 아니라 다시 돗코누마를 따라 나뭇
잎 사이로 햇빛이 쏟아지는 길로 돌아오는 저희를 몇 시간이
나 계속 창가에서 서서 기다렸다니요……. 저로서는 생각지
도 못한 일이었습니다. 이 편지에 앞으로 뭘 쓰면 좋을지 저는
짐작도 할 수가 없습니다. 짐작도 하지 못한 채 편지지로 향한

저는 다시 눈물을 글썽이고 있습니다. 아키는 유복하고 건강한 것 같다. 왜 이런 말을 쓰셨나요? 확실히 저는 세상 사람들의 평균적인 가정의 부인들에 비하면 유복하다고 할 수 있겠지요. 몸도 안 좋은 데가 없습니다. 하지만 당신은 아키는 행복해 보인다고 쓰지 않았습니다. 당신이 굳이 그렇게 쓰지 않았다는 것은 저도 잘 알고 있습니다. 당신은 그때 이미 저를 완전히 꿰뚫어 보셨던 거네요. 그러니까 몇 시간이나 창가에 서서 다시 산막 앞을 지나 돌아가는 저를 기다렸다가 그 모습을 보셨던 것이겠지요. 필시 그게 틀림없을 겁니다. 저는 울면서 편지를 읽어 나가다가 그 신기한 사건 부분에서 허를 찔린 것 같은 기분이었습니다. 다 읽었을 때 머리가 멍해서 잠시 마음이 가라앉기를 가만히 기다렸습니다. 그러고 나서 다시 한번, 죽었던 당신이 느끼거나 보거나 한 것이 쓰여 있는 부분을 읽었습니다. 몇 번이고, 몇 번이고 다시 읽었습니다. 그것은 이미 제가 이해할 수 있는 범위를 벗어난 것이었습니다. 당신은 자신이 행한 악과 선이라는 말을 썼지만 그 악과 선이라는 의미조차 저는 알 수 없었습니다. 대체 당신이 말하는 악이란 뭔가요? 그리고 선이란 뭔가요? 제 머리로는 이해할 수 없는 말입니다. 다만 당신이 본 적도 없는 거짓말을 쓰고 있는 건 아니고, 당신은 실제 그대로의 체험을 한 것이라는 것만은 알 수 있었습니다. 하지만 그것에 대해 저는 어떤 답장을 쓰는 게 좋을지, 정말 어찌할 바를 모르고 있습니다. 어쩌면 그 편지의 내용에 대해서는 아무런 언급도 하지 않는 게 좋을지도 모르겠습니다. 당신이 저에게만 알려 준 신기한 체험으로 지금은 그저 마음속에 담아 두어야 하는 거라고 생각하고 있습니다. 저의 긴 두 통의 편지를 읽어 주신 것, 더구나 답장까지 주신 것, 정말 감사합니다. 아마 다음에도 답장을 주시겠지요? 예의 제 감입니다. 당신이 또 저의 편지를 읽고 답장을 써 줄 거라고 생각하니 어쩐지 무척 행복한, 그런데도 어딘가 패덕의 냄새를 풍기는 두근거림이 느껴집니다. 당신은 쓴웃음을 짓겠지요. 하지만 우리가 편지를 주고받는 것은 (당신이 답장을 주신다는 전제하의 이야기입니다만) 언젠가 끝나지 않으면 안 되겠지요. 저는 그것을 잘 알고 있습니다.

오늘 저는 굉장히 흥분해서 무엇부터 써야 할지, 아무런 말도 떠오르지 않습니다. 그렇다면 며칠 지나 마음이 가라앉을 때 펜을 드는 게 좋을 것 같습니다. 하지만 어제 당신의 답장을 받고 당장이라도 편지를 쓰고 싶어 견딜 수 없는 심정입니다. 지금까지는 남편이 미국에 가 있어서 제 시간도 평소보다 많이 가질 수 있었지만 귀국하고 나서는 또 원래의 분주한 주부로 돌아가고 말았습니다. 게다가 오늘 아침 남편이 나간 후 기요타카가 방에 틀어박혀 학교에 가려고 하지 않는 겁니다. 이유를 물었지만 입술을 빼물고 평소의 강한 불만을 나타내는 표정을 무너뜨리지 않은 채 침대 안에서 웅크리고만 있었습니다. 아마 학교에서 무슨 일이 있었겠지요. 말하고 싶은 것을 충분히 말할 수 없는 아이라서 무슨 일이 있으면 그런 방식으로 저에게 응석을 부리려고 합니다. 제가 엄하게 꾸짖자 양복으로 갈아입고 회사에서 모시러 온 차를 기다리고 있던 아버지가 가고 싶지 않으면 가지 않아도 되니까 좋을 대로 하게 해 주라고 참견을 했습니다. 늘 있는 일입니다. 이런 몸이니까 왜 좀 더 친절하게 돌봐 주지 않느냐는 아버지와 이런 아이라서 더욱 우는소리를 하게 하거나 응석을 부리게 하면 안 된다는 저 사이에 논쟁이 일어났습니다.

기요타카의 선천적인 질환이 확실해진 것은 한 살이 지나고 3개월쯤 된 무렵이었습니다. 앉지도 못하고 기려고도 하지 않으며 표정에 변화가 적고 주위의 소리나 움직임에 대한 반응이 둔했습니다. 저는 그 반년쯤 전부터 이 아이는 좀 이상하다, 뭔가 이상이 있는 게 아닐까, 하고 느끼고 있었습니다. 하지만 이런 예감이 적중하는 것이 무서워 하루하루 미루면서 병원에 가는 것을 망설이고 있었습니다. 어떤 육아 책을 보니 5개월쯤부터 앉기를 시작하는 아이도 있고 8개월이 지나도 앉을 수 없는 아이도 있다고 쓰여 있어서 저는 기요타카가 다른 아이에 비해 아주 느린 아이인 거라고 믿으려고 했습니다. 하지만 한 살 하고 3개월이 지나도 앉지 못하는 걸 보고 역시 겁이 나서 소름이 끼치지 않을 수 없었습니다. 의사로부터 "근육의 경직 상태로 볼 때 상당히 경증이라는 생각은 듭니다만 역시 선천성 뇌성마비인 것은 틀림없는 것 같습니다"라는 말을 들은 날 저는 기요타카를 안고 어디를 어떻게 해서 집에 도착했는지도 기억나지 않습니다.

저녁때 이쿠코 씨가 걱정스러운 얼굴로 방으로 들어오기까지 저는 기요타카를 가슴에 안은 채 아기 침대 옆에 무릎을 꿇고 앉아 초점 없는 눈을 양탄자 위에 떨어뜨리고 있었습니다. 그때는 격렬한 비탄과 동요에 휩싸여 정상적인 마음을 잃었습니다만, 밤중에 기저귀를 갈아 주려고 일어났을 때 어떤 생각이 엄습했습니다. 나는 아무런 나쁜 짓을 하지 않았다. 그런데 왜 이런 일을 당해야 하는 것일까? 그리고 남편의 잠든 얼굴을 바라보았습니다. 갑자기 생각지도 못한 어떤 생각이제 마음을 뚫고 지나갔습니다. 만약 아리마 야스아키라는 사람과의 사이에 태어난 아이였다면 기요타카는 정상적인 아이로 태어났을지도 모른다. 이 얼마나 무서운 생각인지요. 자신의 남편을 얼마나 모멸하는 생각인지요. 하지만 저는 진지하게 그렇게 생각했습니다. 기요타카는 나와 가쓰누마 소이치로 사이에 태어난 아이다. 이 사람과 결혼하지 않았다면 기요타카 같은 아이도 낳지 않았을 것이다. 당신 탓이다, 아리마 야스아키라는 남자 탓이다. 그 사람이 나에게 기요타카라는 가여운 아이를 낳게 한 것이다. 저는 그때 아마 알전구의 희미한 빛 아래서 요괴 같은 형상을 하고 있었을 것입니다.

용서할 수 없다. 나는 평생 아리마 야스아키라는 사람을 용서하지 않겠다. 당신 탓이다, 당신 탓이다, 하며 저는 마음속으로 외쳤습니다. 기요타카는 성장하면서 확실히 자신이 갖고 태어난 질환을 우리 앞에 드러내기 시작했습니다. 그리고 그와 동시에 당신에 대한 저의 증오는 한층 강고하고 거대한 것이 되어 갔습니다.

아아, 저는 무척 흥분해 있습니다. 손이 떨리고 손끝에 힘이 들어갑니다. 당신의 편지를 읽은 흥분과 예전에 당신에게 스스로도 무섭다고 느낄 만큼의 증오를 품었을 때의 흥분이

겹쳐서 뭐가 뭔지 모르게 되었습니다. 부디 용서하세요. 역시 오늘 밤에는 일단 펜을 놓는 것이 좋을 것 같네요. 혹시 답장이 오지 않아도 저는 편지를 보낼 겁니다. 또 눈물이 납니다. 왜 오늘 밤의 저는 이렇게 눈물이 나오는 걸까요……. 도대체 어쨌다는 걸까요…….

그럼 이만 줄입니다.

8월 3일
가쓰누마 아키 올림

✱

가
쓰
누
마

아
키

님
께

전략.

늘 무척 달필이던 당신의 글씨가 가늘게 떨리고, 마지막으
로 가면서 기묘하게 무너지거나 일그러지는 것을 보고 저는
오랫동안 발길을 하지 않았던 역 뒤의 싸구려 술집 카운터에
혼자 앉아 문을 닫을 때까지 계속 술을 마셨습니다. 그렇게 마
신 것은 오랜만의 일입니다. 술을 마시면서, 과연 삼단논법으
로 말하면 당신에게 선천적인 장애를 가진 아이를 갖게 한 것
은 분명히 제가 될 거라고 자조 섞인, 묘하게 무거운 마음으
로 생각했습니다. 그리고 교토의 백화점 6층 침구 매장에 불

쑥 들른 것이 아니, 좀 더 거슬러 올라가면 중학교 때 부모를 여의고 오가타 부부의 양자가 되려고 히가시마이즈루 역에 내린 것이 이렇게나 많은 사람의 운명과 연결되어 있었던가 하는 암담한 생각에 빠지지 않을 수 없었습니다. 그렇습니다. 당신이 말한 대로입니다. 모두 제가 불러들인 일입니다. 그 벌을 저는 지난 10년 동안 계속 받고 있다고 생각하지 않을 수 없는 심정이 되어 스스로도 알지 못할 만큼 다량의 위스키를 목에 흘려 넣었습니다. 저와 같은 나이의 주인이 이따금 말을 걸어왔습니다만, 저는 대답 한마디 하지 않고 잔 안의 액체에만 눈을 주고 있었습니다. 그 싸구려 술집에 오는 손님은 야쿠자 출신의 근처 파친코 가게 점원이라든가 조그마한 동네 공장에서 일하는 부루퉁한 공원이라든가 정규직을 얻지 못하고 그때그때 돈벌이를 찾아다니며 경륜장이나 보트레이스장에 죽치고 있는 똘마니들뿐입니다. 가끔은 좀 제대로 된 사람이 마시러 와도 좋을 텐데, 하고 질려 할 만큼 그런 패거리의 단골들만 지저분한 공기 속에서 마구 담배를 피워 대면서 주인의 젊은 아내(손님에게는 숨기고 있지만 저는 두 사람이 부부라는 것을 한눈에 알아보았습니다)에게 손을 대거나 외설스런 말을 주고받으며 시시한 농담에 호들갑스럽게 웃어 대거나 하면서 대부분

문을 닫는 시간까지 돌아갈 생각을 안 했습니다.

저는 전에 편지에서 세오 유카코라는 여자에 대해 이런 표현을 한 적이 있었지요. 11월의 마이즈루 바다에 제가 내던져졌고 곧이어 유카코도 바다로 뛰어든 후 저와 유카코는 흠뻑 젖은 생쥐 꼴이 되어 그녀의 집으로 갔고, 옷을 갈아입고 2층의 유카코 방에서 조그만 난로를 사이에 두고 마주 앉았을 때 그녀는 도무지 열네 살 소녀로는 보이지 않는 교태를 부리며 제게 볼을 바짝 대고 입술을 핥았다고 말입니다. 이렇게 쓴 뒤 분명히 저는 이런 말을 덧붙였을 것입니다. 열네 살에 아무런 망설임도 없이 남자에게 그런 행동을 할 수 있다는 것이 유카코라는 사람이 갖고 있던 하나의 업보였다고 말할 수 있지 않을까, 하고 말이지요. 저는 취기가 심해지는 머리로 자신이 썼던 글을 떠올리고 있었습니다. 자신이 썼으면서도, 그렇다면 대체 업보란 뭘까? 저는 오랫동안 생각에 잠겼습니다. 유카코 몸의 감촉을 저는 제 마음 여기저기로 느꼈습니다. 그렇게 하는 사이에 문득 저는 죽은 자신을 보고 있던 또 하나의 저에게 단단하게 들러붙어 떨어지려고 하지 않았던 '어떤 것'의 정체가 무엇이었는지 어렴풋이 알기 시작한 것 같았습니다. 자신이 한 모든 행위, 그리고 그뿐 아니라 행동으로 나타내지 않아도 마음에 품기만 한 것에 지나지 않은 원한이나 분노나 자애로움이나 어리석음 등의 결정結晶이 목숨 자체에 또렷이 새겨져 결코 사라지지 않고 각인되어 죽음의 세계로 이행한 저를 후려치고 있었던 게 아닐까? 그리고 그 마음은 유카코를 떠올림으로써 순간적으로 마음을 스쳐 간 업보라는 말과 어딘가에서 연결되어 간다는 생각이 들었습니다. 왜 연결되어 가는지도 모른 채 저는 확실히 그것들이 어딘가 한 점에서 서로 연결되어 가는 것처럼 생각되었습니다. 그러나 저는 점차 만취하여 술집의 보랏빛 싸구려 조명 불빛과 늘어선 위스키 병이 뒤섞여 빙빙 돌기 시작하고 숨 쉬기가 힘들어졌습니다. 시간이 얼마나 지났는지도 몰랐습니다. 뒤에서 누가 어깨를 흔들어서 저는 몽롱한 머리로 그쪽을 뚫어지게 쳐다보았습니다. 여자가 서 있었습니다. 같이 살고 있는 레이코라는 여자가 걱정되어 저를 데리러 온 것이었습니다. 레이코가 술집 주인에게 돈을 지불한 것 같았고, 저는 휘청거리는 다리로 문을 열고 밖으로 나가 걷기 시작했습니다. 개가 길가에 서 있었습니다. 저는 그 개보다 못하다고 생각했습니다. 마지막 전철에서 내리는 사람들의 드문드문한 무리가 저를 추월하여 각자의 방향으로 사라져 갔습니다. 어떤 사람도 저보다는 나은 사람이라고 생각했습니다. 자오의 돗코누마 옆 산막 2층에서 본 당신과 아드님의 모습이 떠올라 저는 자신을 시궁창에 버려진 찢어진 신발 같은 사람이라고 생각했습니다. 레이코는 저에게서 조금 떨어진 채 잠자코 따라왔습니다. 혀가 제대로 돌지 않을 만큼 취해 있었지만 저는 제정신을 잃은 건 아니었습니다. 하지만 걷는 중에 속이 안 좋아져 길가에 콧등을 박듯이 하며 위의 내용물을 토했습니다. 레이코는 제 등을 어루만지며 집으로 돌아가면 차가운 물수건으로 몸을 닦아 주겠다고 했습니다. 저는 너 같은 건 싫어, 하며 그녀의 몸을 뿌리치고는 정말 미워 못 견디겠다는 듯이 말을 내뱉었습니다. 이런 사람한테 애를 쓰는 게 너를 즐겁게 해 준다는 것쯤은 나도 잘 알고 있어. 걱정스러운 얼굴로 술집까지 데리러 오고, 내가 부탁하지도 않았는데 슬쩍 계산을 하고, 몇 걸음 간격을 두고 따라오고, 어떻게든 지금은 가만히 내버려 두자는 식으로 가장하는 자신만의 연극에서 뭘 연기하고 있는 거야? 내가 토한 것은 안성맞춤인 사건이었겠지? 등을 토닥거려 주고 집으로 돌아가면 차가운 물수건으로 몸을 닦아 주고……. 넌 자신의 정숙함과 고운 마음씨로 그렇게 말하면서 황홀했겠지. 하지만 난 너 같은 건 싫어. 애정 같은 건 느끼지도 않아. 지금 당장 헤어져도 난 아무렇지도 않단 말이야. 레이코는 아무 잘못도 하지 않은 아이가 돌연 아무이유도 없이 선생님에게 꾸중을 듣고 어찌할 바를 모르는 듯한 천진난만함과 비참함이 뒤섞인 얼굴로 우두커니 제 얼굴을보고 있었습니다. 그러고 나서 아주 종잡을 수 없는 어조로 이렇게 말했습니다. "전 당신하고 결혼할 생각 같은 건 안 해요."그럼 헤어지자. 내일 네 집에서 나갈게. 전 이상하게 갈팡질팡하면서 이렇게 응수했습니다. 레이코는 스물여덟 살인데 1년전에 저와 알게 되었습니다. 레이코에게는 제가 첫 남자였습니다. 스물일곱 살까지 남자를 몰랐던 이 여자는 고등학교를졸업하고 대형 슈퍼마켓에서 일하며 오늘까지 휴일 이외에는매일 슈퍼마켓의 계산대에 서서 손님이 산 물건의 상품 번호와 가격을 기계에 입력해 왔습니다. 10년 가까이 단지 그것만계속 해 와서 지금의 즐거움이라고 하면 정기 휴일인 목요일에 도시락을 싸서 억지로 저를 데리고 소풍을 가는 것 정도이고, 요리에 열중하는 것도 아니고 돈을 모아 하와이나 괌으로여행을 가려고 생각하는 것도 아니고 입는 옷에 돈을 쓰는 것도 아니었습니다. 몸집이 작고 피부는 어린 여자애처럼 하야며 쌍꺼풀진 동그란 눈의 움직임에는 아직도 사춘기 소녀 같은 청결한 느낌이 남아 있는 것과 술술 쓸데없는 말을 지껄이지 않고 때로는 그 무거운 입에 이쪽이 오히려 조바심이 날 정도로 말수가 적은 것이 장점이라면 장점인 여자에 지나지 않았습니다. 여섯 형제자매의 위에서 두 번째로, 언니는 어딘가에서 낮은 월급을 받는 사람과 평범한 가정을 꾸리고 있지만 남동생 둘은 고등학교를 졸업하고 나서 진학도, 취직도 하지 않고 몇 달씩이나 집에 돌아오지 않거나 돌아와도 부모의 돈을 훔쳐 도망치는 식이어서 도무지 미덥지 못한 존재입니다. 나머지 여동생 둘은 다 고등학생인데 거의 학교에도 가지 않고 어울리지 않는 화장을 한 채 유흥가를 싸돌아다닙니다. 아버지는 목수인데 일하다가 허리뼈를 다쳐 제대로 일을 할 수 없게 되었습니다. 이미 12, 3년 전의 일이라고 합니다만, 그 이후로 수입도 끊겨 동네 공장에서 일하는 아내의 부족한 수입과 큰딸과 레이코가 매달 보내 주는 얼마 안 되는 돈에 의존하여 살고 있습니다. 이는 모두 레이코가 해 준 이야기로, 저는 레이코의 형제자매나 부모와 한번도 만난 적이 없습니다.

집으로 돌아가자 저는 옷을 다 벗고 레이코가 깔아 준 이불에 쓰러졌습니다. 그리고 더워서 에어컨을 켜 달라고 부탁했습니다. 취한 몸에 에어컨 냉기는 독이라며 레이코는 세면기에 물을 담고 냉장고에서 얼음을 꺼내 차가운 얼음물을 만든 다음 타월을 적셔 꼭 짜서는 제 몸을 닦기 시작했습니다. 이마, 얼굴, 귀 뒤, 목덜미, 가슴에서 배, 그리고 등으로 레이코는 말없이 몇 번이나 차가운 타월로 제 몸을 닦았습니다. 대충 다 닦자 레이코는 무릎을 꿇고 앉은 채 언제까지고 벌거벗고 있는 저를 내려다보고 있었는데, 이윽고 손가락 끝으로 제 목과 가슴의 상처를 만졌습니다. 저는 제 몸에 난 흉터에 대해 레이코에게는 한마디도 한 적이 없습니다. 레이코도 제가 기분 나쁘게 생각할 정도로 흉터에 대해 물어보려고 하지 않았습니다. 그러므로 레이코가 자신의 손가락으로 제 흉터를 그렇게 노골적으로 만진 것은 그날이 처음이었습니다. 타월로 닦을 때는 기분이 좋았지만 다 끝나니 오히려 전보다 몸이 달아올랐습니다. 저는 한번 더 닦아 줘, 기분이 아주 좋았어, 하고 말했습니다. 레이코는 다시 조금 전과 마찬가지로 해 주었습니다. 저는 몸을 닦아 주는 레이코에게 이제 늦었으니까 자자고 했습니다. 시곗바늘은 새벽 2시를 가리키고 있었고 레이코는 아침 7시 전에 일어나 아침을 준비하고 8시 반에 나갑니다. "저 내일은 회사에 안 나가요……" 하고 레이코는 풀이 죽은 목소리로 대답하고 또 가만히 제 목의 상처를 주목했습니다. 유급 휴가가 잔뜩 쌓여 있어서 이삼일 쉬어도 지장이 없다는 것이었습니다. 그러나 레이코가 정기 휴일 외에, 설사 유급 휴가라고 해도 휴가를 낸 것은 저와 같이 살고 나서 처음 있는 일이라는 것을 깨닫고 저는 조금 전에 했던 마음에 없는 말이 레이코의 마음을 심하게 아프게 했나 보다고 생각했습니다. 저는 레이코에게 다시 한번 헤어지자고 말하고 눈을 감았습니다. 저는 유카코에게 당한 일을 오늘 밤 다시 레이코에게 당할지도 모르겠는데, 하고 멍하니 생각하며 눈을 감고 있었습니다. 이상한 일이 아닌가. 나는 10년 전에 비해 이토록 변했는데도 결국 10년 전과 같은 짓을 하고 있다. 이렇게 생각했습니다. 왠지 조용하고 느긋한 기분이었습니다. 방의 불을 끈 레이코는 파자마로 갈아입고 제 옆에 이불을 깔고 엎드리고 얼굴만 저를 향했습니다. 그리고 처음에는 알아듣기 힘든 소곤소곤한 목소리로, 그러고 나서 점차 열을 띤 웅변조로 이런 이야기를 시작했습니다.

자신의 할머니는 일흔다섯 살에 죽었다. 자신이 열여덟 살때였다. 막내 여동생은 아직 유치원에 들어가기 전이었던 것으로 기억한다. 비가 내리는 무척 추운 날 장례식을 했던 일도 기억하고 있다. 다른 언니나 남동생과 달리 자신은 이웃 사람들로부터 놀림을 당할 정도로 할머니가 키운 아이였고, 할머니도 어쩐 일인지 특별히 자신을 귀여워해 준 것 같다. 할머니는, 기모노를 입고 있을 때는 소맷부리에, 앞치마를 하고 있을 때는 호주머니에 자신의 왼손을 늘 감추고 있었다. 태어날 때부터 할머니에게는 왼손 새끼손가락이 없었기 때문이다. 선천적으로 왼손 손가락이 네 개밖에 없는 아주 드문 기형이었다. 그 때문에 어렸을 때부터 근처 아이들에게 늘 놀림을 받았다고 한다. 할머니는 남자아이 다섯을 낳았지만 그중 네 명이나 전장에서 잃었다. 네 명은 각각 다른 장소인 버마, 사이판, 레이테, 필리핀에서 거의 같은 시기에 전사했다. 그것도 앞으로 한 달만 있으면 전쟁이 끝나는 무렵이었다. 할머니는 아직 어린 자신을 앞에 앉히고 아들들의 전사 소식이 사이를 두지 않고 차례로 날아들 때마다 얼마나 울었는지를 이야기해 주었다. 어떤 이야기를 해도 마지막에는 반드시 그 이야기가 되고 말았다. 자신은 어쩌면 어렸을 때 다른 형제자매에 비하면 무척 이야기를 잘 들어 주는 아이였는지도 모른다. 할머니가 몇 번이고 같은 이야기를 해도 자신은 한번도 싫은 내색도 하지 않고 자신의 한쪽 귓불을 엄지와 검지로 쥐고 가볍게 문지르면서 언제까지고 열심히 들었던 것이다. 귀를 문지르는 것은 어렸을 때부터의 습관으로, 그 때문에 어느 쪽인가의 귀가 붉게 출혈되어 달아올라 있었다. 지금도 이따금 일을 하고 있을 때나 한 손으로 기계의 버튼을 누르면서 다른 손으로 귓불을 문지를 때가 있는데 그것을 깨닫고 서둘러 손을 당겨 들이기도 한다.

할머니는 이야기 끝에 반드시 자신의 기형인 왼손 손가락을 보여 주었다. 그리고 전장에서 멀리 떨어진 안전한 장소에서 사람들을 전장으로 내몰았던 높은 사람들은 다음에 태어날 때는 모두 인간이 되는 것은 불가능할 게 틀림없다고 말했다. 전쟁에서 이긴 나라의 높은 사람도, 진 나라의 높은 사람도 그것은 마찬가지다. 뱀이나 지렁이나 그리마 등 사람이 아주 싫어하는 동물로 태어날 것임에 틀림없다. 설령 우연히 인간으로 태어나는 일이 있어도 아마 사람들을 죽음으로 몰아넣은 죄에 상응한 벌을 받아 불행하고 단명한 인생을 보내게 될 것이다. 이렇게 말할 때의 할머니의 얼굴은 늘 단단히 죄어져 어린 마음에도 무척 의연한 것으로 비쳤던 것 같다. 할머니는, 사람은 죽어도 반드시 언젠가 다시 태어난다고 믿고 있었던 것 같다. 그 증거라며 어린 자신에게 태어날 때부터 네 개뿐인 왼손 손가락을 보여 주었다. 어쩐지 무서운 느낌이 드는 손을 보라고 할머니는 말했다. 그런 이야기를 한 뒤 왜 자신의 기형

손가락을 찬찬히 보게 했는지 지금도 모르겠지만 할머니는 그 손가락이 자신에게 한 가지를 깨닫게 해 주었다고 말하는 것이었다.

…… 특별히 확실한 이유가 있어서 그렇게 깨달은 것은 아니다. 군대로 끌려간 네 아들이 먼 남방에서 차례로 죽어 간 뒤 곧바로 종전을 맞이하고, 그리고 1년 가까이 지나 나는 쉰한 살이 되려 하고 있었다. 내 아들들은 왜 서른도 안 되어 죽어야만 했는지를 생각하면서 불탄 들판인 더운 오사카의 어느 거리를 걷고 있다가 문득 생각한 것이다. 나는 어쩌면 죽은 아들들과 또 어딘가에서 만날지도 모른다, 아니, 반드시 만날 것이다. 그것도 내세가 아니라 이 세계에서 다시 귀여운 아들들 중 세 명을 만날 것이다. 그렇게 생각하자 비할 데 없는 기쁨이 느껴져 눈물을 흘리고, 비할 데 없는 슬픔도 느껴져 눈물을 흘렸다. 나는 네 개밖에 없는 손가락을 몸뻬 바지의 주머니에서 꺼내 햇빛에 비추어 보았다. 나는 내내 서서 그 기분 나쁜 손을 얼마나 오랫동안 응시하고 있었는지 모른다. 그것은 나 자신도 오싹해질 만큼 추하고 무서웠다. 하지만 그 추함과 무서움의 덩어리 같은 타고난, 네 개밖에 없는 손이 왠지 이 세상에서 다시 한번 아들들과 틀림없이 만날 거라는 것을 깨닫

게 해 주었던 것이다.

언제나 들어 왔다. 나에게는 옛날이야기 같은 것이었지만 할머니 앞에 무릎을 꿇고 마주 앉은 채 할머니가 이야기하다 지쳐 입을 다물 때까지 내내 귓불을 만지면서 들어 주었던 것이다. 그리고 듣고 있으면서 늘 신기하게 생각한 것이 한 가지 있었다. 할머니는 네 명의 아들이 전장에서 죽었을 텐데도 왜 이 세상에서 다시 만날 거라고 믿고 있는 아들들 숫자는 네 명이 아니라 세 명이었을까 하는 것이었다. 하지만 나는 그 말은 하지 않고 늘 잠자코 있기만 했다. 남의 목숨만이 아니라 스스로 자신의 목숨을 끊는 것도 마찬가지다. 이 세상에는 나쁜 일, 해서는 안 되는 일이 잔뜩 있다. 하지만 그 두 가지가 가장 무섭고 나쁜 일이야, 하고 깨우쳐 주었다. 할머니가 왜 그런 말을 했는지를 나는 그로부터 몇 년 지나 고등학생이 되어서야 알았다. 할머니가 돌아가시기 조금 전의 일이다. 할머니는 아들 네 명이 모두 전사했다고 했지만 실은 그렇지 않았다. 할머니 의 이야기에는 딱 한 가지 거짓말이 섞여 있었다는 것을 나는 아버지의 입을 통해 알았다. 다른 세 명은 분명히 전사했지만 버마에 있던 두 번째 겐스케라는 이름의 아들은 기아와 말라리아열로 전우가 몇 명이나 차례로 죽어 가는 것을 보고 어느 날 삼림 깊숙이 들어가 목을 맸던 것이다. 전사했다는 보고는 군부의 거짓말로, 할머니는 그것을 버마에서 귀환한 남자로부터 들었다. 남자는 겐스케의 유골을 사각의 조그만 종이 상자에 넣어 유품인 안경과 너덜너덜해진 수첩을 갖고 찾아왔다. 할머니는 겐스케가 적의 총탄에 맞아 죽은 게 아니라 자살했다는 이야기를 새파래진 얼굴로 들었다고 한다. 수첩에는 단 한마디 이렇게 쓰여 있었다. "나는 행복하지 않았다." 할머니의 장례식 날 유골 수습도 끝나고 먼 데서 찾아온 친척들에게 조촐한 음식을 대접하기 위해 어머니와 나는 좁은 부엌과 방 사이를 왔다 갔다 했다. 문득 나는 할머니에게 어렸을 때 자주 들었던 예의 그 이야기를 떠올렸다. 그리고 이런 생각을 했다. 할머니는 살아 있을 때 어딘가에서 다시 태어난 아들들을 만났다고 느낀 일이 있었을까? 이 세상에서 틀림없이 다시 만날 거라고 믿고 있던 할머니는 아들들을 만날 수 있었을까? 나는 청주나 맥주를 나르면서, 할머니는 그런 것을 느끼지도 못하고 죽었을 거라고 생각했다. 아주 이상한 일이지만 그렇게 생각하면서도 나는 역시 할머니가 죽은 아들들과 생전에 어딘가에서 만나지 않았을까, 하는 느낌이 들었다. 할머니도 이 사람이 죽은 아들인 줄 모른 채, 상대도 할머니를 예전의 자기 어머니인 줄 모른 채 어딘가에서, 비록 한순간이라도 얼굴을 마주한 시간을 가졌지 않았을까? 이렇게 생각하면서 나는 뭔가 깊은 기쁨이라고도 슬픔이라고도 할 수 없는 격정에 휩싸인 채 울음이 터질 것만 같았다. 아마 경야와 그것에 이어지는 장례식의 피로가 내 마음을 평소와 다른 감상적이고 섬세한 것으로 만들었을 거라고 생각한다. 그리고 나는 할머니가 이 세상에서 다시 만났음에 틀림없는 아들의 숫자를 네 명이라고 하지 않고 세 명이라고 했던 의미를 이해할 수 있었다. 할머니는 자살한 겐스케라는 아들만은 결코 만날 수 없다고 생각했던 것이다. 왜냐하면 할머니는, 겐스케는 스스로 목숨을 끊어서 두 번 다시 인간으로 태어날 수 없다고 믿었기 때문이다. 나는 할머니의 마음을 알 것만 같았다. 아들 네 명은 모두 틀림없는 할머니의 아이였다. 모두 귀여운 자신의 아이였다. 그리고 전장으로 끌려가 누구 한 사람 돌아오지 못했다. 하지만 그 네 명 중에서도 겐스케라는, 전사한 것이 아니라 버마의 정글에서 목을 맨 아들을 실은 가장 만나고 싶었던 게 아니었을까? 가장 사랑스럽고 가장 가여운 아이로서 할머니는 겐스케라는 아이를 평생 마음속에 계속 안고 있었지 않았을까?

요약하자면 레이코는 계속 이런 이야기를 했고 이야기가

다 끝나자 제 겨드랑이 밑에 얼굴을 묻었습니다. 저는 놀라서 무심코 레이코의 어깨를 안았습니다. 그렇게 혼자 계속해서 말한 것도, 그런 식으로 몸을 스스로 맡겨 오는 것도 처음 있는 일이었기 때문입니다. 저는 그래도 아직 쌀쌀맞은 투로 대체 그런 얘기를 해서 나한테 무슨 말을 듣고 싶은 건데, 하고 물었습니다. 레이코는 말을 많이 해 자못 피곤한 듯이 깊은 숨을 내쉬고 나서 이렇게 말했습니다. "전, 당신이 죽어 버릴 것만 같은 기분이 들어요." 내가 왜 죽어, 하고 저는 다시 퉁명스럽게 물었습니다. 레이코는 뭔가 하려던 말을 그대로 삼키고는 입을 다물어 버렸습니다. 나한테 노인의 그런 옛날이야기를 해서 대체 어떡하겠다는 건가, 하는 생각을 하면서 저는 눈을 감았습니다. 하지만 태어날 때부터 손가락 하나가 부족했다는 레이코 할머니의 왼손이 마치 실제로 본 것처럼 눈앞에 어른거렸고, 버마의 삼림에서 자살한 겐스케라는 청년이 남긴 "나는 행복하지 않았다"는 말이 마음속에서 되풀이되어 도저히 잠들 것 같지 않았습니다. 저는 레이코에게 파자마를 벗으라고 속삭였습니다. 저는 일어나 이불 위에 앉아 제 말대로 알몸이 된 레이코에게 그녀가 가장 부끄러워하는 자세를 취하게 하고는 제멋대로 다루면서 제 안에 쌓여 있던 것을 허둥지둥

짜낸 후 곧바로 몸을 떼고 이불 위로 쓰러졌습니다. 그리고 꾸민 듯한 숨소리를 내면서 등을 돌리고 있었습니다. 잠시 후 레이코가 다시 말을 했습니다. "전, 좋은 생각을 했어요." 이렇게 말하고 제 등에 볼을 바싹 댔습니다. 저는 모르는 체하고 있었습니다. 술이 깰 때의 불쾌한 기분이 심해져 빨리 잠들고 싶었습니다. 레이코는 다시 조그만 소리로 말했습니다. "할머니는 왜 아들 네 명 중 한 명이 전사가 아니라 자살한 거라는 걸 저한테 말하지 않았을까요?" 저도 왜일까 생각했습니다만 대답할 마음은 없었습니다. 저에게는 아무래도 좋은 일이었기 때문입니다. 그럭저럭하는 사이에 저는 잠들어 버렸습니다.

이튿날 아침 늦게 눈을 뜨자 레이코는 부엌에 있는 작은 테이블에 종이 몇 장을 펼쳐 놓고 뭔가 써 넣기도 하고 생각을 하기도 했습니다. 뭘 하고 있느냐고 묻자 어젯밤과 마찬가지로 "전, 좋은 생각을 했어요"라고 대답하고는 웃어 보였습니다. 세수를 한 저는 레이코의 맞은편에 앉아 담배에 불을 붙였습니다. 잠에서 깨어나 처음으로 피우는 담배였습니다. 레이코는 종잇조각에 자잘한 숫자를 잔뜩 써 넣기도 하고 직사각형의 선을 긋고 그 안에 글자를 써 넣기도 했습니다. "제 저금이 얼마나 될 거라고 생각해요?" 하고 레이코는 종잇조각에 시선을 둔 채 저에게 물었습니다. 저는 사실 그녀의 옷장 깊숙이 간수해 둔 저금통장을 몰래 본 적이 있었지만 모른다고 대답하고 차가운 보리차를 만들어 달라고 부탁했습니다. 평소에는 곧바로 그렇게 해 주는데 레이코는 종잇조각에 시선을 떨어뜨린 채 냉장고를 가리키며 안에 있으니까 직접 컵에 따라 마시라고 했습니다. 하는 수 없이 저는 냉장고를 열었습니다. 그러자 레이코는 "3백20만 엔이에요"라고 말하고 나서 겨우 얼굴을 들고 저를 보면서 "따로 정기예금이 1백만 엔, 다음 달 3일이면 만기예요" 하고 기쁜 듯한, 어딘가에 무슨 계획을 감추고 있는 듯한 표정으로 미소를 지었습니다. 아버지에게 보내지 않았다면 좀 더 모았을 테지만 자신과 언니가 돌봐주지 않으면 어머니의 수입만으로는 살아갈 수가 없으니 어쩔 수 없었다고, 어쩐지 미안하다는 듯이 설명하는 것이었습니다. 마치 저를 위해 돈을 모은 것 같은 말투라고 제가 중얼거리자 레이코는 그럴 생각이 아니었다고 사뭇 정색을 하고 응수했습니다. 제가 농담이라며 웃자 "당신하고 알게 된 건 1년 전인걸요……. 1년간 4백20만 엔이나 모을 리 없잖아요"라고 대답하며 희미한 웃음을 머금은 동그란 눈으로 자신이 생각해 냈다는 사업 이야기를 꺼냈습니다. 그 사업을 레이코는 단골로 가는 미용실에서 생각해 낸 것이라고 했습니다. 최근에는 미용실도 경쟁이 지나쳐서 한 동네에 대여섯 곳, 심한 데는 열 곳 가까이 가게를 내서 경쟁한다. 그 때문에 각 가게는 새로운 기술의 습득이나 손님에 대한 서비스에 애쓰고 있는데 가장 골머리를 썩이는 것이 선전 방법이다. 내가 가는 미용실에서는 손님에게 가게의 월보 같은 것을 만들어 건네고 있다. 하지만 몇 만 부나 인쇄하는 게 아니라서 한 부의 비용이 비싸고, 게다가 매월 만들어야 하니 귀찮아서 최근에는 어딘가 조그만 디자인 스튜디오에 부탁해서 만들어 달라고 한다. 하지만 그렇게 하고 보니 이번에는 제작비가 더욱 올라가서 곤란하다. 이 이야기를 미용실 주인에게서 듣고 나는 어떤 것을 생각해 낸 것이다. 레이코는 여기까지 설명하고 나서 저에게 종잇조각에 써 넣은 것을 보여 주었습니다. 그것은 종이 한 장을 둘로 접은 것인데, 이를테면 손님에게 서비스와 선전을 겸해 건네는 가게의 홍보지 같은 것이었습니다. 첫 페이지에 사각으로 둘러친 것이 있고 그 안에는 가게 이름과 경영자 이름, 가게 주소와 전화번호가 쓰여 있었습니다. 그 옆에 홍보지 이름이 크게 들어가 있는데, 그것은 아직 가짜 이름이며 아직 정식으로 결정한 게 아니라고 했습니다. 첫 페이지에는 그것 외에 달마다의 계절을 대표하는 꽃 사진 같은 걸 싣는다고 레이코는 말했습니다. 그리고 둘로 접은 종이를 펼치고 2페이지와 3페이지를 보여 주었습니다. 거기에는 예컨대 가정에서 할 수 있는 올바른 샴푸 방법, 피부 손질 방법, 진기한 음식을 만드는 방법, 유행하는 머리 모양의 소개 같은 걸 싣고 뒤쪽 4페이지에는 뭘 실을지 생각하는 중이라고 말했습니다. 레이코는 눈을 빛내며 표지에 있는 사각으로 둘러친 곳을 볼펜 끝으로 콕콕 찌르면서 여기가 특색이라고 하며 몸을 앞으로 내밀었습니다. 다른 부분은 같지만 사각으로 둘러친 곳의 가게 이름이나 경영자 이름 같은 걸 각각의 가게 것으로 바꾼다는 것이었습니다. 저는 잠자코 듣고 있었습니다. 레이코는 이야기를 이어 갔습니다. 얼마 전 근처의 조그만 인쇄소에 가서 한 부당 얼마에 만들 수 있느냐고 물어보았다. 그러자 3만 부를 인쇄할 수 있다면 2색 인쇄로 한 부에 7엔이나 8엔이면 만들어 드릴 수 있다고 했다. 한 가게에 2백 부 한 세트를 4천 엔에 판다고 하면, 3만 부라면 1백50 곳의 거래처를 만들면 장사가 된다. 한 부를 20엔이라고 하면 매달 4천 엔의 광고비로 자기 가게의 이름이나 전화번호, 그 밖의 각 미용실이 바라는 글이 들어간 예쁜 홍보지가 생기는 거니까 미용실로서도 고마운 일이다.

그리고 1백50 군데면 매출이 60만 엔. 인쇄비가 한 부에 7엔이라면 21만 엔. 여러 가지 필요한 경비를 제하고도 절반인 30만 엔을 벌 수 있지 않느냐. 레이코의 설명은 대충 이런 것이었습니다. 저는 한번으로 잘 모르겠으니 한번 더 설명해 달라고 말했습니다. 레이코는 조금 전보다 한층 열띤 어조로 설명을 되풀이했습니다. 저는 사각으로 둘러친 곳의 글자는 어떻게 바꿔 인쇄하느냐고 물었습니다. 3만 부의 인쇄물을 각 가게의 주문 수에 따라 1백50 번이나 볼록판을 다시 만들어야 하지 않느냐고 생각했던 것입니다. 그렇게 해서는 한 부에 7엔이나 8엔으로는 불가능할 것입니다. 레이코는 그렇지 않다고 했습니다. 네모난 부분만은 각각의 볼록판을 만들어 두고 인쇄한 3만 부 종이의 그 빈 곳에만 다시 한번 2백 부씩 인쇄하는 거라고 대답했습니다. 그런 게 가능하냐고 묻자 레이코는 그런 작업은 간단한 거라고 인쇄소 주인이 보증해 주었다고 대답하며 웃었습니다. 하지만 한 부에 20엔이라는 싼 광고비로 해결된다고 해도 여기저기 같은 내용의 홍보지가 나돌게 된다면 어느 미용실이라도 망설이게 될 거다, 내용은 같고 표지에 가게 이름이나 전화번호만 다를 뿐인 기제품이라는 것을 알게 되면 손님도 흥미를 보이지 않지 않을까, 하고 저는 레이코에게 말했습니다. 그래서 한 지역에 한 곳밖에 계약하지 않는 시스템을 엄수하는 것이다. 한 가게와 계약하면 그 가게의 상권에서는 절대 다른 가게와 계약하지 않는 것이 이 사업의 특징이다. 레이코는 아주 자신 있다는 듯이 이렇게 대답했습니다. 그리고 이미 18곳의 미용실에서 신청을 받았다고 말했습니다. 레이코는 제가 모르는 사이에 손수 엉성한 샘플을 만들어 단골 미용실의 여주인과 교섭했다고 했습니다. 그러자 상대는 무척 흥미를 보이며 한 부에 20엔의 광고비로 매월 내용이 다른 홍보지를 만들어 줄 수 있다면 계약하겠다고 대답하고, 나중에는 교토나 고베에서 가게를 하고 있는 동업자 친구에게까지 말해 주었다고 했습니다. 그 친구가 또 다른 지역의 동업자에게 선전해 주어 눈 깜짝할 사이에 18곳의 계약이 맺어졌다는 것입니다. 그러나 저는 아직 18곳밖에 안 되지 않은가, 3만 부를 찍어서 18곳밖에 계약해 주지 않으면 나머지 2만 6천 4백 부는 어떻게 되느냐, 인쇄소에 21만 엔을 지불하는데 들어오는 돈은 7만 2천 엔이 아닌가, 하고 말했습니다. 레이코는 저금통장과 곧 만기가 돌아오는 정기예금 증서를 테이블에 놓고 처음에는 적자가 이어질 것이다. 하지만 50곳으로 늘어나면 엇비슷해지고 1백50 곳으로 늘어나면 30만 엔을 벌 수 있다. 아주 분발해서 3백 곳의 가게와 계약한다면 매달 60만 엔의 수입을 얻을 수 있다는 계산이 나온다. 그렇게 되면 도쿄나 나고야, 그리고 좀 더 지방으로도 확대해 나갈 것이다. 1천 곳이 되면, 1천5백 곳이 되면, 하고 레이코의 이야기는 점점 커져 나갔습니다. 저는 한 지역에 한 가게로 한정하면 숫자가 늘어남에 따라 범위도 넓어지는데 어떻게 계약해 줄 가게를 찾을 거냐고 물었습니다. 레이코는 "당신이 걸어서 영업하러 다니는 거죠" 하고 간단히 말하는 게 아니겠습니까? 저는 잠시 멍하니 레이코를 쳐다보았습니다. 매달 홍보지 내용의 기획은 누가 짜는 거냐, 하고 저는 어안이 벙벙한 채 물었습니다. "그것도 당신이 하는 거죠" 하며 레이코는 제 얼굴을 보고 두 손으로 입을 막으며 키득키득 웃었습니다. 아무튼 커피 좀 타 줘. 그리고 빵도 구워 주고. 난 아직 아침도 안 먹었어. 제 말에 겨우 레이코는 일어났습니다. 이 여자, 정신이 이상해진 게 아닐까, 저는 이렇게 생각하며 뭔가 기분이 나빠졌습니다. 이야기의 내용이 엉뚱했던 것만은 아니었습니다. 알게 되고 나서 1년 동안 레이코는 한번도 자신의 생각이나 감정을 저에게 호소한 일이 없었습니다. 무슨 생각을 하는지 모르고 그저 말수가 적으며 마음씨가 고운 것만이 눈에 띄는, 그다지 미인도 아니고 그렇다고 머리가 좋다고도 할 수 없는 여자라고 생각했기 때문입니다. 그런데 어젯밤의 웅변으로 보나 오늘 아침의 이야기로 보나 마치 딴사람이 된 것 같다고 말할 수밖에 없었습니다.

레이코는 빵을 볼이 미어터지게 입에 넣고 있는 제 얼굴을 검은자위가 많은 동그란 눈으로 살피고 있었습니다. 저는 "어제 내가 헤어지자고 말했을 텐데" 하고 쌀쌀하게 내뱉었습니다. 레이코는 제 가슴 언저리로 눈을 피하고 손가락으로 자꾸 자신의 귓불을 만지면서 "전, 헤어진다는 말 좀 안 했으면 좋겠어요⋯⋯" 하고 말했습니다. 말을 끝맺기도 전에 레이코는 벌써 눈물을 흘렸습니다. "저하고 헤어지고 어떻게 할 건데요?" 하고 물어서 저는 그 뒤의 일은 생각해 보지 않았어, 하고 대답했습니다. 저는 레이코가 울어서 아주 만족했습니다. 아직 저는 당분간 레이코와 헤어질 생각이 없었기 때문입니다. 한심한 일이지만 레이코와 헤어지면 저는 당장 내일부터 먹고살 수가 없습니다. 저는 레이코의 입에서 헤어지고 싶지 않다는 말을 듣고 싶어서 어제도 오늘도 헤어지자, 헤어지자며 그녀를 괴롭혔던 것입니다.

이제 새로운 사업에 손을 댈 마음이 전혀 없다고 저는 레이코에게 말했습니다. 아무리 괜찮은 사업이라도 내가 손을 대면 다 엉망이 되고 만다. 지금까지도 계속 그랬다. 이제 사업 같은 건 질색이다. 나에게는 사신死神 같은 게 들려 있다. 하고 싶으면 너 혼자 해라. 이 얼마나 제멋대로 된 말인가, 하고 저도 어처구니없어 하면서 레이코의 젖은 동그란 눈을 보고 있었습니다. 자신은 아무것도 하지 않으면서 당분간은 여자에게 빌붙어 살려는 것이니 저는 전락할 대로 전락한 사람이라고 생각했습니다.

우리는 정오가 지나 집을 나와 근처의 카페로 갔습니다. 그때까지 풀이 죽어 있던 레이코가 당신에게 일하라고 하지 않을 테니 그 대신 조금만 자신이 하는 일을 도와 달라고 했습니다. 일단 영업하러 다니려면 제대로 된 샘플을 만들어야 한다. 그러려면 이미 정해진 18곳의 가게에 배포할 홍보지를 제작하는 게 먼저다. 하지만 자신에게는 2페이지에 어떤 기사를 넣어야 할지, 3페이지에 어떤 화제를 실어야 할지, 뒤쪽 4페이지를 어떻게 하면 좋을지 하는 생각이 떠오르지 않는다. 그러니 이번만 그걸 당신이 생각해 주었으면 좋겠다. 그리고 사업을 하게 되면 회사 이름도 지어야 할 거고, 설명서나 긴키 일원의 미용실에 보낼 우송 광고물도 필요하다. 어떤가, 그것만 도와

주지 않겠는가. 레이코는 이렇게 말하며 손을 모았습니다. 저는 시시한 일에 손을 대 애써 모은 4백20만 엔을 잃어도 괜찮은가, 하고 진절머리가 난다는 기분으로 말했습니다. 레이코는 이렇게 말했습니다. "전 반드시 잘될 거라고 생각해요. 만약 안 되면 또 슈퍼마켓에서 일하면 되죠, 뭐."

아무튼 18곳의 가게와는 이미 계약했으니 이번 달 말까지 납품하지 않으면 안 된다는 것이었습니다. 그날은 8월 5일이었습니다. 인쇄소에서는 10일까지 제대로 된 원고나 사진을 가져오라고 했다고 말했습니다. 앞으로 닷새밖에 안 남았잖아, 하며 저는 불과 닷새에 해 보지도 않은 홍보지 편집 같은 걸 할 수 있을까, 하고 생각했습니다. 그런데 골똘히 생각하는 레이코의 필사적인 표정을 보고 그만 이번뿐이야, 하고 무심코 대답하고 말았습니다. 4년쯤 전에 저는 중견 인쇄회사에 근무한 적이 있습니다. 3개월 만에 그만두었지만 영업 직원으로서 딱 한번 신사이바시스지心斎橋筋에 있는 대대로 내려오는 유명 일본식 과자점의 홍보지를 담당한 적도 있어 어떻게든 체재를 갖추는 것 정도는 할 수 있겠다는 생각이 들기도 했습니다. 하지만 그것은 회사의 디자이너나 카피라이터가 만든 것이고 제가 직접 손을 댄 것은 아니었습니다. 얼굴이 활짝 펴진 레이코는 허둥지둥 카페를 나서 역 앞의 서점으로 저를 데리고 가 뭐든 좋으니까 홍보지를 만드는 데 필요할 것 같은 책을 사라고 했습니다. 그리고 제가 책을 물색하는 동안 문방구점으로 가서 켄트지 몇 장, 자, 컴퍼스, 접착제, 고무지우개 등 생각나는 온갖 도구를 사 왔습니다. 저는 먼저 《가정에서 할 수 있는 지압의 비결》이라는 책을 집어 들고, 다음으로 《가정 채소밭》이라는 책을 골랐습니다. 그러고 나서 《재미있는 잡학 백과》라는 두꺼운 책, 《관혼상제 길잡이》, 그리고 월간 미용 잡지 두 종류를 샀습니다. 이제 될 대로 되라는 식이었습니다. 해 보지도 않은 홍보지의 편집을, 그것도 각 미용실 경영자가 마음에 들어 해 앞으로도 계속 주문해 줄 만한 것을 닷새 만에 만들지 않으면 안 되었으니까요. 그러니 이 편지는 이쯤에서 끝내지 않으면 안 됩니다. 레이코는 계속 회사를 쉬고 미용실에 가기도 하고 인쇄소에 가기도 하면서 하루 종일 뛰어다니고 있습니다. 이제부터 저는 그 홍보지를 만들어야 합니다. 지난 사흘간 당신에게 편지를 썼기 때문에 앞으로 이틀밖에 남지 않았습니다. 하지만 1년간 보살펴 주었으니 레이코에게 그 정도의 답례는 해 주어도 좋을 것 같습니다. 지금 제 앞에는 사 온 책 몇 권과 표지에 사용할 만한 풍경 사진, 그리고 연필, 자,

켄트지 등이 늘어서 있습니다. 풍경 사진은 당신과 신혼여행 갔을 때 다자와 호반을 찍은 것입니다. 어떻게 된 건지 제 소지품 중에 그 사진 한 장이 들어 있었습니다. 대체 뭐가 뭐에 도움이 될지 전혀 알 수 없는 일이네요. 이쪽으로 튀고 저쪽으로 튀는 등 맥락이 없는 편지가 되고 만 것 같습니다만, 다시 읽어 보니 당신의 편지를 받고 나서 오늘까지의 불과 며칠간의 일이 거의 정확하게 기록되어 있는 것 같습니다.

이만 총총.

8월 8일

아리마 야스아키 올림

아
리
마
야
스
아
키
님
께

전략.

당신의 편지를 우편함에서 꺼내 부엌에 있던 저에게 건네
준 이쿠코 씨가 사모님께 이렇게 귀여운 이름을 가진 친구분
이 다 계셨네요, 하며 웃음을 터뜨릴 듯이 말했습니다. 발신인
의 이름을 보고 저도 웃고 말았습니다. 하나조노 아야메花園あ
やめ라고 적혀 있었으니까요. 이건 마치 다카라즈카 가극단*의

---

* 효고 현 다카라즈카(宝塚) 시를 본거지로 미혼의 여성만으로 구성된 일본의 가극단.
  단원의 프로필에는 생일은 공개되나 나이와 본명은 공개되지 않으며 모두 예명으로
  활동한다.

스타 이름 같지 않나요? 저번 편지에는 야마다 하나코山田花子
라는 이름을 쓰셨지요. 좀 더 궁리하지 않으면 머지않아 식구
들이 수상히 여기고 말 거예요.

전 당신의 편지를 밤늦게, 남편도 기요타카도 다 잠들고 나
서야 뜯어보았습니다. 그리고 언젠가 당신에게 이렇게 썼다는
걸 떠올렸습니다. 당신이 마이즈루에서 세오 유카코 씨와의
해후를 태연하게 늘어놓은 편지를 읽고 그에 대한 답장을 했
을 때의 일입니다. 저는 당신에게 유카코 씨와의 경위를 마지
막까지 제대로 써 달라, 내게는 알 권리가 있다, 이렇게 따지고
나서 당신의 로맨틱한 이야기의 전말을 알려 주지 않으니 제
대로 수습되지 않는 기분이라며 분노를 담아 썼던 일을 떠올
렸습니다. (왜냐하면 저는 그 편지를 읽고 정말 발끈해서 찢어 버리고
싶었을 정도니까요) 하지만 이제 그런 건 아무래도 좋은 일이 되
고 말았습니다. 당신의 세 번째 편지, 그 신기한 체험을 쓴 편
지에는 다시 읽어 보니 유카코 씨와의 일이 제대로 쓰여 있었
다는 것을 깨달았습니다. 당신은 유카코 씨와의 마지막 밤을
간단히 썼습니다만 저는 며칠 전에 다시 한번 읽고는 그 안에,
결코 쓰여 있지는 않지만 유카코 씨와 당신의 재회에서 그 사
건에 이르기까지의 모든 것이 암시되어 있는 것처럼 생각되었

습니다. 저에게는 그것으로 충분했습니다. "넌 항상 자기 가정으로 돌아가지." 유카코 씨의 그 말이 제 몸 깊숙이 숨어 있던 응어리 같은 것을 주물러 풀어 준 것 같습니다. 저는 유카코라는 여성에게 뭔가 애정 비슷한 것을 느꼈습니다. 애정이라는 말은 적당하지 않을지도 모릅니다. 남편을 앗아 간 여성이긴 하지만 저는 같은 여성으로서 그분을 위로해 드리고 싶은, 조용하고 평온한 마음으로 마주할 수 있을 것 같은 기분이 들었습니다. 지금 저는 유카코라는 여성을 두 번 다시 돌아오지 않는, 무척 그리운 사람처럼 느낄 때가 있습니다. 그런데도 마음속 깊은 곳에서는 여전히 집념 강한 질투심이 계속 버티고 있습니다. 그리고 당신과 같이 살고 있는 레이코 씨가 말했다는 그 할머니 이야기가 왠지 옛날이야기 같은 게 아니라 실제로 있을 수 있는 이야기로 가슴에 와 닿았습니다. 저는 레이코 씨의 할머니가 말한 것처럼 타인, 또는 자신의 생명을 빼앗은 자는 두 번 다시 인간으로 태어날 수 없다는 이야기가 하나의 무서운 진실인 것 같다는 생각이 들었습니다. 왜 저에게는 그런 옛날이야기 같은 것이 틀림없는 진실인 것처럼 생각되는지 스스로도 정말 이상하게 느껴지지 않을 수 없었습니다. 욕조에 몸을 담그고 있을 때나 뜰의 나무에 물을 주는 저녁때에 저는 왜 그 할머니 말이 그토록 마음에 와 닿는 걸까, 하고 생각했습니다. 그리고 문득 깨달았습니다. 제가 기요타카라는 아이의 어머니기 때문이었습니다. 기요타카도 형태는 달라도 그 할머니와 마찬가지로 선천적인 기형이라고 해도 좋을 겁니다. 가볍기는 해도 틀림없이 기요타카는 그런 불행을 짊어지고 태어났습니다. 내 아이는 왜 그런 불행을 짊어지고 태어나지 않으면 안 되었는가, 왜 그 할머니에게는 손가락이 네 개밖에 없었는가, 왜 그 사람은 흑인으로 태어났는가, 왜 그 사람은 일본인으로 태어났는가, 왜 뱀에게는 손발이 없는가, 왜 까마귀는 까맣고 백조는 하얀가, 왜 어떤 사람은 건강하고 어떤 사람은 병에 시달리는가, 왜 어떤 사람은 아름답게 태어나고 어떤 사람은 추하게 태어나는가······. 기요타카라는 인간을 낳은 어머니로서 저는 이 세상에 엄연히 존재하는 불합리한 불공평이나 차별의 진정한 원인을 알고 싶었습니다. 하지만 아무리 생각해 봐도 소용없는 일이겠지요. 소용없는 일이겠지만 당신의 편지를 보면서 저는 깊은 생각에 빠졌습니다. 그 할머니가 말한 이야기가 일소에 부칠 옛날이야기가 아니라 혹시 진실이라고 한다면······.

당신은 유카코 씨에 대해 언급할 때 업보라는 말을 사용했지요. 그리고 그건 왠지 죽은 자신을 바라보고 있던 또 하나의 자신에게 단단히 들러붙어 떨어지려고 하지 않았던 악과 선의 결정結晶과 어딘가에서 연결되어 갈 것 같은 기분이 들었다고 썼습니다. 아아, 뭐가 뭔지 도통 알 수 없게 되었습니다. 저의 마음속을 좀 정리해 보기로 하겠습니다. 그렇지요, 그렇게 하기 위해서는 지금까지 한번도 쓰지 않았던, 저와 가쓰누마 소이치로가 맺고 있는 부부로서의 관계에 대해 언급하지 않으면 안 됩니다. 가쓰누마는 술도 마시지 않고 골프나 테니스 등 스포츠에도 흥미를 보이지 않으며 도박도 바둑이나 장기도 모르는 사람입니다. 게다가 모차르트의 음악 같은 것은 그저 시끄러운 잡음으로밖에 느끼지 않는 사람입니다. 저는 역사에 관한 어려운 문헌만이 그 사람의 마음을 움직이게 하는 유일한 것이라고 생각합니다. 가쓰누마는 결혼한 지 3년째, 그러니까 기요타카가 태어난 이듬해에 대학 강사에서 조교수가 되었습니다. 그때까지도 대학의 학생들이 더러 놀러 오는 일이 있었지만 조교수가 되자 그 수가 갑자기 늘었습니다. 남학생도 있고 여학생도 있었습니다. 대부분 그가 맡고 있는 강의를 수강하는 학생들로 그중에는 키가 크고 깡마른, 다소 차가운 느낌을 주는 예쁘장한 여대생이 있었습니다. 늘 일부러 새치름한 것이 마치 자신의 미모를 과시하는 것 같아 저는 그다지 호감이 가지 않았습니다. 어느 날 평소처럼 학생 몇 명이 와자지껄 놀러 와서는 마치 제 집처럼 냉장고에서 맥주나 주스, 치즈 같은 걸 꺼내 놓고 가쓰누마를 둘러싼 채 떠들썩하게 놀았습니다. 저녁이 되자 학생들은 또 일제히 돌아갔습니다만, 현관 입구에 서서 배웅 나온 우리 부부에게 모두가 인사를 할 때 그 여학생이 가쓰누마를 보고 희미하게 미소를 지었습니다. 그녀는 제 눈을 피해 눈으로 무슨 말을 했습니다. 저는 슬쩍 가쓰누마의 얼굴을 훔쳐보고는 깜짝 놀랐습니다. 가쓰누마 역시 그녀에게 눈으로 무슨 말인가를 했습니다. 저는 곧바로 두 사람이 이미 그렇고 그런 사이라는 걸 알 수 있었습니다. 하지만 그 시점에서는 제 예감, 그것도 무척 잘 맞는 예감의 영역을 벗어나지 않았습니다. 그러고 나서 두세 달 지난 무렵의 어느 날이었습니다. 비서 오카베 씨가 자신이 와카야마까지 가서 낚아 왔다는 큼직한 도미 두 마리를 가져왔습니다. (오카베 씨가 낚시를 좋아하는 것은 당신도 잘 알고 있겠네요) 한 마리는 우리가 먹기로 하고 또 한 마리를 우리의 친척이 된 '모차르트' 주인에게 나눠 주려고 저는 비닐로 도미를 싸서 나갔습니다. 평소에는 주택가를 빠져나가 두 번째 사거리에서 오른쪽으로 돌아 강변으로 나갑니다만, 앞길에 커다란 들개 한 마리가 혀를 늘어뜨리고 서 있어서 저는 무서워 되돌아와서 평소에는 그다지 지나지 않는 어두운 길로 우회하기로 했습니다. 길을 걷고 있던 저는 거기서 가쓰누마와 그 여학생이 어느 커다란 저택의 문 뒤에서 껴안고 있는 것을 보고 말았습니다. 황급히 다시 돌아 나온 저는 들개 옆을 흠칫흠칫 지나 모차르트에 도착하여 도미를 건네주고 돌아왔습니다. 그날 가쓰누마는 늦게 들어왔습니다. 자신의 집 바로 근처에서 그 여학생과 껴안고, 그러고 나서 또 어디로 갔다가 온 것일까, 하고 저는 생각했습니다. 내친김에 둘이서 테니스코트 저 너머에 있는 바다까지 갔거나, 아니면 역 뒤쪽에 있는 러브호텔에 들어갔을 거라고 생각했습니다. 저는 조금도 슬프지 않았습니다. 조금도 동요하지 않았습니다. 아무렇지 않은 얼굴로 귀가한 가쓰누마에게 저도 아무렇지 않은 얼굴로 응대했습니다. 이 얼마나 우스운 짓인가, 하고 생각했습니다. 이 얼마나 던적스러운 남녀의 모습인가, 하고 생각했습니다. 가쓰누마와 그 여학생의 관계가 너무나 저속하고 불결하다고 생각하는 동시에 저에게 가쓰누마는 소중한 사람이 아니라고 깨달은 마음으로 생각했던 것입니다. 나는 이 사람을 사랑해서 결혼한 게 아니다. 게다가 몇 년이 지난 지금도 애정 비슷한 것조차 갖지 못하고 있다. 아무래도 좋다. 이렇게 자신을 타이르며 기요타카가 있다, 선천적으로 불행을 짊어진 사랑스럽고 귀여운 아이가 있다고 생각했습니다. 그것만으로 저는 살아갈 수 있다고 강하게 느꼈습니다. 그로부터 약 7년, 가쓰누마와 이미 대학을 졸업한 그 여성의 관계는 아직도 이어지고 있습니다. 저는 알고 있으면서도 단 한번도 그것을 입 밖에 낸 적이 없습니다. 다만 어떤 한순간 그 어두운 길에서 껴안고 있던 남편과 암여우 같은 여자의 모습이 홀연히 뇌리를 스치는 일이 있습니다. 하지만 그것은 이미 인간의 모습이 아니라 사람 형상을 한 지저분한 검댕같은 것으로서 순식간에 제 안에서 사라지고 맙니다. 이따금 침실에서 가쓰누마가 손을 뻗어 와도 저는 기요타카가 뭐라고한 것 같다, 보러 가야 한다, 라거나 오늘은 기요타카의 몸 상태가 좋지 않아서 나도 무척 지쳤다고 하는 등 이런저런 핑계를 대며 남편을 절대 받아들이려고 하지 않았습니다. 하지만이 일에 대해서만은 저도 당신에게 이 이상의 일은 쓰고 싶지 않습니다. 남이 알면 필시 놀랄 일이겠지만 그날 가쓰누마와여학생이 껴안고 있는 모습을 본 날부터 단 한번도 우리는 부부 관계를 갖지 않았습니다. 7년 동안 단 한번도 말이지요. 남

편은 머지않아 제가 알고 있다는 것을 알아챘습니다. 입으로
는 말하지 않았지만 저는 남편이 그것을 알아챘다는 것을 알
았습니다. 하지만 표면적으로는 서로 아무 일도 없는 척하며
오늘까지 살아왔습니다.

업보라는 말을 저는 알 것 같은 기분이 듭니다. 그것도 단
지 쉬운 말로서가 아니라 어떤 준엄한 법칙으로서 저는 이해
할 수 있을 것 같은 기분이 듭니다. 저는 필시 누군가와 결혼
해도 딴 여자에게 남편을 빼앗기는 업보를 갖고 있는 것이겠
지요. 가쓰누마와 헤어져 또 다른 사람과 결혼해도 아마 같은
일이 일어날 거라는 생각이 드는 걸 어떻게 해 볼 도리가 없습
니다. 당신이 업보라는 말을 써서 그게 자신의 목숨 자체에 들
러붙어 있던 악과 선의 결정과 어딘가에서 연결되어 가는 것
같았다는 구절을 읽었을 때 저는 당신을 잃은 것도, 가쓰누마
가 다른 여자에게 마음이 옮겨 간 것도 다 제 업보일지 모른
다고 생각했습니다. 그렇게 생각하는 것은 어쩌면 저의 에고
이즘인지도 모르겠습니다. 업보라는 말을 운운하기 전에 저는
여자로서의 자신을 돌아보지 않으면 안 되겠지요. 저는 여자
로서, 아내로서 아마 뭔가 부족한 점이 있을지도 모르겠네요.
성적 매력일까요, 아니면 고분고분함일까요? 부디 꺼리지 마

시고 가르쳐 주세요.

아버지가 돌아오신 것 같습니다. 이번 도쿄 체재는 무척 길었습니다. 아버지도 지쳐 있으시겠지요. 아버지도 이미 몇 년인가 전부터 가쓰누마에게 여자가 있다는 것을 눈치채고 있습니다. 제가 말한 것은 아닙니다. 아버지는 정확히 꿰뚫어 보는 사람입니다. 또 편지 드리겠습니다. 아, 그래요, 깜박 잊을 뻔했습니다. 당신이 만취하여 레이코 씨에게 마구 퍼부었던 악담, 옛날 생각이 나 무척 반가웠습니다. 연애를 하던 시절 우리는 아주 시시한 일로 자주 다퉜지요. 당신은 으레 저에게 말했습니다. "너 같은 건 싫어." 하지만 저는 자만심이 강한 사람이라 '흥, 사실은 내가 좋아서 견딜 수가 없는 주제에' 하고 생각하며 더욱 심술궂은 태도를 취했습니다. "너 같은 건 싫어." 레이코 씨는 당신에게 그런 말을 하게 할 수 있는 사람인가 보네요.

그럼 이만 줄입니다.

8월 18일

가쓰누마 아키 올림

✳

가
쓰
누
마

아
키

님
께

전략.

먼저 당신의 질문에 답하기로 하겠습니다. 제가 알고 있
는 당신은 무척 매력적인 여성이었습니다. 연애하던 시절에
도, 부부가 되고 나서도 당신의 그 매력은 변하지 않았습니다.
침대에서 창부처럼 구는 대담한 행위를 하지는 못했지만 귀
엽고, 때로는 최대한 대담하게 행동하려고 부끄러움을 무릅쓰
고 제가 억지로 권하는 자세를 취하기도 했습니다. 그리고 저
를 충분히 기쁘게 해 주는 여성이었습니다. 그 이상의 성적 매
력을 가졌다면 남편으로서는 좀 걱정하지 않으면 안 되었겠

지요. 그리고 당신은 무척 고분고분한 사람이었습니다. 입 발린 소리가 아니라 지금 생각해도 진심으로 그렇게 느낍니다. 고생을 모르고 곱게만 자라서 이따금 뺨을 한 대 갈겨 줄까 하는 생각이 들 만큼 제멋대로 된 구석도 있었지만, 그보다는 오냐오냐 하며 머리를 쓰다듬어 주는 정도로도 제 손 안으로 쏙 들어오는 사람이었으니 그렇게 제멋대로인 점 또한 당신의 매력 가운데 하나였습니다. 그것들은 모두 제가 알고 있는 당신이고, 새로운 남편에게 어떤가 하는 것은 제가 관여할 수 있는 부분이 아닙니다. 남자의 바람기라는 것은 어쩔 도리가 없는 본능 같은 것입니다. 남자는 그렇게 생겨먹은 겁니다. 이 얼마나 멋대로 된 말인가, 하고 여성들은 분개하겠지만 사실이 그러니 어쩔 수가 없습니다. 사랑하는 아름다운 아내가 있어도 남자는 기회만 있으면, 또는 그때의 상황에 따라서도 다른 여자와 잘 수 있을 겁니다. 하지만 그것으로 아내에 대한 애정이 어떻게 되는 건 아닙니다. 아니, 그렇게 단정할 수는 없겠지요. 앞의 문장은 정정합니다. 그대로 그 여자에게 빠져서 가정을 버리는 남자도 있으니까요. 하지만 대체로 남자의 바람은 앞에서 말한 정도의 것입니다. 이 이상 쓰면 제멋대로 된 자기변명이 되기 때문에 이쯤에서 그치기로 해야겠네요.

아무튼 저는 오랜만에 아주 녹초가 되었습니다. 게다가 불쾌한 일이 있었습니다. 이틀간 저는 거의 밤을 새서 홍보지를 편집했습니다. 밤을 새지 않으면 도저히 시간에 맞출 수 없으니 어쩔 도리가 없었습니다. 홍보지 이름은 '뷰티 클럽'이라고 정했습니다. 정하고 뭐고 차분히 생각할 시간조차 없었습니다. 이 얼마나 센스 없는 이름인지요. 하지만 달리 생각나는 것도 없어서 그렇게라도 이름을 지어 놓지 않으면 일이 앞으로 진행되지가 않습니다. 두 번째 페이지에는 레이코가 만든 샘플대로 올바른 샴푸 방법을 특집으로 하고, 세 번째 페이지에는 《가정에서 할 수 있는 지압의 비결》이라는 책에서 몇 가지 지압 방법을 골라 문장을 바꿔서 실었습니다. 그대로 전재하면 무단으로 도작한 것이 되기 때문입니다. 네 번째 페이지를 채우는 데는 무척 고생했습니다. 뭘 실어야 좋을지 전혀 생각이 나지 않았습니다. 나중에는 에이, 아무려면 어때, 하며 《재미있는 잡학 백과》에서 세계의 진담기담을 멋대로 배치하여 싣고 새로 사 온 수수께끼 놀이나 퍼즐 책에서 두세 개의 문제를 발췌하여 실어 구색을 갖추었습니다. 만든 이상 제가 인쇄소로 가서 여러 가지 주문을 하거나 레이아웃을 의논하거나 하지 않으면 안 되었습니다. 홍보지가 완성되어 나올 동안 레이코는 어딘가에서 경차 한 대를 빌려 와 저에게 운전을 해 달라고 부탁했습니다. 면허증은 갖고 있지만 벌써 5년 가까이 운전과는 인연이 먼 생활을 해 왔습니다. 레이코는 오사카의 지도와 일단 시험 삼아 인쇄소에서 인쇄해 봤다는 대여섯 부의 샘플을 들고 "앞으로 출발!" 하고 말했습니다. 이번에는 인쇄소 영감에게 억지로 부탁하여 2만 부만 인쇄하기로 했다고 레이코가 말했습니다. 그래서 한 부가 10엔이 되기 때문에 18곳에서 받는 대금은 버린 돈이나 마찬가지라고 설명했습니다. 그러므로 납품일인 월말까지는 계약해 줄 가게를 조금이라도 더 찾는 거라는 겁니다. 그날은 이쿠노生野 구를 중심으로 돌았습니다. 미용실을 발견하면 레이코는 차를 세우게 하고 안으로 들어갔습니다. 한 시간이나 끈덕지게 버티고 있어 어, 계약한 건가, 하고 생각하고 있으면 "안 됐어" 하면서 나왔습니다. 다음 미용실에서는 2분도 걸리지 않고 쫓겨나고 말았습니다. 그렇게 해서 미용실 다섯 곳을 돌았지만 계약해 준 곳은 한 곳도 없었습니다. 엄청나게 더운 날이었고 고물 경차에는 에어컨 같은 근사한 게 없어 저는 온몸이 땀범벅인 채 열기로 가득 찬 운전석에 기대고는 이제 좀 봐주라, 라고 말했습니다. "전 오늘 적어도 가게 한 곳과 계약하기 전에는 절대 안 돌아가요.” 레이코는 이렇게 우기며 말을 듣지 않았습니다. 식당에서 점심을 먹고 다시 제 손에 자동차 열쇠를 쥐여 주고 일어나며 “앞으로 출발!” 하고 말했습니다. 조금만 더 쉬게 해 줘, 밥 먹고 금방 운전하면 속에 안 좋아, 하며 제가 부탁하자 “그럼 차가운 커피를 마시게 해 줄게요” 하고는 식당 옆의 카페로 자리를 옮겨 주문한 커피가 나오기도 전에 빨리 마셔, 빨리 마셔요, 하며 재촉을 해 댔습니다. 제가 일부러 커피를 천천히 마시고 있었더니 “당신은 심술궂어요. 사람이 열심히 하고 있는데 전혀 정성을 다하지 않잖아요” 하며 또 예의 그 동그란 눈을 제 가슴 언저리로 향한 채 슬픈 듯이 중얼거렸습니다. 정성을 다하나 마나, 난 며칠 전부터 네가 부탁한 일을 다 떠맡아서 결국 네가 말한 대로 움직이고 있잖아. 홍보지 편집도 이틀 밤이나 새서 완성했고, 인쇄소 영감에게 지면 설명을 하러 간 것도 나였단 말이야. 게다가 오늘은 어디서 빌려 온 건지는 모르겠지만, 연기만 내뿜고 전혀 속도가 안 나는 고물차를 운전해서 축 늘어진 거리를 달리고 있잖아. 혹사당하고 있는 것도 바로 나야. 불평 한마디 하고 싶은 것도 이렇게 참고 있는데 말이지. 제가 이렇게 대꾸하자 레이코는 슬퍼하는 듯한 얼굴에 갑자기 웃음을 띠고는 검은자위가 많은 눈을 힐끔힐끔 움직이며 둥근

코에 주름을 새기며 우습다는 듯이 웃었습니다. (이 둥근 코가 레이코를 미인이라 불리기에 걸맞지 않은 것으로 만들고 있지만 악의 없는 애교라는 장점을 가져다주기도 합니다)

뭐가 그리 우습냐고 제가 물었습니다. 그러자 레이코는 이렇게 말했습니다. "이런 순간을 위해서 전 당신을 1년간 키워 온 거예요." 그리고 두 손으로 입 언저리를 가리며 언제까지고 계속 웃었습니다. 처음에는 발끈했습니다만 곧 저도 우스워졌습니다. 감쪽같이 속았다고 생각했습니다. 정말 1년 전부터 그것 때문에 나하고 산 거였느냐고 물었더니 레이코는 웃음을 그치고 "그야 당연히 농담이죠. 전 제가 갖고 있는 돈으로 뭔가 사업을 해 보고 싶었지만 뭘 하면 좋을지 몰랐어요. 그것도 모른 채 몇 년이나 지나 버렸고, 스물일곱 살이 될 때까지 결혼도 하지 않았어요. 당신하고 살게 되고 나서는 매일 멍하니 지내기만 하는 당신을 보고 있자니 정말 어떻게든 하지 않으면 안 될 것 같았어요. 4백20만 엔으로 먹고살아 갈 수 있는 무슨 좋은 사업이 없을까, 당신이 힘껏 몰두할 수 있는 좋은 사업은 없을까, 하고 생각한 거예요." 레이코는 평소와 같은 느긋한 어조로 거기까지 말하고는 뭔가 망설이는 것 같았습니다. 하지만 잠시 후 다시 입을 열었습니다. "목하고 가슴의 그 상처는 뭐예요?" 저는 잠자코 있었습니다. 언제까지고 입을 다물고 있는 저에게 "역시 안 가르쳐 줄 거라고 생각했어 요……"라고 말한 레이코는 일어나 계산을 하고는 입구에 서 서 저를 기다렸습니다.

차를 타고 혼잡한 거리로 나갔을 때 그 주변이 옛날에 살 았던 곳과 무척 가까운 지역이라는 사실을 깨달았습니다. 이 쿠노 구의 큰아버지 집에 맡겨진 저는 거기서 중학교, 고등학 교, 거기다 대학까지 다녔습니다. 그러나 큰아버지는 3년 전에 돌아가셨습니다. 지금 연로하신 큰어머니는 저보다 세 살 많 은, 은행에 다니는 아들과 며느리, 그리고 손자 세 명에게 둘러 싸여 평화롭게 살고 있습니다. 제가 당신과 이혼한 것을 가장 슬퍼해 준 큰어머니입니다. 자신의 아이가 아닌데도 자신의 아이와 아무런 차별을 두지 않고 키워 준 큰어머니가 이 근처 에 계신다. 이렇게 생각하자 뭔가 뜨거운 것이 복받쳤습니다. 몇몇 회사에 다닌 것도 잘 안 되었고 몇 가지 사업에 손을 댔 다 실패한 저는 큰어머니가 모두에게 비밀로 하고 슬쩍 빌려 준 60만 엔에 가까운 돈을 아직 갚지 못한 채 벌써 2년 이상이 나 얼굴을 내밀기는커녕 전화 한 통 걸지 못하고 있습니다. 큰 어머니로서는 자신의 노후를 위한 소중한 60만 엔이었습니다.

저는 그 돈을 떼어먹고 소식을 끊어 버린 겁니다. 저는 레이코에게 옛날에 이 근처에서 살았다고 말했습니다. 제가 저의 옛날 일을 레이코에게 말해 준 것은 이게 처음이었습니다. 이렇게 말할 때 고등학교에서 같은 반이었던 여자애가 부모에게 미용실을 물려받아 운영하고 있다는 사실이 떠올랐습니다. 그애는 제가 부탁하면 홍보지를 받아 줄지도 모른다고 생각했습니다. 하지만 거기에 얼굴을 내밀면 큰어머니에게 그 사실이 전해질지도 모른다는 생각도 했습니다. 그 미용실에서 큰어머니가 사는 집까지는 걸어서 불과 10분 정도였습니다. 그러나 가게 한 곳과 계약할 때까지 오늘은 절대 돌아가지 않겠다고 우기는 레이코로부터 저는 빨리 해방되고 싶었습니다. 그런 기분 어딘가에는, 땀투성이가 되어 미용실에서 고개를 숙이고 있는 레이코를 기쁘게 해 주고 싶다는 마음도 있었습니다. 저는 제가 졸업한 고등학교 앞을 지나 상점가 앞에 차를 세우고 샘플과 신청서, 그리고 급하게 만든 팸플릿이 들어 있는 종이 봉투를 레이코의 손에서 뺏어 들고는 이 근처에서 옛날 친구가 미용실을 하고 있다, 계약해 줄지 어떨지는 모르겠지만 잠깐 알아보고 오겠다, 고 말하고 걸어갔습니다. 미용실이라는 곳은 남자가 들어가기에 꽤 힘든 곳이지요. 창으로 안을 들여다보니 꽤 아줌마가 되어 버린 그 애가 가게 입구 근처에 서서 종업원에게 뭔가 분주하게 지시하고 있었습니다. 저는 들어가 려다가 망설이고 들어가려다가 망설이고 하면서 그 커다란 미 용실 앞을 왔다 갔다 했습니다. 그러다가 결국 안으로 들어갈 용기가 없어 포기하고 돌아가려고 했습니다. 그때 아리마, 하 고 누가 불렀습니다. 돌아보니 미용실 여주인이 유리문으로 몸을 내밀고 저를 보고 있었습니다. 역시 아리마구나, 하고 말 한 여주인은, 가게 앞을 왔다 갔다 하던데 대체 무슨 일이냐 고 물었습니다. 좀 부탁할 게 있어서 왔는데 아무래도 미용실 이라는 곳은 들어가기가 힘들어서 난처해 하고 있었다고 저 는 말했습니다. 그녀와 얼굴을 마주한 것은 당신과 결혼한 해 의 말에 있었던 동창회 때가 마지막이었는데도 그녀는 얼굴을 보자마자 금방 저라는 것을 알았다며 반갑다는 듯이 말했습니 다. 안으로 들어오라고 해서 들어가자 부탁할 일이라는 게 대 체 뭐냐고 물었습니다. 저는 가게 안의 대기용 소파에 앉아 샘 플과 팸플릿을 꺼냈습니다. 벌써 3년 전부터 이런 사업을 하 고 있다고 저는 거짓말을 했습니다. 바로 최근에 시작했다고 하면 상대도 상품에 대해 신용할 수 없을 거라고 생각했기 때 문입니다. 그녀는 한참 동안 샘플을 꼼꼼히 보고는, 한 지역에

한 곳이라는 건 반드시 지켜 주는 거냐고 물었습니다. 저는 지도를 보여 주며 대체로 이 일대까지가 이 가게의 상권이 아니겠느냐고 말했습니다. 이 가게와 계약이 성사되면 그 범위의 미용실과는 결코 계약하지 않는다고 저는 말했습니다. 한 부에 20엔이라고……, 하고 혼잣말을 하며 그녀가 생각에 잠겼기 때문에 저는 입구에 표시되어 있는 요금을 가리키며, 기술이나 손님에 대한 서비스는 어느 미용실이나 나름대로 궁리와 노력을 하고 있을 거야, 하지만 또 하나, 자신의 가게에서 매달 이런 홍보지를 발행하게 되면 손님도 다른 가게에 비해 이 가게가 손님에 대한 서비스에 한층 애를 쓰고 있다고 느낄 게 틀림없어. 5천 엔, 6천 엔씩이나 돈을 내고 가는 손님에 대한 환원을 단돈 20엔에 할 수 있는 거야. 정말 싼 거 아냐? 표지의 네모 안에는 네 가게 이름과 경영자 이름이 떡하니 들어가니까 손님은 이미 만들어진 기성품을 받은 거라고 생각하지 않고 제대로 훑어볼 거야. 그 때문에 우리 회사는 한 지역에 한 가게라는 원칙을 엄수해 왔고, 그래서 벌써 2년이나 매달 받아 주는 가게가 간사이에만 1백20 곳이나 되거든. 입에서 나오는 대로 지껄이는 것도 유분수지, 저는 이제 필사적이었습니다. 그녀는 매달 이 홍보지를 어떻게 자신의 가게에 배달해 주느냐고 물었습니다. 우송하게 되면 4천 엔 이외에 우송료도 필요할 거라는 겁니다. 저는 턱 하니 말문이 막히고 말았습니다. 우송료가 포함된 가격으로 하면 수익이 줄어들 것이고, 우송료를 상대에게 부담시키게 되면 가격이 올라가 안 받아 줄지도 모릅니다. 레이코와는 그 점에 대해 전혀 의논해 보지 않았습니다. 순간적으로 저는 매달 말에 차로 배달하고 있다고 대답했습니다. 가게에 직접 가져오고 그때 상품과 요금을 교환하는 시스템이라고 말해 버렸습니다. 그렇다면 계약하겠다고 그녀는 말했습니다. 그리고 곧바로 신청서에 주소와 전화번호, 게다가 자신의 이름을 쓰고 도장을 찍고는 우리 가게는 한 세트 2백 부로는 아무래도 부족할 거야, 6백 부는 필요하겠지만 처음이니까 시험 삼아 4백 부만 계약할게, 라고 말했습니다. 효과가 별로 없으면 언제든지 그만두어도 되느냐고 물어서 그건 그쪽 자유다, 하지만 오래 계속하면 어느새 그 가게의 간판 같은 것이 되어 버린다, 그러니까 2년이나 계속 받고 있는 가게가 무려 1백20 곳이나 되는 거라고 저는 또 거짓말 섞인 말을 늘어놓았습니다. 거래 이야기가 끝나자 그녀는 종업원에게 차가운 주스를 가져오게 하고 언제까지고 반가워하며 A반이었던 누구누구는 지금 어디어디의 경찰서에서 형사를 하고 있다는 둥 B반의 아무개는 결혼해서 아기를 낳았는데 그 이듬해에 유방암으로 죽었다는 둥 쉬지 않고 이야기를 계속하며 저를 놓아주려고 하지 않았습니다. 저는 얼른 레이코에게 알려주고 싶은 마음에 좀이 쑤셨습니다. 하지만 아무튼 4백 부나 계약해 주었고 손님의 평이 좋으면 다음부터는 6백 부로 늘려 준다고 했기 때문에 자, 그럼, 하고 나올 수도 없어서 그로부터 한 시간 가까이나 이야기 상대가 되어 주었습니다.

제가 상점가를 빠져나와 차로 돌아오자 레이코는 걱정스러운 얼굴로 제가 돌아오기를 기다리고 있었습니다. 저는 말없이 레이코의 눈앞에 신청서를 가져갔습니다. "4백 부?" 이렇게 중얼거리고 나서 레이코는 그 신청서를 가슴에 안았습니다. "이봐, 이제 좀 해방시켜 줘." 저는 이렇게 말하고 고물차로 다시 국도를 향해 달렸습니다. 레이코는 어떻게 이야기를 했느냐고 몇 번이나 눈을 빛내며 물어 왔습니다. 저는 제가 말한 것과 미용실 여주인이 물었던 것을 모두 이야기해 주었습니다. "역시 당신은 대단한 사람이에요. 저 같은 사람은 결국 여자라니까요. 거기까지 머리가 안 돌아가요." 레이코가 이렇게 감탄하자 저는 이번 한번뿐이라고 못을 박았습니다. 나는 빨리 돌아가고 싶어서 스스로 가서 계약을 해 온 것이다.

이제 앞으로의 일은 모른다. "하지만 월말에 배달하는 건 당신이 해 주는 거죠?" 자못 당연하다는 듯이 이렇게 말하는 게 아니겠습니까? 레이코는 완성된 상품을 각 미용실에 우송할 생각이었던 것 같습니다. 우체국에 물어보니 2백 부의 홍보지라면 우송료가 3백 엔쯤 들 거라고 했다고 레이코가 말했습니다. "저는 지금까지 들어간 미용실에서 우송료는 별도로 3백 엔씩 받는다고 했어요. 4천 엔과 4천3백 엔은 상대에게 주는 느낌이 그렇게 다른 거군요. 3백 엔은 사소하지만 내는 쪽에서 보면 아주 다르게 보이니까요. 그래요, 차로 배달하면 되겠어요. 기름 값이야 뻔한 거고, 그러는 게 상대에게 주는 인상도 좋고 말이에요. 역시 당신은 머리가 잘 돌아간다니까요." 완전히 레이코의 수중에 들어간 듯한 상태였습니다. 그날부터 저는 레이코를 차에 태우고 영업에 나서게 되었습니다. 2만 부의 홍보지가 인쇄되고 드디어 다음 작업인 표지의 공백 부분에 각 미용실의 이름과 전화번호가 들어간 별도의 볼록판을 인쇄하는 날의 전날까지 레이코는 7곳의 미용실과 계약했습니다. 도합 26곳으로 늘어난 것입니다. 그래도 적자에는 변함이 없습니다만 레이코가 기뻐하는 모습은 대단한 것이었습니다. 기껏해야 26곳이라 범위가 아무리 교토나 고베로 흩어져 있다고 해도 배달은 밤 8시경에 끝났습니다. 레이코는 집 근처의 레스토랑에서 저에게 맥주와 스테이크를 먹게 해 주었습니다. 그야말로 먹게 해 주었다는 표현이 딱 맞는 말입니다. 어린애가 뭔가의 상으로 사탕을 받는 것과 같은 일이었습니다. 레이코는 기분이 좋은 상태로, 저는 기진맥진한 상태로 집에 도착했습니다.

저는 그러고 나서 사흘간 아무것도 하지 않고 레이코의 방에서 빈둥거리며 지냈습니다. 나흘째 되는 날 밤 저는 레이코와 둘이서 공중목욕탕에 갔습니다. 우리가 사는 공동주택은 하여간 낡은 건물이라 방에 목욕탕이 딸려 있지 않습니다. 공중목욕탕에서 나와 카페에서 시원한 것을 마시고 돌아왔습니다. 공동주택 앞에 하얀 승용차가 정차해 있고 젊은 남자가 운전석에서 저를 주시하고 있었습니다. 저와 눈이 마주치자 남자는 아무렇지 않게 시선을 피했습니다. 그렇게 시선을 피하는 방법과 남자의 인상이 어쩐지 마음에 걸렸습니다. 저는 모르는 체하고 공동주택의 문을 열고 계단으로 올라갔는데, 왠지 안 좋은 예감이 들었습니다. 우리의 집 앞에 또 한 명의 남자가 서 있었습니다. 붉은 물방울무늬가 들어간 헌팅캡을 쓴, 정상적인 세계에서 살고 있다고는 생각되지 않는 남자였습니다. 순간적으로 저는 어떤 일을 떠올렸습니다. 이전의 사업이 실패하고 결국 도산하는 단계에 이르렀을 때 저는 최대한의 사후 처리를 하여 나중에 성가신 일이 일어나지 않도록 전력을 기울였으나 어디로 갔는지 행방을 알 수 없는 약속어음이 딱 한 장 있었습니다. 액면 98만 6천 엔의 3개월짜리 어음이었습니다. 어떻게든 회수하려고 했지만 결국 찾지 못하고 말았습니다. 저는 집 앞에 서 있는 남자를 보자마자 그거다, 라고 생각했습니다. 남자는 저에게 "아리마 씨입니까?" 하고 물었습니다. 그렇다고 대답하자 할 이야기가 있으니 안으로 들어가자, 하고 남자는 그들 특유의 어투로 말했습니다. 여기는 내 집이 아니다, 이 여자의 집이다, 할 이야기가 있다면 어디 다른 장소에서 하는 게 좋겠다. 제가 이렇게 말하자 남자는 조용한 어조로 여기서 이야기해도 좋지만, 같은 공동주택에 사는 사람들에게 폐가 될 거라고 말했습니다. 그리고 집 문을 구두 끝으로 툭툭 차면서 이렇게 더운데 자신은 두 시간이나 내내 서서 기다렸다, 게다가 특별히 큰 소리를 내고 싶지도 않다고 말했습니다. 제가 레이코에게 한 시간쯤 어디 가 있으라고 말하자 남자는 부인도 같이 이야기를 들어 달라고 조금씩 어조를 높이면서 저를 노려보았습니다. 추심업자의 수법은 이미 지긋

지긋할 정도로 잘 알고 있습니다. 저는 남자를 집 안으로 들였습니다. 남자는 헌팅캡을 벗고 다다미에 책상다리로 앉은 후 검은색 윗옷 안쪽 호주머니에서 종잇조각 한 장을 꺼내 제 앞에 놓았습니다. 제 인감이 찍혀 있는 98만 엔짜리 약속어음이었습니다. 미리 말해 두지만 이 여자는 내 아내가 아니다, 아무 연고도 없는 사람이다, 라고 제가 말하자 "호오, 그러십니까? 하지만 같이 살고 있지요?" 하면서 남자는 입고 있던 검은색 양복의 윗옷을 벗었습니다. 안에는 살갗이 비치는 보라색의 얇은 셔츠를 입고 있었는데 단추를 가슴 밑 언저리까지 풀어 땀으로 빛나는 가슴 털을 일부러 보이게 했습니다. 남자는 등에 문신을 했습니다. 그걸 보여 주기 위해 비쳐 보이는 보라색 셔츠를 걸치고 있는 것입니다. 저는 그리 대단한 상대가 아니라고 생각했습니다. 똘마니입니다. 그러나 때와 경우에 따라서는 똘마니가 더 무서운 경우도 있습니다. 레이코는 남자의 문신을 보고 새파래졌습니다. "이 어음, 기억하고 있지요?" 이렇게 말한 남자는 자신도 어떤 사업을 하고 있는데 수금하러 간 거래처에서 억지로 이 어음을 받았다. 거기서 받는 게 도리겠으나 하필이면 그 사람이 죽어 버려 남아 있는 것은 싸구려 쓰레기뿐이다. 그러니 인감을 찍은 아리마라는 사람에게 받을 수밖에 없다, 당신의 행방을 찾는 데 반년이나 걸렸다, 고 말했습니다. 어느 추심업자나 쓰는 구실입니다. 이런 패거리에게는 이치 같은 건 통하지 않습니다. 저는 단 한마디로 돈이 없다고 대답했습니다. "없다……. 그걸로 세상 끝내려고?" 하지만 없으니 어쩔 도리가 없다고 제가 일축하자 "돈이 중요한지 목숨이 중요한지 생각하지 않아도 잘 알 텐데. 당신 목숨만이 아니야." 남자는 이렇게 위협하며 제 옆에 앉아 있는 레이코에게 시선을 주었습니다. 레이코는 떨고 있었습니다. 그렇다면 나를 고소하면 될 거 아니냐, 하고 제가 말하자 "당신을 교도소로 보내 봤자 우린 한 푼도 못 건져. 내가 어떤 사람인지는 이미 알았겠지? 경찰에 신고하겠다, 법정으로 가자, 라고 했다가 요도 강 바닥에 가라앉은 채 돌아오지 못한 사람이 대여섯 명은 된단 말이거든."

레이코가 심하게 떨고 있는 것을 보았을 때 저는 그렇다면 어쩔 수 없지, 내 목숨을 가져가, 라고 말했습니다. 허세도 뭐도 아니고 저는 이제 죽어도 좋다는 생각이 들었던 것입니다. 모든 게 지겨워졌습니다. 남자의 얼굴에서 핏기가 가셨습니다. 레이코가 일어나 옷장 안에서 지난번에 만기가 되어 얼마간의 이자와 함께 수중에 들어온 1백만 엔이 들어 있는 봉지를 꺼내 남자 앞에 내밀었습니다. 저는 그 봉지를 남자가 잡기 전에 낚아채 레이코의 무릎 위에 놓고 이 돈은 네 돈이야, 이런 짓을 할 필요는 없어, 하고 말했습니다. 남자가 일어나 "뭐 오늘은 생각할 시간도 필요하겠지. 누구한테 받든 돈은 돈이니까. 내일 또 오지. 내일은 목숨이든 돈이든 하나는 받아 갈 테니까" 하는 말을 내뱉고는 방에서 나갔습니다.

저는 레이코에게 걱정하지 않아도 된다고 말했습니다. 나는 내일 이 집에서 나갈 것이다. 이제 돌아오지 않는다. 아무리 그래도 내 아내가 아닌 여자에게서 그놈들도 돈을 빼앗아 갈 수는 없을 것이다. 내일 놈들이 와서 너를 위협하면 바로 경찰에 알려라. 놈들이 가장 두려워하는 것은 이쪽이 강하게 나가는 것과 경찰이 끼어드는 일이다. 그래서 놈들은 입으로는 그렇게 말해도 폭력을 휘두르거나 하지는 않는다. 좀 더 자근자근 정신적으로 괴롭힌다. 밤중인 새벽 4시경에 찾아오기도 하고 한 달간 매일 밀어닥치기도 하다가 뚝 모습을 드러내지 않아 상대가 안심할 무렵을 가늠하여 다시 매일 찾아오는 식이다. 내가 없어져도 한동안은 너에게 폐를 끼칠지도 모른다. 단 너에게 손을 대거나 하지는 않는다. 하지만 이렇게 말하면서도 저는 역시 불안했습니다. 상대가 똘마니인 만큼 불안했던 것입니다. 레이코가 돈을 갖고 있다는 것을 안 이상 제가 모습을 감춰도 레이코를 위협하지 않을까, 하고 생각했습니다. 이제 이리저리 도망쳐 다니는 것은 지긋지긋했지만, 그래도 역시 제가 나갈 수밖에 없다고 결심했습니다. 레이코가 갖고 싶은 것도 사지 않고 슈퍼마켓의 식료품 매장 계산대에 서서 10년이나 한결같은 마음으로 모아 온 소중한 돈을 어떻게 저 같은 사람을 위해 버릴 수 있겠습니까? 저는 역시 이때가 적당한 시기라고 생각했습니다. 당신이든 유카코든 레이코든, 저와 관련된 여자는 모두 험한 꼴을 당하고 맙니다. 뭐든지 아무래도 좋다, 하는 기분이었습니다. 당신과 이혼하기로 결심했을 때도 저는 왠지 묘하게 기분이 후련해졌던 것을 기억하고 있습니다. 하지만 그때와는 달리 마음 어딘가에 심한 공허감을 느꼈습니다.

"저는 돈을 지불할 거예요. 1백만 엔 정도라면 아무것도 아니에요." 레이코는 울면서 이렇게 말했습니다. 저는 쓸데없는 짓은 하지 말라고 부탁했습니다. 이제 아무래도 좋다. 나에게는 필시 운이 없는 것이다. 이런 남자와 같이 있으면 너까지 전락하고 만다. 저는 이렇게 말하며 스스로 요를 깔고 방의 불을 끈 다음 누웠습니다. 그리고 조금 전에 추심업자에게 한 말은 바로 본심에서 나온 말이었다는 것을 새삼 깨달았습니다.
내 목숨을 가져가. 이렇게 말했을 때 저의 긴장된, 그러나 어디
까지나 속이 텅 빈 마음을 떠올렸습니다. 죽어도 좋은 것이다.
저는 눈을 감은 채 다시 한번 마음속으로 중얼거렸습니다. 그
날 밤 당신 꿈을 꾸었습니다. 짧은 꿈이었지만 마음에서 사라
지지 않고 남아 있습니다. 돗코누마의 숲을 빠져나가 당신이
점점 산길을 올라갔습니다. 제가 아무리 뒤를 쫓아도 당신 옆
에 이를 수가 없었습니다. 당신은 웃으면서 빨리 오라고 손을
흔들었습니다. 저는 당신의 이목구비 그대로인 여자아이의 손
을 잡고 있었습니다. 네 살이나 다섯 살쯤 되는 아이였습니다.
아주 짧은 한순간의 오직 그것뿐인 꿈이었습니다.

　이튿날 아침 저는 10시경에 보스턴백에 제 소지품을 집어
넣고 집을 나섰습니다. 레이코는 붙잡지 않았습니다. 부엌의
테이블에 앉아 등을 돌린 채 가만히 있었습니다. 제가 나갈 때
도 돌아보지 않았습니다. 레이코와 헤어져 이제 어디로 가면
좋을지, 저는 전혀 갈 데가 없었습니다. 이쿠노 구의 큰어머니
에게 갈 수도 없었습니다. 아무튼 빌린 60만 엔이라는 돈을 아
직 갚지 않은 처지라 염치없이 얼굴을 내밀 수도 없었습니다.
저는 고등학교 때 친구인 오쿠마를 떠올렸습니다. 교토의 어

느 대학 의학부에 남아 내내 독신인 채 암을 연구하고 있는 친구입니다. 이전에도 다른 여자와 헤어진 후 2주 정도 신세를 진 적이 있었고, 추심업자로부터 도망쳐 그의 집으로 기어든 적도 있었습니다. 저는 공중전화로 대학에 전화를 걸어 오쿠마를 찾았습니다. 잠시 신세 좀 지자고 부탁하자 오쿠마는 "뭐야, 또 여자한테 쫓겨난 거야?" 하며 6시에 교토 국립미술관 앞에서 기다리라고 말하고 나서 총총히 전화를 끊었습니다. 만나면 반드시 술집을 이리저리 다니며 집요하게 저를 돌려보내지 않는 주제에 전화를 할 때는 늘 이게 같은 사람인가 싶을 정도로 담박하게 전화를 끊습니다.

저는 일단 우메다로 가 볼까 생각했습니다. 걸어가니 건널목이 있었는데 마침 차단기가 내려오는 참이었습니다. 저는 차단기 앞에 멈춰 서서 내리쬐는 한여름 땡볕 속에 서 있었습니다. 다가오는 전철을 보았을 때 앗, 전철이 온다, 하고 생각했습니다. 점점 다가온다, 이제 곧 내 앞을 맹렬한 속도로 지나갈 것이다. 왜 그런 생각을 했는지 모르겠습니다. 하지만 그렇게 생각하는 것과 동시에 심장도 강하고 빨리 뛰기 시작하여 온몸의 피가 쏴 하는 소리를 내며 발밑으로 빠져나가는 것 같은 감각에 휩싸였습니다. 전철은 바로 근처까지 왔습니다. 저는 눈을 꼭 감고 이를 악물었습니다. 전철이 지나가고, 차단기가 올라가고, 자동차와 사람들이 움직이기 시작했을 때 저는 옆에 있는 사람이 타고 있는 자전거 짐칸을 꼭 붙잡고 있는 것을 깨달았습니다. 무의식중에 그랬던 것입니다. 다가오는 전철이 시야에 들어온 순간부터 지나쳐 갈 때까지의 시간 동안제 안의 뭔가와 뭔가가 격렬하게 싸웠던 것 같습니다. 저는 택시를 잡아 타고 우메다로 가자고 했습니다. 택시 안은 냉방이잘되어 있어 추울 정도였지만, 계속해서 온몸에서 땀이 솟아났고 언제까지고 그칠 줄을 몰랐습니다. 저는 그 사건 이후로 10년 동안 어떠한 실의와 좌절감 속에서도 죽으려고 생각한적이 없었습니다. 하지만 그 똘마니 추심업자가 나타나 제가뿌린 약속어음을 보이며 그다지 무섭지도 않게 몰아붙였을 때레이코의 몸이 떨리는 것을 본 저는 실의라든가 좌절 같은 것이 아닌, 좀 더 바닥이 깊은 깜깜한 구멍 속으로 가라앉는 듯한 기분이 들었습니다. 이제 아무래도 좋다, 죽어도 상관없다, 살아서 뭐 하겠는가, 애처로울 정도로 소중한 레이코의 돈을 시궁창에 버리는 짓까지 해 가며 다시 인생을 살 만한 가치가어디에 있단 말인가. 이렇게 생각한 것입니다.

저는 우메다에서 한큐전철에 탔습니다. 가와라마치에 내

려서 인파를 헤치고 걸어갔습니다. 예전에 유카코가 일했던 백화점이 보였습니다. 저는 영화관으로 들어갔습니다. 나체의 미녀와 불사신인 스파이가 뒤엉키기도 하고 적에게 쫓기기도 하는 요란한 외국 영화였습니다. 영화관을 나온 것은 4시가 지나서였고, 오쿠마와 만나기로 약속한 시간까지는 아직 두 시간이나 남았습니다. 거기에서 걷기에는 상당한 거리였습니다만 달리 시간을 보낼 방법도 생각나지 않아 국립미술관으로 가는 길을 천천히 걸었습니다. 붉은빛을 띠기 시작한 햇볕은 아직 더워서 도중에 길가에 있는 카페로 들어갔습니다. 눈을 감고 의자에 기대고 있다가 깜박 잠이 든 것 같았습니다. 퍼뜩 눈을 떠서 시계를 보니 깜박이 아니라 두 시간 가까이나 푹 잤다는 것을 알고 저는 황급히 카페를 나갔습니다. 굵은 자갈이 깔려 있는 미술관 입구에 오쿠마가 서 있었습니다. "난 5시 반에 왔어. 한 시간이나 기다리게 하고 말이야" 하고 그는 말했습니다. 우리는 오쿠마가 가끔 마시러 간다는 근처의 일품 요릿집으로 들어갔습니다. 오늘은 월급날이라 내가 한턱내지, 어차피 돈 같은 건 안 갖고 있을 테니까, 하고 말하며 오쿠마는 생맥주 큰 잔에 생선 요리 몇 가지를 주문했습니다. 저는 폴로셔츠 위에 양복을 입고 레이코의 집을 나섰지만 택시 안에서 벗어 그대로 손에 들고 있었습니다. 요릿집의 여주인이 옷걸이에 걸어 둘까요, 해서 양복 윗옷을 건넸을 때 안쪽 호주머니에서 봉투의 일부가 힐끗 보였습니다. 수상쩍어 안을 들여다보니 만 엔짜리 지폐 열 장이 들어 있었습니다. 레이코가 슬쩍 넣어 둔 것입니다. 저는 그 돈이 든 봉투를 바지 뒷주머니에 넣고 빠지지 않도록 단추를 잠갔습니다. 알코올이 들어가자 오쿠마는 여느 때처럼 쉴 새 없이 지껄이기 시작했습니다. 뭐라고 하는 스모 선수는 다음 대회에 오제키大関*가 되는 건 틀림없다는 둥 어디어디 고등학교의 투수는 내년에 어느 구단에 들어가기로 벌써 정해졌는데 뒷돈이 1억 엔이나 움직였다는 둥 이런저런 이야기를 하는가 싶더니 젓가락 끝에 맥주를 묻혀 카운터 위에 제가 모르는 수식이나 화학 기호를 써가며 자신의 전문인 암 치료법에 대한 여러 나라 의학자의 학설을 설파하기 시작했습니다. "암이란 말이야, 그건 자신이거든" 하고 오쿠마가 말했습니다. 그게 무슨 의미인 줄 아느냐고 제게 묻고는, 그건 외부에서 침입한 것이 아니라 자기 육체 안에서 생겨난 것이라고 난 생각해. 이물異物이긴 해도 다른 것

---

* 스모의 계급으로 최고위인 '요코즈나(横綱)' 다음가는 지위.

은 아니지. 자신이 원래 갖고 있는 뭔가가 어떤 독소를 뿜어내는 세포가 되어 증식하는 거란 말이거든. 오쿠마는 상당히 위태로운 어조로 말했습니다. "암을 죽이려면 자신이 죽는 게 가장 빠른 길이야." 오쿠마는 다박나룻을 어루만지며 어디까지가 제정신인지 모르는 말투로 이야기하고는 벌떡 일어나 계산해 달라고 가게 여주인에게 말했습니다. 그러고 나서도 우리는 바 세 곳을 돌아다니며 마셨습니다. 세 번째 가게에 들어갔을 때 오쿠마는 이미 다리가 꼬여 똑바로 걸을 수도 없는 상태였으나 저는 전혀 취기를 느낄 수 없었습니다. 시계를 보니 9시였습니다. 슬슬 등짝에 온통 문신을 한 추심업자가 레이코의 집으로 찾아갈 시간일지도 모른다, 아니, 진작 집 안으로 들어가 레이코를 위협하고 있을지도 모른다고 생각하자 도저히 가만히 있을 수가 없었습니다. 저는 몇 차례 망설인 끝에 바의 카운터 구석에 있는 공중전화 앞으로 갔습니다. 그리고 레이코의 집 번호로 다이얼을 돌렸습니다. 그때까지는 집에 전화가 없어 관리인에게 레이코를 불러 달라고 했습니다만, 사업을 시작하게 되면 아무래도 전화만은 필요할 거라고 해서 일주일쯤 전에 레이코가 전화국에 신청하여 들여놓은 것입니다. 레이코의 목소리가 들렸습니다. 레이코는 저라는 걸 알자 제가 무슨 말을 하기도 전에 돌아오라고 말했습니다. 남자는 8시경에 찾아왔다. 나는 98만 6천 엔을 지불하고 당신이 발행한 약속어음을 돌려받았다. 이제 끝났다. 그러니 빨리 돌아오라. 레이코는 울음 섞인 목소리로 이렇게 말했습니다. 지금 교토에 있다고 저는 대답했습니다. "당신이 없으면 이 사업도 계속할 수 없잖아요!"라고 레이코가 이번에는 진짜 울면서 소리쳤습니다. 다음 달 홍보지 편집도 슬슬 시작해야 하고 영업도 돌아야 한다고 말하고 나서 레이코는 "당신이 없었다면 전 처음부터 이런 사업을 할 생각도 안 했을 거예요. 당신을 위해서 전 없는 지혜를 짜내서 생각해 낸 거예요. 백만 엔 정도의 돈은 이 일로 금방 만회할 수 있어요. 무슨 일이 있어도 헤어지겠다면 제가 지불한 98만 6천 엔만큼의 일을 하고 나서 떠나세요. 그렇지 않으면 당신은 도둑놈이에요." 저는 레이코에게 고맙다고 말했습니다. 그리고 봉투에 넣어 준 10만 엔, 전부 쓰고 돌아갈지도 모르겠다고 말하자 레이코는 "네, 다 써 버리세요. 오늘 밤에 다 써 버리고 얼른 돌아오세요"라고 말한 후 전화기 앞에서 입을 다물었습니다. 저의 대답을 숨을 삼키며 기다리고 있는 것 같은 기색이 전해졌습니다. 저는 내일 오후에 돌아가겠다고 말하고 전화를 끊었습니다. 저는 문득 어쩌면 레이코와 그 추심업자가 뭔가 상의라도 한 게 아닐까 하는 의심에 사로잡혔을 정도였습니다. 레이코가 저를 붙잡아 두기 위해 그런 계략을 쓴 게 아닐까 하는 생각을 했습니다. 하지만 곧 생각하는 것도 귀찮아져서 오쿠마를 보니 안쪽 테이블에 엎드려서 뭐라고 중얼거리고 있었습니다. 저는 오쿠마의 등을 두드리며 "이봐, 난 돌아갈게" 하고 큰 소리로 말했습니다. "돌아가고 싶으면 어디로든 돌아가." 오쿠마는 혀가 잘 돌아가지 않는 입으로 누구에게랄 것도 없이 이렇게 소리쳤습니다.

저는 밖으로 나가 택시를 잡았습니다. 그리고 아라시야마의 '기요노야'라는 여관으로 가 달라고 했습니다. 내일부터 다시 레이코라는 여자에게 혹사당할 거라고 생각하니 우스워졌습니다. 저에게는 아직 레이코가 생각해 낸 사업에 본격적으로 몰두할 마음은 일지 않았습니다만, 추심업자로부터 약속어음을 회수하기 위해 레이코가 지불한 98만 6천 엔분의 일은 확실히 해야 한다고 생각했습니다. 그러나 레이코라는 여자는 정말 만만치 않은 여자라고 생각했습니다. "이런 순간을 위해서 전 당신을 1년간 키워 온 거예요"라고 말하며 웃었던 레이코의 얼굴을 떠올리고, 그 여자는 나중에 농담이라고 했지만 웬걸 농담이 아니라 본심이었을지도 모른다고 생각했습니다. 저는 웃음이 터져 나왔습니다. 제가 웃자 택시 운전수가 "무슨 좋은 일이라도 있었습니까?" 하고 물었습니다. "여자한테 속았지요." 제가 말했습니다. "보기 좋게 속았습니다." 그러자 운전수는 "여자는 요물이니까요"라고 대답하며 백미러 너머로 저를 바라보며 히죽 웃었습니다.

아라시야마의 기요노야에 도착하자 저는 2층의 도라지라는 방에 묵고 싶은데 비어 있느냐고 물었습니다. 예전에 한번 묵은 적이 있는데 마음에 들어서 그 방에 묵고 싶다고 설명했습니다. "혼자이십니까?" 지배인인 듯한 남자가 다소 난처한 듯한 표정으로 물었습니다. 그 방은 남녀 손님용으로 사용하는 방이었기 때문입니다. 저는 옛날에는 여자와 묵었지만 오늘은 혼자다, 뭣하면 2인분 요금을 지불해도 된다고 말했습니다. 주인이 나와서 제 얼굴을 보고는 "어서 들어오세요" 하고 나서 지배인에게 도라지라는 방으로 안내하라고 일렀습니다. 저는 기억하고 있지만 주인은 제 얼굴을 완전히 잊어버린 것 같았습니다. 방으로 들어간 저는 깜짝 놀랐습니다. 10년 전과 조금도 달라지지 않았기 때문이었습니다. 도코노마의 산수화 족자도, 그 앞에 놓여 있는 청자 향로도, 장지문의 도안도 10

년 전과 똑같았습니다. 저는 차를 가져온 여종업원의 얼굴을 보고 또 깜짝 놀랐습니다. 10년 전에도 이 방으로 늘 차를 가져온 기누코라는 이름의 여성이었기 때문이었습니다. 당시에는 마흔이 좀 넘어 보였는데 10년이 지나도 전혀 늙지 않아서 저는 어쩐지 좀 섬뜩한 느낌이 들 정도였습니다. 저는 되도록 얼굴을 보이지 않으려고 했습니다. 10년 전 제가 이 방에 올 때마다 기누코라는 이 여종업원에게 다소 많은 팁을 건넨 터라 그녀는 분명히 저를 기억하고 있을 거라고 생각했기 때문입니다. "식사는요?" 하고 물어서 저는 먹고 왔다, 그보다 맥주를 좀 가져왔으면 좋겠다고 말했습니다. 그러자 여종업원은 맥주라면 거기 냉장고에 들어 있다, 돌아가실 때 함께 계산하니 자유롭게 드셔도 된다고 말했습니다. 그것만이 10년 전과 달라진 점이었습니다. 유카코와 이 방을 이용했던 무렵에는 냉장고 같은 건 놓여 있지 않았습니다. 저는 천 엔짜리 지폐 두 장을 여종업원에게 건네고 아침은 8시에 가져왔으면 좋겠다고 말했습니다. 여종업원은 잠자코 고개를 끄덕이고는 방을 나갔습니다. 저는 방 입구에 있는 욕실로 가서 뜨거운 물을 틀었습니다. 그러고 나서 유카타로 갈아입고 욕조에 뜨거운 물이 차기를 기다렸습니다. 뜰에 면한 창은 열려 있었고 거기에서 나뭇잎 스치는 소리가 시원한 바람과 함께 방으로 들어왔습니다. 뜨거운 물이 욕조에 떨어지는 소리도 들려, 맞아, 10년 전에도 이 창가에서 뜰 쪽에 시선을 주고 욕조에 뜨거운 물이 떨어지는 소리를 들으면서 유카코가 오기를 기다리고 있었다고 생각했습니다. 어떤 때는 풀이 죽어서, 어떤 때는 눈을 빛내며, 어떤 때는 상기되어 달아오른 뺨을 손으로 감싸며 유카코는 살짝 방 장지문을 열고 들어왔습니다. 유카코는 심하게 취해 있을 때도 있었고 전혀 술기운이 없을 때도 있었습니다. 저는 그런 유카코의 모습을 떠올리며 정말 이제 곧 그녀가 찾아올 것 같은 환상에 빠져들었습니다. 레이코의 할머니가 말한, 이 세상에서 다시 만날 수 있을지도 모른다는 이야기가 어떤 진실성을 띠고 떠올랐습니다. 하지만 레이코 할머니의 이야기를 믿는다면 유카코는 두 번 다시 인간으로 태어날 수 없게 됩니다. 하지만 저는 그래도 유카코가 방으로 들어올 것 같은 기분이 들었습니다. 뜨거운 물이 다 차서 저는 욕조에 들어갔습니다. "실례하겠습니다" 하는 조금 전 그 여종업원의 목소리가 들렸습니다. 잠시 후 "모기향을 피워 두었습니다" 하고 말하며 여종업원이 나갔습니다. 저는 정성껏, 아주 정성껏 머리를 감고 몸을 씻었습니다. 발가락 하나하나까지 비누를 칠하며 오랜 시간에 걸쳐 온몸을 씻었습니다. 욕실에서 나와 몸을 닦으면서 저는 거울에 자신의 상반신을 비춰 보았습니다. 목과 가슴의 흉터는 이제 단순히 긁힌 자국으로밖에 보이지 않습니다만, 거울로 다가가 자세히 들여다보니 몇 바늘인가 꿰맨 자국이 사라지지 않고 또렷이 남아 있는 것을 알 수 있었습니다. 저는 유카코에게 찔려 뭐가 뭔지도 모른 채 일어났을 때 엄청난 피가 목에서 가슴으로 미끈미끈하게 흘러내린 감촉을 생생하게 떠올렸습니다. 유카타를 입고 다시 뜰에 면한 창가의 소파에 앉아 맥주를 따서 컵에 따랐습니다. 조금 전 여종업원이 깔아 두고 갔을 폭신하게 부푼 요와 여름용의 얇은 이불 한 채가 방 한가운데에 있고 그 위로 모기향 연기가 꾸불꾸불 천천히 올라가고 있었습니다. 저는 담배 연기를 빨아들이고 손가락 끝으로 목의 흉터를 만져 보았습니다. 10년 전의 그날 밤 이곳 기요노야의 한 방에서 뭔가가 시작되었습니다. 그게 뭐였는지 저는 조금 알 것 같은 기분이 들었습니다. 당신과의 이별, 그리고 저라는 인간의 전락 같은 것이 아닌, 좀 더 커다란 뭔가가 시작되었습니다. 죽어 가던 내가 본 것은 뭐였을까? 그건 제 목숨 자체였다고 저는 당신에게 보낸 편지에 썼습니다. 그렇다면 목숨 자체란 뭐였을까요? 죽어 가던 제 마음에 왜 제가 더듬어 온 그때까지의 과거 정경이 마치 필름을 거꾸로 돌리듯이 선명하게 비쳤던 걸까요? 왜 그런 현상이 일어난 걸까요? 저는 귀를 기울였습니다. 10년 전과 마찬가지로 저는 이 방을 향해 복도를 걸어오는 유카코의 발소리를 기다리며 귀를 기울였습니다. 그렇게 몇 시간이나 시원한 미풍을 맞으면서 담배를 피우고 맥주를 마시고 있었습니다. 손목시계를 보니 3시를 지나고 있었습니다. 저는 방의 불을 껐습니다. 너무 어두워서 도코노마 위에 설치된 조그만 형광등을 켰습니다. 카운터를 호출하는 초록색 전화기가 도코노마 끝에 있었습니다. 유카코는 그곳에 쓰러져 죽었고 저는 그 덕분에 목숨을 건졌던 것입니다. 죽어 가던 유카코에게는 어떤 과거의 영상이 비쳤을까요? 그리고 죽어 있는 자신을 어떤 목숨이 되어 보고 있었을까요? 저는 그 신기한 사건이 저에게만 일어난 우발적인 현상이라고는 생각하지 않았습니다. 유카코 역시 같은 현상 속을 떠돌고 있었음에 틀림없었을 거라는 생각이 들었습니다. 모든 인간이 죽음을 맞이할 때 각자가 한 행위를 보고 각자의 삶에 의한 고뇌나 안온을 이어받고, 그것만은 소실되지 않는 목숨이 되어 우주라는 끝없는 공간, 시작도 끝도 없는 시공 속으로 녹아드는 것이 아닐까? 저는 어둠 속에서 그

곳만 창백한 빛이 비치고 있는 도코노마에 눈을 주고 유카타를 입은 유카코가 엎드려 죽어 있는 모습을 눈앞에 보면서 망상인지 현실인지 알 수 없는 그런 생각에 빠져 있었습니다. 누가 그것을 망상이라고 단정할 수 있을까요? 그리고 누가 그것이야말로 진실이라고 우리에게 보여 줄 수 있을까요? 하지만 우리가 죽으면 알 수 있겠지요. 그리고 인생에는 틀림없이 죽지 않으면 이해할 수 없는 일이 많이 숨어 있을 것입니다.

저는 한숨도 못 자고 아침을 맞았습니다. 6시쯤부터 이미 매미가 울기 시작했고 여름의 아침 해가 수목의 녹음을 미묘한 색조로 어른거리게 하면서 비껴들었습니다. 8시에 여종업원이 아침 식사를 가져왔습니다. 그리고 깔려 있는 이불을 보고 미심쩍어 하며 물었습니다. "주무시지 않으셨습니까?" 저는 바람이 시원해 기분이 너무 좋은 나머지 소파에서 그냥 잠들어 버렸다고 대답했습니다. 여종업원은 이불을 벽장에 넣고 테이블에 식사를 놓기 시작했습니다. 제가 세수를 하고 테이블 앞에 앉자 여종업원은 밥을 담아 주고 잠시 잠자코 있었습니다만, 얼마 후 매년 그날이 오면 도코노마에 꽃을 꽂아 두고 있다고 말했습니다. 역시 알아보았구나, 하고 생각했습니다. "기누코 씨는 전혀 나이를 먹지 않았군요." 제가 이렇게 말하자 그녀는 "아리마 씨도 하나도 안 변하셨어요" 하고 대답하며 웃었습니다. "아니, 나는 변했습니다." 이런 제 말에는 대답하지 않고 어제 차를 가져왔을 때 금방 알아보았다고 그녀는 말했습니다. 그리고 오랫동안 이런 일을 하다 보면 손님이 어느 정도의 인간인지 대체로 읽어낼 수 있게 된다. 그것도 남녀 손님의 경우에는 아무리 부부처럼 행동해도 속일 수가 없다. 어떤 관계인지 대충 짐작할 수 있고, 그것도 거의 빗나가지 않는다고 말했습니다. 이 방에서 돌아가신 그분은 술집의, 그것도 일류 클럽의 호스티스이고 상대 남성은 어엿한 회사의, 그것도 상당히 유능한 사람일 거라고 짐작했다. 게다가 남성은 독신이 아니라 가정을 갖고 있다는 것까지 알 수 있는 법이다. 그로부터 10년이 지나 이미 쉰 살이 넘었을 기누코라는 여종업원은 아침을 먹고 있는 저의 비스듬히 앞쪽에 앉아 차를 끓이거나 밥을 더 담아 주거나 하면서 조용한 어조로 이야기를 계속했습니다. 자신은 그날 쉬는 날이어서 다음 날 낮에 출근해서야 나와 유카코의 사건을 알았다. 경찰이 아직 여러 명이나 들락거리고 있었고 주인은 불길한 일이 일어났다며 이 일로 손님이 줄지 않을까 해서 기분이 안 좋았다. 자신은 이야기를 듣고 놀랐다기보다는 어쩐지 슬펐다. "꽃이 활짝 핀 것 같은 어여쁜 분이셨어요." 그녀는 이렇게 말했습니다. 남자가 죽지 않았다는 것을 몇 달 지나서 인편으로 알았다. 자신은 이여관의 단순한 손님에 지나지 않는 나를 왠지 잊을 수가 없었다. 특히 돌아가신 여성의, 여자인 자신조차 넋을 잃을 만큼의 아름다움을 잊을 수가 없었다. 그래서 매년 그날이 오면 자신이 직접 꽃을 사 와 주인에게도 비밀로 하고 도코노마에 꽃을 꽂는다. 그녀는 "그때그때마다 여러 가지 얼굴을 하는 분이셨지요……"라고 말하는 것으로 이야기를 맺었습니다.

저는 아침 식사를 마치고 택시를 불러 달라고 부탁했습니다. 2인분의 요금을 지불한다고 했을 텐데 계산서에는 한 사람 요금밖에 쓰여 있지 않았습니다. 저는 택시로 한큐전철의 가쓰라까지 나가 그대로 우메다로 향했고, 레이코가 있는 공동주택으로 돌아갔습니다.

다시 내일부터 다음 홍보지 편집을 시작해야 합니다. 그리고 그것이 끝나면 레이코를 차에 태우고 영업하러 돌 것입니다. 레이코는 서둘러 10년간 근무해 온 슈퍼마켓을 그만두었습니다. 여전히 멍하니 저에게 순종하나 싶다가도 무턱대고 저의 볼기를 치며 호되게 부려먹습니다.

이것 또한 여담입니다만, 무슨 일이 있어도 써 두고 싶은 것이라 되도록 간략하게 덧붙이도록 하겠습니다. 당신은 아버님에 대해 말했지요. "아버지는 꿰뚫어 보시는 분"이시라고요. 실제로 호시지마 데루타카 씨는 무서울 정도로 사람 속을 꿰뚫어 보는 사람이었습니다. 저는 뭔가 깊은 감회를 갖고 호시지마 씨를 떠올렸습니다. 당대에 호시지마 건설을 쌓아 올린 그야말로 일의 귀신 같은 분이었습니다. 가정에서도 어딘가 다가가기 힘든 위엄과 정체불명의 차가움을 느끼게 하는 분이었고, 회사에서도 사원들에게 실로 무서운 사장님이었습니다. 하지만 저는 호시지마 씨에 관해 잊을 수 없는 그리운 추억을 갖고 있습니다.

어느 날 저는 사장실로 불려 갔습니다. 또 무슨 야단을 맞는구나, 하면서 문을 노크했습니다. 그러자 호시지마 씨는 자신의 의자에 앉지 않고 긴 소파에 드러누워 진지한 표정으로 종이비행기를 접어 방 안으로 날리고 있는 겁니다. 저를 보더니 막 접은 종이비행기를 저를 향해 던졌습니다. 제게 옆으로 오라고 손짓하며 "잠깐 의논할 게 있네. 아무한테도 얘기하지 말게. 아키한테 말했다간 용서하지 않겠네"라며 조그만 소리로 속삭였습니다. 그러고 나서 무슨 일인가 싶은 저에게 "좋아하는 여자가 있네"라고 말했습니다. 이제 맺어지려 하는 그런 상태네, 하며 호시지마 씨는 엉뚱한 데로 시선을 돌리며 중얼거렸습니다. 어떤 여자입니까, 하고 제가 놀라 물으니 호시지마 씨는 회사에서 자주 이용하는 미나미*의 커다란 요정 이름을 말했습니다. 요정 이름은 밝히지 않기로 하지요. "게이샤인가요? 아니면 거기 여주인인가요?" 저는 몸을 앞으로 쑥 내밀었습니다. 호시지마 씨는 그 어느 것도 아니라고 대답하고 나서 몸을 일으키며 "그곳 여주인은 일흔하나야. 바보 같은 놈" 하고 제게 눈을 부라렸습니다. 그리고 한 여성의 이름을 가르쳐 주었습니다. 그 여성은 요정의 막내딸로, 2년 전에 남편을 잃고 그 이후 친정으로 돌아와 지금은 여주인 대신 객실에 얼굴을 내미는 일이 많고 저도 몇 번 본 적이 있습니다. 서른두세 살에 기모노가 잘 어울리는 사람이었습니다. 콧날이 가늘고 오뚝하며 볼이 포동포동한 데다 눈초리가 가늘고 길게 째져 있는 아름답고 고상한 여성이었던 것으로 기억하고 있습니다. "맺어지려 한다는 건 아직 맺어지지 않았다는 뜻입니까?" 하고 제가 묻자 호시지마 씨는 아주 무서운 표정을 지으며 이제 시간문제라고 대답했습니다. 그리고 "나는 예순이고 상대

---

* 오사카 시의 주오 구와 나니와 구에 걸쳐 있는 번화가의 총칭.

는 서른둘이야. 어떨까?" 하고 갑자기 한심하다는 듯한 표정으로 말하는 겁니다. 저는 "상대는 남편을 잃었고 사장님도 사모님이 돌아가신 지 7년이나 되었습니다. 서로 거리끼는 점은 아무것도 없지 않을까요?" 하고 말했습니다. 그러자 호시지마 씨는 자꾸 담배를 피우며 일을 하고 있어도, 사람을 만나고 있어도 정말 이상해, 그 여자의 얼굴이 어른거려서 마음이 가라앉지가 않아, 하고 중얼거리며 저를 보았습니다. "이상하네요." 제가 웃으면서 이렇게 말하자 호시지마 씨는 어쩐지 힘없는 목소리로 "이상한가……" 하고 말했습니다. 처음에 친해진 계기가 뭐였느냐고 물어도 호시지마 씨는 그것에 대해서는 말해 주지 않았습니다. 저는 호시지마 씨와 2년 전에 남편을 잃은 여자로서 한창 나이인 요정의 딸이 '맺어지려 하다'니 믿을 수가 없었습니다. "이봐, 자네니까 의논하는 거야. 어떻게 하면 좋겠나?" 이렇게 물어서 저는 히죽히죽 웃으며 "젊어지실 겁니다" 하고 대답했습니다.

그러고 나서 3주쯤 지났을까요? 저는 또 사장실로 불려 갔습니다. 이번에는 사장용의 큰 책상에 턱을 괴고 저를 기다리고 있었습니다. "일 이야깁니까, 아니면 예의 그 일입니까?" 하고 저는 물어보았습니다. "예의 그 일이야" 하고 호시지마 씨는 대답했습니다. 그리고 "눈물 없이는 들을 수 없는 이야기지"라고 말했습니다. 여자와 드디어 여관에 들어갔네. 들어갔다기보다는 들어가지 않을 수 없는 상황이 되어 버렸지. 나는 당황했지만 여자는 완전히 각오가 되어 있는 기색이었어. 나는 아직 여자 한두 명은 걱정 없다고 생각하고 있었지. 그런데 벌거벗은 여자를 안고 있는데도 도저히 태세가 갖추어지지 않더라고. 안달하면 할수록 도저히 안 되더란 말이지. 그때의 한심함을 자네가 알까? 이봐, 난 정말 슬펐다네. "그건 아마 긴장해서일 겁니다. 아무튼 사랑을 했으니까요. 흔히 있는 일입니다. 다음에는 잘되겠지요" 하고 저는 웃음을 참으며 위로를 하기도 하고 격려를 하기도 했습니다. "음, 정말 긴장하기는 했지." 호시지마 씨는 눈을 치떠 저를 보면서 풀이 죽어 중얼거렸습니다. 그러고 나서 갑자기 평소 사장의 얼굴로 돌아오더니 자네한테만 털어놓는 거야, 절대 아키한테는 말하면 안 돼, 라고 말하며 입을 다물었습니다.

호시지마 씨와 그 여성이 그 이후 어떻게 되었는지 저는 모릅니다. 호시지마 씨는 그 여성과의 사이에 일어난 사건의 아주 일부를 저에게 말한 것에 지나지 않았겠지요. 필시 호시지마 씨는 그 여성과 관련된 많은 추억을 결코 누구에게도 말하지 않은 채 자신의 마음에 간직했을 겁니다. 그리고 이건 저의 단순한 감입니다만, 호시지마 씨가 그 여성에게 다시 도전하는 일은 없었을 거라고 생각합니다. "음, 정말 긴장하기는 했지"라고 중얼거렸을 때 당신 아버님의 얼굴은 뭔가 큰 실패를 한 소년 같았습니다. 저는 그때 처음으로 호시지마라는 사람을 접했습니다. 저는 지금도 여전히 호시지마라는 인물을 가깝고 반가운 사람으로, 게다가 훌륭한 사업가로서 마음속에 간직하고 있습니다. 절대 아키한테 말하면 안 된다고 입단속을 당했던 먼 옛날의 이야기입니다.

　이만 총총.

9월 10일

아리마 야스아키 올림

아리마 야스아키 님께

전략.

긴 편지, 오늘은 정오가 지난 '모차르트'의 창가 자리에 앉아 읽었습니다. 다 읽고 집으로 돌아가니 기요타카가 지금 배우고 있는 히라가나 연습장을 들고 제게 다가왔습니다. 기요타카는 '아' 행부터 시작하여 겨우 '하' 행을 끝낸 참이었는데, 어제부터 '마' 행에 들어가 오늘은 '미'가 들어간 말을 연습했다고 저에게 이야기했습니다. 네모난 칸으로 된 연습장에는 '미즈'(물)라는 글자가 잔뜩 쓰여 있었습니다. 흔들리거나 비뚤어지거나 네모난 칸에서 비어져 나오기도 했지만 정확히 읽을 수 있는 글자였습니다. 다음 페이지에는 '미치'(길)라는 단어가 쓰여 있었습니다. 저는 기요타카에게 정말 많이 늘었다고 칭찬해 주고 나서 눈가에 묻어 있던 물색 물감을 닦아 주었습니다. 그러자 기요타카는 또 하나 있다고 말하며 페이지를 넘겨 보여 주었습니다. 거기에는 '미라이'(미래)라는 글자가 늘어서 있었습니다. '라' 행은 아직 배우지 않았는데 선생님이 왜 '미라이'라고 쓰게 했느냐고 물으니 기요타카는 모르겠다고 대답했습니다. 그럼 어떻게 '라'라는 글자를 쓸 수 있었느냐고 물어보니 선생님은 아무 말도 하지 않고 칠판에 '미라이'라고 쓰고 몇 번이고 "미라이, 미라이, 미라이"라고 학생들에게 소리 내서 읽게 한 후 '라'는 아직 배우지 않은 글자지만 '미라이'라는 말을 알기 위해 칠판의 글자를 베껴 쓰라고 했다는 것이었습니다. '미라이'란 내일을 말한다고 선생님이 가르쳐 주었다고 기요타카는 말했습니다.

저는 지금 이 편지를 쓰면서 기요타카가 쓴 '미라이'라는 글자를 떠올립니다. 우리는 지금까지 몇 통의 편지로 거의 과거의 일만 이야기해 왔습니다. 두 사람의 편지를 비교하면 제가 더 과거에 대해 쓴 횟수가 많다는 걸 깨달았습니다. 하지만 그런 저보다 당신이 좀 더 과거에 사로잡혀 있습니다. 10년 전의 그 사건으로부터 차례차례 파생되어 온 지금까지의 일에 홀린 듯이 사로잡혀 있습니다. 하지만 과거란 무엇일까요? 저는 요즘 저의 '지금'은 저의 과거에 의해 초래되고 있다고 확실히 생각하게 되었습니다. 특별히 대단한 발견은 아닙니다만, 그런 것은 당연한 것 같은 기분이 들어 그렇게 특별히 내세워 생각해 보는 일이 없었기 때문에 저는 뭔가 새로운 대발견이라도 한 것 같은 기분이 들었습니다. 과거는 틀림없이 저에게 현재를 가져다주는 작용을 했겠지요. 그렇다면 '미라이'(미래)는 어떻게 될까요? 저의 과거에 의해 이제 도저히 바꿀수 없는 미래가 정해지고 만 걸까요? 이제 미래는 바꿀 수 없는 걸까요? 저는 그렇지 않다, 그런 말도 안 되는 일은 없다고 생각하지 않을 수 없습니다. 왜냐하면 기요타카가 그걸 저에게 가르쳐 주고 있기 때문입니다. 기요타카를 보고 있으면 저는 용기를 얻습니다. 낙담하여 실의에 빠질 때도 있습니다만, 생각을 고쳐먹고 분발해 나가면 다시 맹렬히 투지가 솟아납니다.

기요타카는 처음에 앉는 것 하나도 못했습니다. 엄마, 아빠라는 말을 할 수 있게 되기까지 5년이나 걸렸습니다. 스스로 단추를 잠그고 풀 수 있게 되기까지 얼마만큼의 노력과 시간이 들었는지 모릅니다. 지금 기요타카는 곧 아홉 살이 됩니다만 목발을 짚고 걷는 속도가 1년 전에 비해 아주 살짝 빨라졌습니다. 나마무기(生麥, 생보리), 나마고메(生米, 생쌀), 나마다마고(生卵, 날달걀)*라고 느리긴 해도 정확히 발음할 수 있게 되었습니다. 자신의 의지를 말로 할 수 있게 된 것입니다. 그리고 불가능할 거라고 생각했던 숫자의 계산도 무척 시간이 걸리긴 했지만 그럭저럭 할 수 있게 되었습니다. 지금은 아직 한 자릿수의 덧셈이 고작입니다만, 저는 언젠가 반드시 기요타카를 정상적인 사람과 같은 정도로 만들어 보일 겁니다. 10년, 아니, 앞으로 20년이 더 걸릴지도 모릅니다. 도저히 넘을 수 없는 한계가 있을지도 모릅니다. 하지만 저는 반드시 기요타카를, 설령 완전히는 아니더라도 가능한 한 보통 사람과 같은 능력까지 갖게 하여 어엿하게 스스로 일할 수 있는 사람으로 키워 보이겠습니다. 차를 끓이는 일밖에 할 수 없는 사람이라도 상관없습니다. 어떤 제품을 골판지 상자에 담는 일밖에 할 수 없는 사람이라도 상관없습니다. 저는 기요타카를 한 사람의 인간으로서 제대로 일하여 설사 쥐꼬리만 한 월급이라도 당당하

* 나마무기나마고메나마다마고. 빨리 하면 발음하기 어려운 말 중의 하나. '가' 행, '나' 행, '마' 행의 음이 연속되어 발음하기 어려운 말로 여겨진다.

게 받아 올 수 있는 사람으로 만들어 보이겠습니다. 기요타카를 낳은 것은 저입니다. 당신이 보낸 몇 통의 편지를 통해 여러 가지 것을 생각했습니다. 기요타카를 낳은 것은 다름 아닌 나 자신이다. 너무나도 당연한 이 사실이 저에게 커다란 발견을 하게 해 주었습니다. 불행을 짊어지고 이 세상에 태어난 것은 기요타카 자신의 문제이고, 그것 또한 기요타카의 업보일 거라고 저는 생각해 왔습니다. 분명히 그런 점도 있겠지요. 하지만 그것만은 아닙니다. 누구의 탓도 아니고, 그런 아이의 어머니가 되어야만 했던 저라는 사람의 업보이기도 한 것이라고 저는 하늘의 계시라도 받은 것처럼 어느 날 돌연 생각했습니다. 저는 착각을 하고 있었던 것입니다. 예전에는 미움에 내맡기고 그걸 당신 탓이라고 믿었던 시기가 있었습니다. 정말 어쩌면 그렇게 엉뚱한 화풀이를 했던 걸까요? 하지만 누구 탓도 아닙니다. 기요타카의 선천적인 질환은 저라는 사람의 업보입니다. 그리고 그런 아이의 아버지가 되어야만 했던 가쓰누마 소이치로라는 사람의 업보이기도 하다고 말할 수 있지 않을까요? 하지만 이렇게 생각한 저는 자신의 업보를 어떻게 극복해야 하는 걸까요? 저는 이대로 미래를 향해 그저 걸어갈 수밖에 없는 걸까요? 아니요, 저는 기요타카를 불구라면 불구인 채 가능한 한 정상적인 사람에 다가갈 수 있도록 무슨 일이 있어도 '지금'을 열심히, 진지하게 살 수밖에 없는 게 아닐까요? 기요타카와 같은 아이를 가진 어머니로서 저는 단연코 허무나 체념의 세계로 떨어질 수가 없습니다. 부디 지켜봐 주세요. 저는 반드시 기요타카를 남 밑에서 일할 수 있는 사람으로까지 키워 보일 테니까요.

그만 기요타카 이야기가 되어 버렸습니다. 그리고 어쩐지 설교 같은 글이 되고 말았습니다. 하지만 부디 그렇게 받아들이지 말아 주세요. 왜냐하면 당신은 과거에 사로잡힌 나머지 '지금'을 잊고 있는 것 같은 기분이 들기 때문입니다. 예전에 아버지가 한 말이 생각납니다. "사람은 변하는 법이야. 시시각각 변해 가는 신기한 동물이지." 아버지의 말대로입니다. '지금' 당신의 생활 방식이 미래의 당신을 다시 크게 바꾸게 될 것임에 틀림없습니다. 과거 같은 건 이제 어쩔 도리가 없는, 지나간 일에 지나지 않습니다. 하지만 엄연히 과거는 살아 있어 오늘의 자신을 만들고 있습니다. 하지만 과거와 미래 사이에 '지금'이 끼여 있다는 것을 저도, 당신도 완전히 잊고 있었던 것 같은 기분이 듭니다.

아무쪼록 설교 같은 건 질색이라고 화를 내며 편지를 찢어 버리지는 말아 주세요. 저는 당신이 몹시 걱정됩니다. 언젠가 당신의 편지에 있던, 레이코 씨라는 여성의 말이 제 마음을 무척이나 불안하게 합니다. "전 당신이 죽어 버릴 것 같은 기분이 들어요." 분명히 레이코 씨는 당신이라는 사람을 알았겠지요. 당신이 뭐라고 말하지 않아도 레이코 씨는 당신이라는 사람을 깊이 이해하고 있는 거겠지요. 아아, 당신, 죽고 싶다는 생각은 부디 하지 말아 주세요. 그런 것을 상상하면 제 가슴은 찢어질 것만 같습니다. 대체 무엇 때문에 아라시야마까지 가서 '기요노야'의 그 사건이 일어난 방에 묵었던 건가요? 마치 스무 살 청년 같은 감상 아닌가요? 게다가 여종업원의 말을 빌려 뻔뻔스럽게 유카코 씨가 얼마나 아름다운 여성이었는가를 새삼 저에게 가르쳐 주다니요…….

그건 그렇고 레이코 씨가 생각해 낸 사업이 저는 반드시 잘될 거라고 생각합니다. 제 감이 잘 맞는다는 것은 당신도 잘 아시지요? 무척 재미있고 아무나 생각하지 못하는 사업 아닌가요? 확실히 앞으로의 사업과 생활을 위한 소중한 저금 중에서 98만 6천 엔이나 되는 돈이 확실히 없어져 버리긴 했습니다만, 돈과 당신을 비교하면 레이코 씨에게는 조금도 아깝지 않았겠지요. 그래서 그녀는 아까워하는 기색도 없이 그 불량

배에게 돈을 건넨 겁니다. 저는 당신이 미용실을 상대로 하는 그 사업을 하는 것에 대찬성입니다. 거래처 1백50 곳을 얻는 것도 금방 할 수 있을 것 같은 예감이 듭니다. 설령 거래처가 지지부진 늘어나지 않더라도 하나, 또 하나 쌓아 나가다 보면 1백50 곳에 이르는 날이 분명히 올 거라고 확신합니다. 기요 타카가 자신의 의지를 말로 표현할 수 있게 되기까지 대체 얼마만큼의 세월이 걸렸을 거라고 생각하나요? 당신도 기요타카처럼 한 발 한 발 걸어가세요. 혹시 나쁘게 예상해도 일주일간 계속 걸으면 그중 한 곳 정도는 그 홍보지를 계약해 줄 거예요. 한 달에 네 곳, 그러면 1년에 48곳, 3년이면 목표를 달성할 수 있습니다. 자, 단지 3년이에요. 그사이에 돈이 궁할 때도 있겠지요. 생각지도 못한 문제가 기다리고 있을지도 모릅니다. 하지만 저는 레이코 씨라는 여성이 무척 강한 분이라고 생각해요. 말수가 적고 얌전한 성격 밑에 오사카 여성의 억척스러운 근성 같은 것이 숨어 있을 것입니다. 틀림없이 그런 사람일 것입니다. 당신보다 훨씬 강하고 끈기 있는 사람임에 틀림없습니다. 그리고 당신을 열렬히 사랑하고 있을 것임에 틀림없습니다. 저는 알 수 있습니다. 아니, 저니까 알 수 있는 겁니다. 당신이 죽는소리를 하며 시작한 사업을 포기하고 싶어질 때마다 레이코 씨가 도와주겠지요. 그런 때가 되어서야 저력을 보이는 여성일 겁니다. 저는 열심히 기도하겠습니다. 저는 신앙을 갖고 있지 않으니까 누구에게 기도해야 좋을지 모릅니다. 하지만 기도하겠습니다. 맞아요, 이 우주에 기도하겠습니다. 사업의 성공과 당신의 행복한 미래를 한없는 우주에 기도하겠습니다.

또 편지 주세요. 기다리고 있겠습니다. 꼭 답장 주세요.

그럼 이만 줄입니다.

9월 18일

가쓰누마 아키 올림

추신
·····

잊어 먹고 쓰지 못한 것이 있습니다. 편지 첫머리에 저에 대해 귀여운 아내였다, 게다가 고생을 모르고 곱게만 자라서 제멋대로 된 구석도 있지만 그것은 그것대로 하나의 매력이었다고 써 주셨지요. 저는 읽으면서 무심코 낯이 뜨거워지고 말았습니다. 하지만 그렇게 귀여운 아내가 있으면서 당신은 왜 딴 여자와 1년간이나 관계를 가졌던 걸까요? 그게 남자라는 말에 아, 예, 그런가요, 하고 납득할 수는 없습니다. 그리고 당신이 그 말 뒤에 썼던 새 남편에 대해 어떻고 하는 구절은 저 자신이 가장 잘 알고 있는 것입니다. 저는 가쓰누마에게 좋은 아내가 아니었습니다. 왜냐하면 아무래도 저는 그 사람을 남편으로서 사랑할 수가 없었기 때문입니다. 그리고 당신이 아주 잠깐 꾸었다는 그 짧은 꿈, 저에게는 정말 슬픈 꿈으로 남아 있습니다. 또한 저에게는 경천동지할 이야기, 아버지의 로맨스에 관한 구절을 읽고 남자라는 동물은 아무리 나이가 들어도 아름다운 여성에게 현혹되는구나, 하는 생각에 어처구니가 없었습니다. 하지만 읽으면서 어쩐지 즐겁게 키득키득 웃었습니다. 그리고 당신에게 감사했습니다. 왜냐하면 저는 당신이 아버지를 원망하고 있을 거라고 생각했으니까요.

가쓰누마 아키 님께

전략.

과거, 현재, 미래……. 당신의 설교 같은 그 말을 저는 성심을 다한 말로서, 게다가 기요타카라는 선천성 장애를 갖고 태어난 아이를 오늘까지 키워 왔고 앞으로도 수많은 고투를 하게 될 한 사람의 어머니인 당신의 성심을 다한 말로서 받아들였습니다. 그리고 실제로 저라는 사람은 이제 곧 서른여덟 살이나 되는데도 얼마나 유치한 남자인가, 하는 생각을 했습니다. 당신이 말한 대로입니다. 저는 대체 무엇 때문에 '기요노야'의 그 방에 묵었던 걸까요? 그런 남자니까 지난 10년간 전락하여 시궁창에 버려진 찢어진 신발처럼 비참한 신세가 된 것이겠지요. 그건 그렇고 저는 지금 일하고 있습니다. 그것도 오사카 전역을 터벅터벅 걸어 다니며 일하고 있습니다. 아침 9시에 샘플과 팸플릿, 그리고 계약을 따 냈을 때 필요한 신청서를 가방에 넣고 같은 차림의 레이코와 함께 역으로 갑니다. 우리는 거기서 헤어져 그날 예정 지역까지 전철로 갑니다. 오사카 시내는 레이코의 담당 지역이고 시외의 히라카타枚方 시나 네야가와寝屋川 시, 사카이境 시가 제 담당 지역입니다. 차로 돌면 요즘엔 거의 모든 길이 주차금지라서 미용실에서 이야기를 하는 중에 주차위반 딱지가 붙을지도 모릅니다. 게다가 미용실이라는 곳은 상점가 안에 있거나 역 앞의 혼잡한 곳에 있거나 차도 지나지 못하는 좁은 길 안쪽에 있거나 해서 차보다는 걸어서 영업하러 다니는 것이 좋다는 결론에 이른 것입니다.

저는 지도를 한 손에 들고 갑니다. 미용실 간판을 찾아 주위를 두리번거리며 걷습니다. 미용실을 찾으면 우선 그 가게의 외관을 바라봅니다. 유리창이 더러워져 있다거나 손님을 부르기 위한 궁리를 하지 않는 가게는 설사 큰 미용실이라고 해도 홍보지에 흥미를 보이지 않습니다. 하지만 조그맣고 주인 혼자서 그럭저럭 운영하고 있는 듯한 가게라도 가게 입구

나 벽 등에 유행하는 머리 모양을 한 모델의 사진을 붙이거나
"토요일, 일요일 이외의 손님께는 10퍼센트 할인"이라고 쓰인
표찰을 걸어 둔 곳은 처음에는 성가셔 하지만 이쪽이 열심히
설명을 계속하면 점점 흥미를 보이기 시작하고, 그렇다면 시
험 삼아 한 달만 받아 볼까, 하며 신청서에 도장을 찍어 줍니
다.

　하루 종일 걸어 20곳에 가까운 미용실에 들어가 단 한 곳
도 계약하지 못한 날 느끼는 다리의 통증은 각별합니다. 변두
리의 조그만 미용실의 돼지처럼 뚱뚱한 여주인이 제 설명을
듣는 중에 돌연 화를 냈을 때는 깜짝 놀랐습니다. 그녀는 에둘
러서 어떤 것을 요구했습니다. 자신을 '선생님'이라 불러야 한
다는 것입니다. 기껏해야 자그마한 미용실 여주인을 왜 선생
님이라 불러야 하는지 이해하기 힘들었지만, 이 세계에서는
가게 주인을 선생님이라 부르는 것이 관례라고 그녀는 말했습
니다. 저에게 실컷 지껄인 끝에 "한 부에 20엔이나 하는 종이
쪼가리를 손님한테 주는 건 아까워요" 하며 거절했습니다. 그
이후로 저는 어떤 미용실에 들어가든 상대가 분명히 종업원이
라는 것을 알더라도 일단 "선생님이십니까?" 하고 물었습니
다. 한 시간 가까이 분발하여 경영자가 애써 계약할 마음을 먹

으려고 할 때 젊은 수습 청년이 "손님한테 그런 걸 줘 봐야 좋아하지 않아요. 선생님, 관두는 게 좋을 거예요" 하고 참견하여 결국 안 되는 일도 몇 번 있었습니다. 하지만 오전 중에 세 곳에 들어가 세 곳 다 시원시원하게 계약해 준 날도 있었습니다. 그렇게 3주간 걸었더니 제 가죽 구두 한 켤레가 망가졌습니다. 양쪽 구두 바닥의 엄지발가락 부분에 구멍이 생겼고 뒤꿈치 부분도 납작해졌습니다. 영업용으로 산 새 구두가 3주 만에 그런 꼴이 된 겁니다. 그 대신 그때까지 해파리 다리 같았던 제 다리는 등산가의 다리처럼 강해졌습니다. 지난 3주간 레이코가 12곳, 제가 16곳의 미용실과 계약을 맺었습니다. 지난달의 26곳과 합쳐 54곳으로 늘어난 겁니다. 그 이외에 긴키 일원의 미용실 5백 곳에 보낸 우송 광고물로 12곳의 가게가 신청했습니다. 도합 66곳이 된 것입니다.

미용실을 찾아서 걷는 이 행위가, 과장된 표현이지만 인생 그 자체 같다는 기분이 들 때가 있습니다. 네거리에 서서 자, 어디로 갈까, 하고 생각하여 오른쪽으로 돌아가면 점점 인적이 드물어지고 어쩐지 공장가를 헤매게 되어 미용실 같은 건 절대 있을 것 같지 않은 길을 걷고 있다는 것을 깨닫게 됩니다. 상당한 거리를 와 버렸기에 다시 돌아갈 수도 없어 공장이 길게 이어진 길을 바보처럼 나아갈 수밖에 없습니다. 가까스로 동네다운 곳에 이르렀을 때는 날이 저물고 게다가 그곳이 어디인지, 어떻게 돌아가야 좋을지 알 수 없어 그 자리에 주저앉고 싶은 충동에 시달립니다. 이렇게 녹초가 된 상태로 미용실 한 곳에도 들어가지 못한 채 귀가한 일도 있습니다. 마찬가지로 네거리에 와서 에잇, 이쪽이다, 하고 걷기 시작하면 곧바로 신흥 주택이 늘어선 곳이 나와 개점한 지 얼마 안 된 미용실을 발견하고 간단히 계약을 할 때도 있습니다. 오른쪽으로 갈까, 왼쪽으로 갈까, 꼭 인생이구나, 하며 묘하게 감탄하면서 저는 매일 계속해서 걸었습니다.

66곳의 가게에 배달하는 일만은 차를 이용할 수밖에 없었습니다. 지난달은 하루에 끝났습니다만 이번 달은 사흘이나 걸렸습니다. 배달이 끝나고 사흘쯤 휴가를 얻었습니다. 제가 서점으로 가서 다시 홍보지 편집에 도움이 될 만한 책을 사 들고 돌아오자 레이코가 테이블에 앉아 뭔가 심각한 표정으로 고개를 숙이고 있었습니다. 무슨 일이냐고 제가 물어도 대답을 하지 않습니다. 하지만 제가 벌렁 드러누워 텔레비전을 보고 있자 결국 더 이상 참을 수 없다는 듯이 말했습니다. "가쓰누마 아키는 또 누구예요?" 저는 깜짝 놀라 레이코를 쳐다봤습니다. 저는 당신에게서 온 편지를 모두 제 책상 맨 아래 서랍에 넣어 두었습니다. 전에는 레이코가 슈퍼마켓에 일하러 갔기 때문에 당신에게서 오는 편지를 그녀에게 들키지 않고 손에 넣을 수 있었습니다. 공동주택의 방에서 빈둥거리고 있는 제가 우편함을 보러 갔으니까요. 하지만 두 달 전부터 레이코가 사업에 몰두하게 되자 저는 관리인 아주머니에게 제게 온 편지는 몰래 꺼내 나중에 슬쩍 건네 달라고 부탁해 두었습니다. 그 때문에 저는 아주머니에게 5천 엔짜리 지폐 한 장을 쥐여 주었습니다. 아주머니는 히죽 웃으며 알았다고 했습니다. 그러므로 레이코가 어떻게 당신에 대해 알게 되었는지 알 수 없었습니다. 제가 잠자코 있자 레이코는 제 책상 서랍에서 당신에게서 온 몇 통인가의 편지 다발을 꺼내 제 앞에 놓았습니다. 소인을 보니 올 1월 19일에 시작하여 일곱 통, 그것도 놀랄 만큼 두툼한 편지가 연달아 도착한 것이었습니다. 도대체 가쓰누마 아키라는 여성은 누구인가. 레이코는 저를 추궁했습니다. 봉투가 뜯어져 있으니 레이코가 읽으려고 했다면 읽었을 터입니다. 하지만 누구냐고 묻는 것은 내용물을 보지 않았기 때문이라고 저는 판단했습니다. 레이코는 읽고 싶은 것을 애써 참으며 제가 돌아오기를 기다리고 있었겠지요. 레이코는 말했습니다. 첫 편지는 호시지마 아키라고 되어 있는데 두 번째부터는 가쓰누마 아키라고 바뀌었다. 대체 이 여성은 누구냐, 당신의 무엇인지 가르쳐 달라. "질투하는 거야?" 하며 제가 웃자 "저는 질투하지 않아요"라고 말했습니다. 레이코는 눈을 치뜨고 저를 똑바로 쳐다보았습니다. "봉투가 뜯어져 있는데 왜 몰래 안 읽은 거야?" 제가 이렇게 묻자 레이코는 고개를 숙이고 "남의 편지를 함부로 읽을 수는 없잖아요……" 하고 중얼거렸습니다. 저는 제 과거에 대해 레이코에게 무엇 하나 말한 적이 없습니다. 단 한번 차를 타고 영업하러 돌아다닌 날, 예전에 이쿠노 구에 산 적이 있다고 말한 기억이 남아 있을 뿐입니다. 저는 당신의 편지에 찍혀 있는 소인을 보면서 도착한 순서대로 늘어놓고 레이코에게 읽어도 좋다고 말했습니다. 당신에게서 온 편지를 함부로 남에게 읽게 한 것에 대해서는 사죄를 드립니다. 당신에게서 온 편지 몇 통을 읽으면 제가 아무 말을 하지 않아도 레이코는 모든 걸 이해할 수 있을 거라고 생각했기 때문입니다.

아무튼 긴 편지뿐입니다. 그것도 일곱 통이나 됩니다. 레이코는 처음에 테이블로 가서 읽기 시작했습니다. 저는 그사이에 계속 텔레비전을 보고 있었습니다. 슬슬 저녁밥을 주지 않을까 생각했습니다만, 레이코는 편지를 집어삼킬 듯이 계속 읽었습니다. 밖에서 밥을 먹고 와도 되느냐고 묻자 레이코는 편지를 주시한 채 조그맣게 네, 하고 대답했습니다. 저는 가까운 레스토랑에서 저녁을 먹고, 그곳을 나와 역 앞의 카페에 들어가 커피를 마셨습니다. 30분쯤 지나자 몸을 주체할 수 없게 되었습니다. 저는 카페 지배인에게 메모지와 볼펜을 빌려 거래처를 1백50곳으로 늘리기 위해서는 앞으로 어떤 방법을 고안해야 할까, 다음 달 홍보지에는 어떤 기사를 실으면 좋을까, 하는 것을 생각하면서 현재의 적자액, 남아 있는 저금 액수 등을 써 넣었습니다. 머리에 손을 대고 메모지에 늘어선 숫자를 보고 있는 중에 꽤 오랫동안 이발소에 가지 않았다는 생각이 들었습니다. 내일은 이발소에라도 갈까, 하는 생각을 했을 때 문득 어떤 생각이 들었습니다. 같은 방식으로 이발소용 홍보지도 취급하면 어떨까, 하는 것이었습니다. 시스템은 같지만 이발소인 이상 내용도 남성 취향으로 바꾸면 된다, 그래, 미용실만이 아니라 이발소로도 손을 뻗어 보자. 하지만 서두르지는 말자, 미용실 쪽이 궤도에 올라 그럭저럭 그것으로 먹고살 수 있게 되고 나서의 일이다.

　카페를 나온 저는 공동주택 앞을 그대로 지나 골목길을 돌아서는 인쇄소로 향했습니다. 다나카 인쇄소라고 쓰인 유리창은 닫혀 있고 안쪽의 커튼도 닫혀 있었지만 작업장에는 불이 켜져 있고 기계 돌아가는 소리가 들렸습니다. 제가 유리문을 열자 검은 인쇄용 잉크로 더럽혀진 장갑을 끼고 주인이 잉크 투성이인 볼록판을 점검하고 있었습니다. 아직도 일하십니까, 하고 제가 말하자 키가 작고 하루 종일 작은 눈을 깜박거리는 백발 섞인 주인은 일하던 손을 멈추고 "오셨습니까?" 하며 붙임성 있게 웃었습니다. 물감이 든 깡통이나 시험 인쇄에 쓰인 종이가 밟을 곳이 없을 만큼 흩어져 있고, 잉크 냄새와 종이 냄새로 가득 차 있었습니다. 게다가 벽에 설치된 바둑판 모양의 나무 상자 안에는 수천 개나 되는 납 활자가 형광등에 비쳐 빛나고 있었습니다. 주인은 안에서 의자를 가져와 제게 앉으라고 했습니다. 그러고 나서 장갑을 벗으면서 "이번 달은 40곳이나 늘었더군요" 하고 말을 걸었습니다. "이런 상태라면 1백 50 곳까지는 금방이겠는데요." 그쪽이 품이 드는 일을 공들여서 해 주니까 무척 도움이 된다는 의미의 말을 하자 그는 "저는 5백 곳까지 늘어날 거라고 생각해요" 하고 아주 입에 발린 말은 아닌 듯한 어투로 말했습니다. "5백 곳이면 10만 부지요. 그중에는 한 세트 2백 부로 부족해서 4백 부, 6백 부를 달라는 가게도 나오지 않나요? 10만 부를 넘으면 지금 우리가 받는 한 부 7엔을 5엔으로 내릴 수 있습니다. 우리 같은 자그마한 인쇄소에 매달 50만 엔을 현금으로 지불해 주는 거래처는 별로 없거든요. 어서 그렇게 되게 해 주세요." 인쇄소 주인은 진지한 얼굴로 말했습니다. 그래서 저는 조금 전에 카페에서 생각해 낸, 이발소로도 확대한다는 계획을 말해 보았습니다. "그거 참 좋은 생각이네요" 하고 주인은 무릎을 쳤습니다. 미용실을 돌며 이발소를 잊어버릴 수는 없다는 겁니다. 어쩌면 이발소 수가 더 늘어날지도 모른다. 그는 이렇게 말했습니다. "이발소도 여기저기 늘어서 옛날처럼 장사했다가는 아무것도 안 되는 시대입니다. 그거 꼭 하세요. 이쪽도 처음부터 돈을 벌 수 있을 거라고는 생각하지 않아요. 댁의 진행 상황에 맞춰 여러 가지로 생각해 보겠습니다." 주인은 팔짱을 끼고 이발소가 5백 곳이고 미용실이 5백 곳, 합해서 1천 곳, 20만 부로군, 하고 천장을 보면서 중얼거렸습니다. 그는 가게 안쪽의 계단을 올라가더니 2층에서 맥주와 컵을 갖고 내려와 제게 따라 주었습니다. 우리는 맥주를 마시면서 그로부터 근 한 시간쯤 이야기를 나누었습니다. 그는 좀 더 이야기를 나누고 싶은 모양이었으나 저는 생각난 계획을 얼른 레이코에게 들려주고 싶은 마음에 붙잡는 주인에게 고맙다고 하고는 공동주택으로 돌아왔습니다. 1천 곳인가, 하고 저는 걸으면서 생각했습니다. 차분히 해 나가자. 10년에 1천 곳으로 만들어 보이자. 저는 10년의 세월을 생각하면서도, 공 하나로 울든 웃든 승부가 정해지는 순간의 투수 같은 마음이었습니다.

레이코는 테이블에서 떨어져 방구석의 벽에 기대 아직도 편지를 읽고 있었습니다. 슬쩍 들여다보니 당신의 네 번째 편지 끝부분 가까이를 읽고 있었습니다. 한꺼번에 읽어 버릴 생각인지 밥은 안 먹어, 라고 제가 묻자 레이코는 그저 "네" 하고만 말할 뿐 고개도 들려고 하지 않았습니다. 파자마로 갈아입은 저는 직접 요를 깔고 누워 다시 텔레비전 스위치를 켰습니다. 레이코가 당신의 편지를 다 읽은 것은 12시가 지난 무렵이었습니다. 편지 다발을 원래의 책상 서랍에 넣은 레이코는 일어나 방의 불을 끄고 부엌의 불을 켜고는 냉장고에서 뭔가 남은 음식 같은 것을 꺼내 그것을 반찬으로 밥을 먹기 시작했습니다. 저는 텔레비전을 끄고 일어나 레이코 옆의 의자에 앉아 담배에 불을 붙였습니다. 레이코는 울고 있었습니다. 울면서 찬 날두부에 간장과 양념을 곁들여 먹고, 마요네즈를 마구 바른 햄을 덥석 물고는 밥을 볼이 미어지게 입에 넣었습니다. 그

러면서 손등으로 눈물을 훔치고 코를 훌쩍거렸습니다. 훔쳐
도, 훔쳐도 레이코의 동그란 눈에서는 눈물이 흘러 하얀 볼을
따라 테이블에 떨어졌습니다. 밥을 다 먹은 레이코는 울면서
빨래를 정리하고 세수를 하고 이를 닦고 파자마로 갈아입고
제 요 옆에 자신의 이부자리를 깔고는 그대로 누워 한마디도
하지 않은 채 이불을 머리까지 푹 뒤집어썼습니다. 저는 한동
안 우두커니 부엌 의자에 혼자 앉아 이불을 뒤집어쓰고 꼼짝
도 하지 않는 레이코를 보고 있었습니다. 하지만 곧 슬며시 다
가갔습니다. 그리고 머리까지 뒤집어쓰고 있는 이불을 천천히
젖혔습니다. 레이코는 눈을 뜬 채 이불 안에서 아직도 울고 있
었습니다. 왜 그렇게 우느냐고 제가 물었습니다. 레이코는 울
어서 부은 눈으로 저를 보면서 손을 내밀었습니다. 그렇게 해
서 자신의 이불 속으로 저를 불러들이고는 제 목의 흉터를 손
가락 끝으로 덧그렸습니다. 레이코는 당신에게서 온 편지 일
곱 통을 읽은 것에 지나지 않습니다. 제가 당신에게 보낸 다섯
통의 편지 내용은 전혀 모릅니다. 하지만 레이코는 저에게 달
라붙어 "전 당신의 부인이었던 사람이 좋아요" 하고 말했습니
다. 그냥 그 말만 하고 난 뒤에는 제가 아무리 말을 걸어도 입
을 다물고 있었습니다. 저는 레이코의 이불에서 나와 서랍 안

에 있는 당신의 편지를 다시 한번 꺼내 부엌 테이블에 늘어놓았습니다. 혼자 말없이 담배를 피우면서 일곱 통의 편지 다발을 바라보았습니다. 당신은 이렇게 편지를 주고받는 것도 언젠가 끝나지 않으면 안 되는 때가 올 거라는 걸 알고 있다, 라고 썼습니다. 잠들었는지, 아니면 아직 훌쩍거리고 있는지 알 수 없는, 이불을 뒤집어쓰고 있는 레이코에게 눈을 주었습니다. 그리고 슬슬 그때가 왔다는 걸 알았습니다.

아마 이 편지는 제가 보내는 마지막 편지가 되겠지요. 저는 이 편지를 우체통에 넣으면 미용실 간판을 찾아 다음 목표 지역인 네야가와 시의 모든 길을 터벅터벅 계속 걸을 것입니다. 그리고 어쩌면 몇 년 후에 저는 한신전철의 고로엔 역에서 내려 그 정겨운 주택가를 빠져나가 테니스클럽 바로 앞에 있는, 당신이 살고 있는 집 앞으로 가 볼지도 모르겠습니다. 그렇게 슬쩍 당신이 있는 집을 보고 그 커다란 은엽아카시아 고목을 바라보며 다시 슬그머니 돌아올지도 모릅니다. 부디 언제까지나 건강하게 지내기 바랍니다. 아드님이 꼭 당신의 바람대로 성장하기를 멀리서나마 진심으로 빌겠습니다.

이만 총총.

10월 30일

아리마 야스아키 올림

아리마 야스아키 님께

전략.

당신의 마지막 편지, 테니스클럽 안의 등나무 시렁 아래 벤치에 앉아 온화하고 따사로운 가을 햇볕을 쬐며 읽었습니다. 지도를 손에 들고 여기저기 동네를 터벅터벅 걷고 있는 당신의 모습이 눈앞에 떠오르는 듯했습니다.

당신의 편지를 읽고 저 역시 마지막 편지를 쓰지 않으면 안 된다고 생각하면서도, 대체 뭘 써야 할지 모른 채 며칠을 보내고 말았습니다. 10월이 지나고 11월에 접어들어도 저는 왠지 펜을 들 마음이 들지 않았습니다. 그러던 어느 날의 일이었습니다. 아주 화창한 목요일 한낮이었습니다. 오랜만의 휴식이라고 말하며 회사에 가지 않고 툇마루에 앉아 뜰의 나무를 바라보고 있던 아버지가 어머니 성묘라도 가자고 저에게 말했습니다. 추분도, 기일도 아니었지만 저도 가고 싶다고 생각했습니다. 이쿠코 씨에게 3시 반에 역 앞의 스쿨버스가 도착하는 데까지 기요타카를 데리러 가 달라고 부탁하고 서둘러 옷을 갈아입었습니다. 아버지는 회사에 전화하여 차를 보내라고 말하고는 자신에게는 너무 화려하다며 애써 맞춰 놓고 한번도 입은 적이 없는 짙은 올리브색 양복을 꺼내 와 "이건 어떨까?" 하고 제게 물었습니다. 그 양복은 아버지에게 아주 잘 어울렸습니다. 저와 아버지는 차가 도착할 때까지 가벼운 점심을 마쳤습니다. 성묘하고 나서 맛있는 교토 요리를 사 줄 테니까 그럴 생각으로 점심을 먹어 두라고 아버지가 말했습니다. 당신도 한번 저와 아버지와 함께 셋이서 어머니 묘에 간 적이 있었지요. 그때는 아마 결혼하고 아직 한 달도 지나지 않은 무렵이었을 겁니다. 어머니의 7주기를 마친 후 셋이서 야마시나山科의 수림에 둘러싸인 자그마한 묘원에서 성묘를 했습니다. 야마시나는 어머니가 태어난 곳이라 아버지는 어머니의 뼈를 일부러 그 묘원에 모셨던 것입니다.

운전수인 고사카이 씨의 목소리가 들렸고 저와 아버지는 차에 올랐습니다. "야마시나까지 가 주게. 아내의 성묘네"라고 아버지는 고사카이 씨에게 말했습니다. 고사카이 씨는 아버지의 차 운전수를 한 지 올해로 벌써 15년이나 됩니다. 10월 초에 첫째 딸의 결혼식을 마쳤는데 둘째 딸 결혼식이 내년 1월로 정해졌다고 해서 저는 "또 급한 일이네요" 하고 고사카이 씨에게 말했습니다. 고사카이 씨는 차를 달리면서 "이제 저희 집은 파산 직전입니다"라고 말했습니다. 제가 왜 그렇게 연달아 결혼하게 되었느냐고 물으니 고사카이 씨 대신에 아버지가 웃으면서 가르쳐 주었습니다. "빨리 결혼식을 올리지 않으면 아기가 태어나고 마니까 그렇지." 제가 웃자 고사카이 씨는 한 손으로 목 언저리를 가볍게 두드리면서 지금 7개월째인데 이르면 결혼 예정일인 1월 10일 전에 태어날지도 모르거든요, 그게 걱정돼서, 하며 부끄럽다는 듯이 쓴웃음을 지었습니다.

　　메이신 고속도로에서 내려와 교토로 들어섰다가 다시 야마시나로 가는 국도로 접어들었습니다. 저는 꽃집을 발견하고 고사카이 씨에게 차를 세워 달라고 말했습니다. 그러자 아버지가 꽃은 필요 없다고 했습니다. 묘 앞에 시들어 있는 꽃을 보면 쓸쓸해진다, 꽃을 바쳐도 곧 시들어 버린다, 나는 묘 앞에 꽃을 바치거나 만주*를 올리는 건 싫다, 라고 말하는 것이었습니다. 차가 다시 움직이기 시작하자 아버지는 누구에게랄 것도 없이 묘에는 아무것도 장식하지 않는 게 좋아, 그저 이름이 새겨져 있는, 그것만으로 된 거지, 하고 중얼거렸습니다. 얼마후 논이 보이고 농가가 늘어서 있는 산골 마을로 들어섰습니다. 차는 구부러진 좁은 길을 우거진 수풀에 휩싸이듯이 나아갔습니다. "단풍이 딱 좋은 시기로구나" 하고 아버지가 말했습니다.

묘원은 작은 산 사면에 만들어져 있습니다. 형형색색으로 물든 무수한 단풍이 고요한 묘원을 뒤덮듯이 바람에 나부끼고 있었습니다. 묘원 입구에 오두막집이 있고 안에 한 노인이 앉아 있었습니다. 비나 햇빛을 피하기 위한, 한 사람이 겨우 들어갈 수 있는 오두막입니다만, 안에서는 향불내가 강하게 떠돌고 있었습니다. 초와 선향, 그리고 나무 들통과 국자가 놓여 있었습니다. 아버지는 노인에게서 선향을 사고 들통과 국자를 빌려서 들통에 물을 담고는 묘원으로 가는 완만한 언덕길을 올라갔습니다. 고사카이 씨도 차에서 내려 저도 성묘하겠

---

* 밀가루나 쌀가루로 만든 반죽에 소를 넣고 찌거나 구운 과자.

습니다, 하며 뒤에서 따라왔습니다. 어머니의 묘는 묘원의 맨 위에 있습니다. "호시지마 후미星島芙美 1963년 12월 14일 몰沒"이라고만 새겨진 자그마한 묘입니다. 낙엽이 묘비 주위에 잔뜩 흩어져 있어서 저는 다시 사면을 내려가 노인이 있는 오두막에서 대나무 빗자루와 쓰레받기를 빌려 돌아왔습니다. 그리고 어머니 묘 주변을 청소하기 시작했습니다. 그러자 아버지가 말렸습니다. 그대로도 괜찮다고 말했습니다. 아무리 청소를 해도 낙엽은 또 떨어진다. 끝이 없다. 비를 맞고 바람도 맞고 낙엽에 묻히고, 이윽고 이끼에 덮이고……, 그래도 좋지 않을까, 하고 말했습니다. 그리고 묘비에 들통의 물도 끼얹지 않은 채 가만히 어머니의 묘를 보고 있었습니다. 그럼 향만이라도, 하며 저는 아버지의 라이터를 빌렸습니다. "세 개만 해라. 그렇게 향을 많이 피우면 매우니까" 하고 아버지는 화난 것처럼 말했습니다. 저는 말한 대로 선향 세 개에 불을 붙였습니다. 어머니가 만약 살아 계셨다면 그런 사건이 있어도 아마 저와 당신의 이혼에 반대해 주었을 거라고 생각했습니다. 어머니는 제가 열일곱 살 때 돌아가셨으니까 물론 당신에 대해서는 모르지만, 저는 왠지 그런 생각이 들어 낙엽이 깔린 자그마한 묘비를 넋을 잃고 바라보고 있었습니다. 하지만 '만약'이라든

가 '~다면'이라는 말은 아무리 해도 소용없는 일입니다. 소용
없는 일을 입에 담는 것도 푸념이겠지요. 제가 35년간 잃은 것
중에서 특별히 소중한 것이라면 어머니와 당신이었다고 생각
합니다. 하지만 저는 묘비를 들여다보면서, 그리고 당신의 마
지막 편지를 떠올리면서 더욱 많은 것을 잃어버린 것 같은 기
분이 들었습니다. 저도 아버지도 고사카이 씨도 그때부터 한
마디도 하지 않은 채 20분 가까이 묘 앞에 서 있었습니다. 선
향이 마지막으로 짙은 연기를 피우며 꺼졌을 때 아버지가 "갈
까?"라고 말했습니다.

　차로 돌아가자 아버지는 고사카이 씨에게 "그곳으로 가 주
게"라고 말했습니다. 차는 왔던 길로 되돌아가지 않고 구불구
불한 좁은 길을 따라 앞쪽으로 계속 나아갔습니다. 수목은 한
층 깊어져 대체 어디로 가는 거지, 하고 생각하고 있었는데 앞
에 근사한 대문의 요릿집이 나타났습니다. '시노다'라는 것이
그 요릿집 이름이었습니다. 아버지와 서로 잘 아는 듯한 중년
의 지배인이 나와서 우리를 별채의 객실로 안내했습니다. 가
구며 도구며 건물의 재질이며 어느 방에서나 뜰이 보이도록
설계한 구조를 보더라도 무척 돈과 시간을 들여 만든 요릿집
인 것처럼 보였습니다. 아버지는 고사카이 씨도 같이 들어가

자고 했으나 그는 점심을 먹고 나와 배가 부르다며 사양하고는 라디오라도 듣고 있겠다며 차에 남았습니다.

　정원만 해도 천 평은 되겠지요. 그것도 간소하지만 손질이 잘된 다양한 거목과 이끼가 빽빽이 덮인 커다란 돌이 멋진 조화를 이루고 있는 근사한 정원이었습니다. 곧바로 저와 또래거나 약간 연상으로 보이는 기모노 차림의 여성이 나와서 아버지와 저에게 인사를 했습니다. 아버지는 "여기 주인이야" 하고 저에게 소개했습니다. 그러고 나서 저를 딸이라고 말하고는 늘 먹던 것을 가져오라고 주문했습니다. 이런 곳에 은신처를 두고 있었네요, 하며 제가 가볍게 쏘아보며 말하자 아버지는 5년 전부터 단골 거래처의 접대에 쓰게 되었다고 설명하고, 이름은 알 수 없지만 저 여주인에게는 엄청난 부자 후원자가 있다고 알려 주었습니다. 교토 요리가 날라져 오고 여주인이 이야기를 하면서 테이블에 요령 있게 늘어놓는 동안 저는 정원에 눈길을 주며 거기서 약간 떨어진 곳에서 바람에 나부끼고 있는, 붉게 물든 단풍이 한창인 모퉁이를 바라보고 있었습니다. 여주인이 물러가자 저 여자 어떤 거 같으냐, 하고 아버지가 물었습니다. 기모노며 오비*며 몸에 두르고 있는 것은 훌륭하고 게다가 무척 미인인데요, 하고 저는 대답했습니다. 아버지는 그 여자는 돈도 있고 꽤 미인이고 머리도 좋은 수완가지만 목소리가 안 좋다고 말했습니다. 목소리야 안 좋아도 상관없지 않나요, 하고 제가 대답하자 아버지는 아주 진지한 표정으로 "목소리는 중요해. 그 사람의 본질이 드러나거든" 하고 말했습니다. 그리고 좋은 의사는 목소리의 미묘한 울림으로 환자의 그날 건강 상태를 헤아리는 법이야, 하고 덧붙였습니다. "저 여자의 목소리에는 품위가 없어." 아버지는 칠기에 담긴 교토 요리에 젓가락을 대면서 이렇게 말하고는 얼굴에 웃음을 띠었습니다. 식후의 과일을 먹고 좀 있으니 아버지가 정원 너머를 가리키며 저기에 돌계단이 있다, 다 올라가면 조그만 사당이 지어져 있는데 그 근처에서 보는 단풍이 일품이라고 말했습니다. 그러고 나서 뜰로 나가 요릿집의 게다를 신고 "너도 같이 가자"라고 말했습니다. 저는 아버지가 저에게 뭔가 할 이야기가 있다는 걸 알았습니다. 그래서 같이 정원으로 나가서 아버지 뒤를 따라갔습니다. 아버지 말대로 커다란 소나무 뒤에 긴 돌계단이 있었습니다. 둘이서 나란히 올라갈 수 없을 만큼 폭이 좁은 계단이었습니다. 꽤 긴 계단이어서

* 기모노를 입을 때 허리 부분을 감고 조여 묶는 좁고 긴 천.

다 올라가자 숨이 찼고 저와 아버지는 돌에 손수건을 깔고 앉았습니다. 저는 가만히 아버지의 뒷모습을 봤습니다. 그리고 이제 슬슬 일을 좀 삼가시는 게 어떻겠느냐고 말해 보았습니다. 그러자 아버지는 이렇게 대답했습니다. "이 나이가 되어서야 비로소 일이라는 게 뭔지 알게 되었어. 일을 하는 것이 사는 것이라고 생각하게 된 거지. 난 더, 더 많이 일할 거야." 아버지는 엄청난 단풍에 눈길을 준 채 잠시 잠자코 있었습니다만, 조금 있다가 이런 이야기를 했습니다. 이쿠코에게 들었는데 요즘 너한테 편지가 자주 온다더구나. 그것도 늘 이름이 다른 여자인데 굉장히 두툼한 편지라고 하더라. 한 달 전쯤 정오에 회사로 나간 날이었는데 차가 와서 대문으로 나가자 우편함에 편지가 들어 있어 꺼내 봤다. 너한테 온 편지였는데 발신인은 하마사키 미치코浜崎道子였다. 나는 그대로 편지를 이쿠코에게 건네고 차를 탔다. 거기까지 말하고 나서 아버지는 나를 돌아보며 이렇게 말하는 것이었습니다. "반가운 글씨더구나." 저와 아버지는 잠시 말없이 마주 보았습니다. 곧 아버지가 입을 열었습니다. "아리마는 지금 어떻게 지낸다더냐?" 저는 아버지에게 다 말하려고 했습니다만, 대체 뭐부터 이야기해야 좋을지 알 수가 없었습니다. 그래서 1년 전 자오에서 우연히 당신과 재회한 일, 그러고 나서 편지를 주고받게 된 일, 당신 사건의 경위, 세오 유카코 씨에 대한 이야기, 지금 하고 있는 사업에 대한 이야기 등을 순서도 엉망인 채 지리멸렬한 방식으로 설명했습니다. 이야기하는데 목소리가 떨리고 눈물이 났습니다. 그런 저를 보고 "좀 더 침착하게 말해 봐"라고 아버지는 온화하게 말했습니다. 이야기를 끝내자 저는 왠지 심장이 두근두근했고 한동안 진정되지 않았습니다. 아버지는 오랫동안 잠자코 있었습니다만, 다시 눈 아래로 눈길을 주며 "가쓰누마는 대학에서 받은 월급을 너한테 제대로 주고 있는 거냐?" 하고 물었습니다. 제가 "네" 하고 대답하자 아버지는 또 뭔가 생각에 잠긴 듯했습니다만, "그놈은 가쓰누마하고 달라서 수렁이지"라고 툭 내뱉듯이 중얼거렸습니다. 아버지는 가쓰누마에 대해 조사했다고 말했습니다. 고베에 여자가 살고 있다. 너도 진작 그건 알고 있었을 것이다. 그리고, 하며 아버지는 말을 이었습니다. "두 사람 사이에 올해 세 살이 된 여자아이가 있어." 아마 무슨 아르바이트를 해서 돈을 마련하고 있을 거라고 아버지는 담배에 불을 붙이고 나서 말했습니다. 아버지는 저에게 "가쓰누마가 싫으냐? 좋아할 수 없을 것 같더냐?" 하고 물었습니다. 그리고 제 대답을 기다리지도 않고 분노가 담긴 어조로 말했습니다. 헤어지고 싶으면 헤어져도 된다. 네 자유야. 싫은 남자와 평생을 같이 살아갈 수는 없지. 내가 밀어붙인 남자야. 나한테는 사람 보는 눈이 없었어. 너는 늘 나 때문에 혼이 났지. 여기까지 말하고 나서는 입을 다물어 버렸습니다. "가쓰누마를 그렇게 만든 건 저예요. 결혼하고 혼이 난 것은 가쓰누마 쪽이에요. 하지만 저는 도저히 그 사람을 좋아할 수 없었어요." 저는 떨리는 목소리를 누르고 간신히 이렇게만 말했습니다.

그러고 나서 저는 상당히 오랫동안 입을 다물고 있었습니다. 아버지도 단풍에 눈을 준 채 꼼짝하지 않고 저와 마찬가지로 입을 다물고 있었습니다. 저는 가쓰누마에 대해 생각했습니다. 저는 지금까지 몇 통인가의 편지에서 굳이 가쓰누마 소이치로라는 제 남편에 대해 언급하지 않으려고 해 왔습니다. 그것 자체가 가쓰누마라는 사람에 대한 저의 마음을 나타낸 것입니다. 하지만 가쓰누마는 결코 나쁜 사람이 아닙니다. 그는 입 밖에 내지는 않지만 기요타카의 아버지로서 지금껏 저 못지않은 슬픔과 애정을 안고 있었을 겁니다. 동양사에 관한 어려운 책만 읽고 자신의 연구에 대해서도 또 대학에서 자신이 맡고 있는 학생들에 대해서도 무척 성실한 사람이었습니다. 기요타카를 단련시키기 위해 뜰의 잔디밭에서 언제까지고 끈기 있게 야구공을 던져 주는 모습을 저는 몇 번이나 봤습니다. 그리고 그 뒤에는 반드시 거실 양탄자에 책상다리로 앉아 기요타카를 감싸듯이 앞에 앉히고는 아버지와 아들 둘만의 이야기를 언제까지고 계속했습니다. 왜 그런 사람을 저는 좋아할 수 없었던 걸까요? 그리고 그런 저를 가쓰누마는 어떤 기분으로 보고 있을까요? 저는 문득 아버지가 돌아가신 후의 일을 생각했습니다. 아버지도 이제 곧 일흔한 살이 됩니다. 기요타카가 성인이 될 때까지 살아 계실지 어떨지 알 수 없습니다. 저는 등을 돌리고 앉아 있는 아버지의 올리브색 양복을 바라보았습니다. 기요타카와 뭔가 이야기를 나누는 가쓰누마의 얼굴을 떠올렸습니다. 저는 목 주위에서 강한 압박감을 느꼈습니다. 저는 가만히 있을 수 없었습니다. 저물녘에 길가 대저택의 문 뒤에서 포개져 있던 가쓰누마와 여학생의 두 그림자, 그렇습니다, 실체가 아니라 그림자 같았던 거무스름한 영상이 뇌리를 스쳐 갔습니다. 그리고 그때 저는 처음으로 가쓰누마에 대한 애정 비슷한 뭔가를 느꼈습니다. 저는 일어나 주위를 온통 뒤덮고 있는 울창한 수목을 건너다보았습니다. 수백 종이나 되는 붉은색, 수백 종이나 되는 노란색, 그리고 수백 종이나 되는 초록색이나 갈색이 가을 햇빛 속에서 춤을 추며 떠드는 듯이 움직이는 모습을 보면서 저는 아버지에게 가쓰누마와 헤어지고 싶다고 말했습니다. 가쓰누마를 떳떳하게 그 여성의 남편으로, 세 살짜리 여자아이의 아버지로 만들어 주는 게 어떨까요? 이제 결혼 같은 건 하지 않겠습니다. 기요타카만 열심히 키우겠습니다. 아버지, 저를 도와주세요.

아버지는 다시 담배에 불을 붙였고 다 피우고는 땅바닥에 비벼 껐습니다. 아버지는 내내 서 있는 저를 올려다보며 미소를 짓고는 "좋아" 하며 일어나더니 이끼 낀 긴 돌계단을 내려갔습니다.

이 편지를 쓰면서 저는 당신에게서 받은 모든 편지를 다시 읽어 보았습니다. 여러 가지 것들이 마음에 떠올랐습니다. 어느 것이나 말로 표현할 수 없는 저만의 마음의 무늬 같은 것입니다. 하지만 딱 하나 글로 전할 수 있는 게 있습니다. 자신의 목숨이라는 것을 본 당신은 그것에 의해 살아가는 것이 무서워졌다고 썼지요. 하지만 사실은 짧다고 하면 짧다고 할 수 있고 또 길다고 하면 길다고 할 수 있는 이 인생을 살아가기 위한 가장 강력한 양식이 되는 것을 본 것이라고 말할 수 있지 않을까, 하는 것입니다. 당신에게 보내는 마지막 이 편지를 대체 어떻게 맺어야 좋을지 저는 펜을 쥔 채 어찌할 바를 모르고 있습니다. 그건 그렇고 저는 왜 모차르트의 음악에서 그런 말을 생각해 낸 것일까요? "살아 있는 것과 죽은 것은 어쩌면 같은 일일지도 모른다." 마치 어딘가에서 떨어져 솟아난 것 같은 뜻밖의 말이었습니다. 그러나 그 말을 편지에 툭 써 넣은 일이 당신에게서 제가 몰랐던 많은 것을 배우는 계기가 되었습니다. 하지만 제가 결코 말하지 않았을 말. '모차르트'의 주인이 마치 저에게서 들은 것으로만 착각했던 말. 우주의 불가사의한 구조, 생명의 불가사의한 구조라는 말이 지금 저에게 깊은 전율 같은 감정을 느끼게 합니다.

나이프로 자신의 목을 찔러 죽은 세오 유카코 씨. 죽어 있는 자신을 바라보았으면서도 다시 살아 돌아온 당신. 나이 들어 한층 일에 집중하고 있는 쓸쓸한 아버지. 또 하나의 숨겨진 가정을 갖고 그 여자와의 사이에 태어난 세 살짜리 여자아이의 아버지로서 고심하고 있을 가쓰누마 소이치로. 당신이 고양이에게 먹히는 쥐를 봤던 바로 그 시각에 근처 달리아 화원의 벤치에 앉아 무한한 별들을 바라보았던 저와 기요타카. 우리의 생명이란 얼마나 불가사의한 법칙과 구조를 숨기고 있는 것일까요?

언제까지 써도 끝이 없습니다. 드디어 펜을 놓을 때가 온 것 같습니다. 저는 이 우주에서, 불가사의한 법칙과 구조를 숨기고 있는 우주에서 당신과 레이코 씨가 앞으로도 쭉 행복하기를 기도하겠습니다. 이 편지를 봉투에 넣고 발신인을 쓰고 우표를 붙이고 나면 오랜만에 모차르트의 〈39번〉 심포니에 귀를 기울이려고 합니다. 안녕히 계세요. 아무쪼록 내내 건강하시기 바랍니다. 안녕히.

그럼 이만 줄입니다.

11월 18일

가쓰누마 아키 올림

사랑은 환상이다. 모르는 게 많아야 환상은 유지된다. 현실이 개입하면 환상은 힘을 잃고 사랑은 희미해진다. 그러므로 서로 알아 가는 과정, 곧 사랑을 만들어 가는 과정은 사랑을 잃어 가는 과정이기도 하다.

그러나 사랑하게 되면 그를 알고 싶어진다. 모르면 내 세계 안에 그를 규정할 수 없고, 규정할 수 없으면 불안하기 때문이다. 알아 간다는 것은 내 세계 안에 그의 좌표를 그려 넣는 일이다. 불안하지 않으려면 그를 내 세계 안의 어떤 좌표로 규정할 수 있어야 한다. 그러면 안심할 수 있으나 환상은 깨지고 사랑은 멀어진다. 즉, 알아 간다는 것은 그의 공백 부분을 채워 가는 과정인데, 다 채워지면 안정된 관계는 유지되지만 낭만 적 사랑은 떠나가는 것이다. 이렇듯 안다는 것과 사랑은 이율 배반이 아닐 수 없다. 그리고 낭만적 사랑이 떠나간 자리에는 편안함과 안정된 기억이 남는다. 이제 그 기억만으로 살아가 야 한다.

미야모토 테루의 《금수》는 아키가 아리마의 공백을 채워 나가는 과정이자 사랑을 추억의 자리로 돌리는 과정을 담고 있다. 가쓰누마 아키는 재혼하여 장애를 가진 아이의 어머니 지만 10년 전에 이혼한 전남편 아리마 야스아키를 아직 잊지 못하고 있다. 그러던 어느 날 아키는 자오의 달리아 화원에서 돗코누마로 오르는 케이블카 안에서 우연히 전남편 아리마를 만난다. 10년 전에 그들이 이혼한 것은 클럽의 호스티스 유카 코가 교토의 한 여관에서 아리마와 동반자살을 시도한 사건 때문이었다. 유카코는 옆에서 자고 있던 아리마의 목을 찌른 후 자신의 목을 찔러 죽었으나 아리마는 가까스로 목숨을 건 진다. 평온한 결혼 생활을 유지하고 있다고 믿고 있던 아키는 남편의 불륜과 동반자살이 도무지 이해가 되지 않는다. 그렇 다고 해명을 요구하지도 못한다. 사건은 안개에 싸인 채로 남았고, 아키는 아버지의 뜻이나 세상의 기대대로 아리마와 이혼한다. 그리고 10년이 지나 우연히 아리마를 만난 아키는 그에게 편지를 쓰고, 두 사람 사이에 편지가 오간다. 그 편지들이 고스란히 이 작품이다.

10년간 마음속에서 그를 지울 수 없었던 것은 그를 모른다는 사실 때문이다. 아키는 아리마를 못 잊는 것이 아니라 잊을 수 없었고, 10년 만에 우연히 재회한 그와 편지를 주고받음으로써 그를 잊을 수 있는 기회를 얻는다. 그 편지들을 통해 아키는 아리마의 과거와 현재를 알아 간다. 유카코는 중학교 때 아리마가 좋아했던 동급생이었고, 교토에서 다시 만난 그녀가 아리마를 사랑했다가 그와 동반자살을 기도했으며 지금 아리마는 레이코라는 여성과 같이 살면서 힘겹게 새로운 사업을 하고 있다.

아키는 이제 그를 안정된 자리에 위치시킬 수 있다. 그녀의 세계 안의 좌표에 그의 자리를 확보한 것이다. 즉 안개 속에 잠겨 있다가 이제 밖으로 나와 그를 객관적으로 추억할 수 있게 된 것이다. 추억은 사랑이 끝난 자리에서만 자라난다.

따라서 이 소설은 환상을 잃어 가고 그 자리에 현실이 들어오는 과정을 담았다. 그것은 바로 독자가 이 소설, 또는 아

키와 아리마의 관계에 대한 환상을 잃어 가고 그들의 지리멸
렬한 현실을 받아들이는 과정이기도 하다. 아키에게 아리마가
특별한 사람에서 평범한 사람이 되어 가듯 독자에게도 이 소
설은 특별한 느낌에서 평범한 느낌으로 변해 간다. 아쉽지만
그게 현실이고 사랑이다.

추억의 자리, 즉 모든 걸 제자리로 돌리려는 안간힘을 담은
이 편지들은 달뜬 연애편지보다 차분해서 서글프고 애달프다.
사랑을 얻기 위한 편지가 아니라 추억의 자리로 돌리기 위한
안간힘의 표현이라 더욱 그럴 것이다.

아키는 묻는다. "유카코 씨는 왜 스스로 목숨을 끊었을까
요? 왜 당신을 끌어들이려고 했을까요?" 마치 〈환상의 빛〉에
서 7년 전에 알 수 없는 이유로 자살해 버린 전남편에게, 재혼
한 뒤에도 여전히 "당신은 왜 그날 밤 치일 줄 뻔히 알면서 한
신전차 철로 위를 터벅터벅 걸어갔을까요"라고 계속해서 묻
는 유미코처럼.

몇 년 전 미야모토 테루의 소설집 《환상의 빛》(서커스, 2010)
을 번역했다. 중편 〈환상의 빛〉과 단편 〈밤 벚꽃〉, 〈박쥐〉, 〈침
대차〉가 실려 있는, 아련해서 아름다운 소설집이었다. 번역을
하면서 마냥 아득해지기만 했다. 가끔 초점 없는 눈으로 허공

을 봐야 했다. 특히 〈환상의 빛〉이 그랬다. 유미코의 명한 독백은, 해명이 울어 대고 눈발이 세차게 흩날리는 황량한 바닷가로 무턱대고 나를 데려갔다. "비 그친 선로 위를 구부정한 등으로 걸어가는 당신의 뒷모습이 뿌리쳐도, 뿌리쳐도 마음 한 구석에서 떠오릅니다." 유미코의 이런 마음은 그대로 10년 전 알 수 없는 이유로 동반자살 사건에 휘말린 남편과 자의 반 타의 반 헤어지게 된 아키의 마음이다.

김승옥과 다자이 오사무를 좋아하듯 미야모토 테루의 《환상의 빛》을 좋아한다. 그의 《금수》도 좋아하지만 번역하고 싶은 마음으로 그치는 듯했다. 이동진의 '빨간책방' 덕에 《환상의 빛》(바다, 2014)이 다시 나와 팔리기 전까지는. 결과적으로 '빨간책방'이 《금수》를 번역하게 만든 셈이다.

옮긴이.

옮긴이 송태욱

연세대학교 국어국문학과를 졸업하고 같은 대학교 대학원에서 문학박사 학위를 받았다. 도쿄외국어대학 연구원을 지냈으며, 현재 연세대에서 강의하면서 전문 번역가로 활동하고 있다. 지은 책으로《르네상스인 김승옥》(공저)이 있고,《환상의 빛》을 비롯해《눈의 황홀》《잘라라, 기도하는 그 손을》《살아야 하는 이유》《사명과 영혼의 경계》《세설》(상·하)《나는 고양이로소이다》등 다수의 책을 우리말로 옮겼다.

금수

초판 1쇄 발행 | 2016년 1월 10일
초판 4쇄 발행 | 2018년 9월 14일

지은이	미야모토 테루
옮긴이	송태욱
책임편집	여미숙
디자인	주수현 정진혁

펴낸곳	바다출판사
발행인	김인호
주소	서울시 마포구 어울마당로5길 17(서교동, 5층)
전화	322-3885(편집), 322-3575(마케팅)
팩스	322-3858
E-mail	badabooks@daum.net
홈페이지	www.badabooks.co.kr
출판등록일	1996년 5월 8일
등록번호	제10-1288호

ISBN 978-89-5561-812-9 03830